D1642148

Dreckige Laken

Die Kehrseite der ›Grand Tour‹

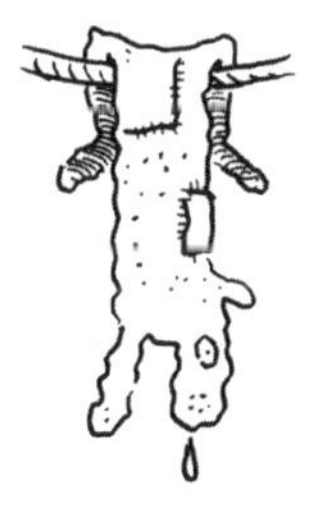

Dreckige Laken
Die Kehrseite der ›Grand Tour‹

Herausgegeben von
Joseph Imorde und Erik Wegerhoff

Verlag Klaus Wagenbach Berlin

Bildnachweis:

S. 168: © VG Bild-Kunst, Bonn 2012; S. 173, 177, 179: Rolf Dieter Brinkmann, *Rom, Blicke* [S. 7, 8, 24, 49]; © 1979 by Rowohlt Taschenbuch Verlag GmbH, Reinbek bei Hamburg; S. 176: Rolf Dieter Brinkmann, *Schnitte* [S. 154, 155] Rowohlt Verlag, Reinbek 1988; © 1988 by Maleen und Robert Brinkmann. Alle anderen Abbildungen stammen aus dem Archiv der Autoren und des Verlags.

Wagenbachs Taschenbuch 680
Originalausgabe

Umschlaggestaltung Julie August unter Verwendung der Karikatur *The Sculptor's Workshop: Buying Casts*, 1802, von Thomas Rowlandson © Bridgeman Berlin. Das Karnickel auf Seite 1 zeichnete Horst Rudolph. Gesetzt aus der Adobe Garamond und der Optima von Julie August. Vorsatzmaterial von Schabert, Strullendorf. Gedruckt und gebunden bei Pustet, Regensburg. Printed in Germany.

ISBN 978 3 8031 2680 1

Inhalt

Jakob Philipp Hackert: *Der Sibyllentempel in Tivoli*, 1769.
Goethe-Museum Düsseldorf

Joseph Imorde / Erik Wegerhoff

Einführung

Die Strecken nach und in Italien waren im 18. und 19. Jahrhundert von unzähligen Engländern, Franzosen und deutschen Reisenden dermaßen ausgetreten, dass es so manchem schwerfiel, das authentische Italien vor Ort überhaupt noch aufzufinden. Zahllose Bücher berichteten über Land und Leute, hunderte von persönlichen Beobachtungen bereicherten das Wissen über »man and manners«, über die einzelnen Städte und Landstriche, über Kunst und Künstler. Die Literaturgattung Reisebericht war dafür verantwortlich, dass der *Grand Tourist* nicht nur mit viel Vorwissen das Land der Zitronenblüte betrat, sondern auch mit einer gehörigen Portion Vorurteil, oft ausgeprägten Prätentionen. Wie sollte man nur mit den fremden Essgewohnheiten umgehen, wie sich in den Herbergen vor Ungeziefer und allerhand Unpässlichkeiten schützen, wie der allgemeinen Unreinlichkeit Herr werden? Der Schutz gegen alles Ungemach hieß für die meisten strenge Absonderung. So nahmen findige Engländer alles, was eben ging, einfach von zu Hause mit und verstauten heimischen Komfort in geräumigen Koffern und oft auch extra patenten Kutschen. Anders vielleicht als heute freute sich der wohlhabende Brite, in der Fremde Landsleute zu treffen, um auf mitgeführten Reiseherden englischen Tee zu bereiten und ihn dann aus irgendwoher hervorgezauberten heimatlichen Porzellantassen zu trinken. Doch trotz weiser Voraussicht, straffer Organisation und heimatlichem Ambiente gehörten Klagelaute zum guten Ton. In den Hotels von Florenz störten sich verzärtelte Nasen an aufdringlichen Essensgerüchen, empfindsame Ohren wurmte das nächtliche Gesinge in Siena, das polizeiwidrige Schreien oder der nicht abstellbare Straßenlärm in Mailand, Genua oder Neapel. Wer sich nach den

Torturen der Nacht zum morgendlichen Ausgehen anschickte, schaute dann auf den Straßen und Plätzen auf den allgegenwärtigen Unrat. Der deutsche Schulmeister Lebrecht Hirsemenzel fasste dies 1822 in drastische Worte:

> Ich wenigstens habe bis zu meiner Ankunft in Rom nicht einmal geahnet, daß es eine so schmutzige Stadt auf unserm Planeten geben könne. [...] alle Hinterseiten der Kirchen und Palläste, alle Quergassen, alle Stellen der Straßen, wo kein Haus, sondern etwa eine Hof- oder Gartenmauer ist, alle Ruinen sind öffentliche Abtritte, und ich habe oft am hellen lichten Tage wohlgekleidete Menschen bei Kirchen oder in Ruinen, wo doch immer, wenn auch nicht jeden Augenblick, Andere vorüber gehen, ein Bedürfnis verrichten sehen, das der nur halb gesittete Mensch, wenn es möglich wäre, vor sich selbst verbergen möchte.[1]

Die Klage über den allgemeinen Schmutz klang als *cantus firmus* aus den unzähligen Reisebeschreibungen. Dreckige Herbergen mussten ertragen, verbrecherische Wirte abgewehrt werden. Angeekelt schauten die Reisenden auf die Einheimischen und wandten sich von der Wirklichkeit ab, dafür aber mit Enthusiasmus der Geschichte zu. Wenn überhaupt, wurden die Italiener als Staffage dem imaginierten malerischen Eindruck eingepasst. Und so standen dann die Touristen oft andächtig vor der Größe der Vergangenheit, ohne die Gegenwart überhaupt sehen zu können.

Wenige waren so eingestellt wie Heinrich Heine, der, hätten ihn nicht wichtige Gefühle weiter nach Süden gezogen, schon in Trient geblieben wäre, bei der Obstfrau auf dem Marktplatz, bei den guten Feigen und Mandeln und den schönen Mädchen, die rudelweise vorbeiströmten. In Verona lief Heine beglückt durch die Straßen, schlürfte irgendwo Sorbet und nahm dabei die hochnäsigen Engländer aufs Korn: Keinen Zitronenbaum gebe es mehr ohne eine Engländerin, die daran rieche, keine Galerie mehr ohne ein Schock Engländer, die, mit ihrem Guide in der Hand, darin umherrennen und nachsehen, ob noch alles vorhanden sei, was in dem Buche als merkwürdig erwähnt ist.

Wie aber konnte das vermeintliche Paradies jenseits der Alpen dermaßen verschattet erscheinen? Enttäuschungen setzen Täuschungen voraus. Die Reisenden wollten ihre malerischen und literarischen Fiktionen bestätigt sehen, kollidierten dabei aber immer wieder mit der Realität. Man beklagte die Zersetzung des daheim kultivierten Italienbildes durch Italien selbst. Die Verknüpfung der tatsächlich sichtbaren Orte mit den hypostasierten Namen musste misslingen, da der Alltag dem Ideal in für viele unerträglicher Weise entgegenstand (vgl. die Beiträge von Constanze Baum und Fritz Emslander). Zog man umgekehrt, wie der wohl prominenteste deutsche Italienkritiker Gustav Nicolai, die literarischen Konnotationen von den italienischen Landschaften ab, verstummte ihr Wohlklang, und vom Golf von Neapel blieb nichts als eine bloße Bucht mit Berg (Golo Maurer). Neben literarischen und malerischen waren es aber durchaus auch erotische Erwartungen, die die Mitteleuropäer in den Süden zogen und die vor Ort oft unerfüllt blieben. Wo man sich der üppigen Vegetation entsprechende Wollust erhoffte, dafür aber allenfalls weihrauchgeschwängerte katholische Rituale erlebte, blieb nichts, als eben diese zu erotisieren (Charlotte Kurbjuhn).

Aus der in den unzähligen Reiseberichten reflektierten Distanz zwischen Erwartung und Wirklichkeit lässt sich ein Italienbild rekonstruieren, das in seiner Widersprüchlichkeit den harmonischen Eindruck konterkariert, den Literatur und Wissenschaft bis heute gerne zu vermitteln versuchen.[2] Die oft kraftvoll formulierte Italienenttäuschung bringt aber auch die tatsächliche oder konstruierte Persönlichkeit des Reisenden zum Vorschein und damit eine aufgeklärte Position, die kritisch auf das Verhältnis von Erlerntem und Erlebtem zu schauen versteht. Ausmachen lässt sich diese Individualisierung der Italienwahrnehmung nicht zuletzt an der Beurteilung klassischer Ruinen: Die glanzvolle Tour durch eine imaginär rekonstruierte römische Antike entlarvte mancher Reisende nun als deprimierenden Weg durch sich zersetzende Ziegelmauern. Das hat historische Tiefe darin, dass sich die Geschichte der Ruinenernüchterung von den formelhaft geäußerten Vanitas-Gedanken des frühen 18. Jahrhunderts bis hin zu literarischen Assoziationen schildern lässt, die das archäologische Rom mit den im Zweiten Weltkrieg zerstörten Städten in Deutschland vergleichen (Erik Wegerhoff, Alma-Elisa Kittner). Wie aus Enttäuschung Erkenntnis wurde, die letztlich zum Epochenwandel beitrug, zeigen eindrucksvoll Carl Rottmanns betont leere Ansichten Griechenlands, die die historische Aufladung klangvoller Orte dem Betrachter überlassen (Jan von Brevern).

Den Reiseschriftstellern ging es immer auch darum, den ätherisch-klassizistischen Kanon ihrer Vorgänger zu (zer-)stören. Keine Spur durchzieht das deutsche Italienbild so tief wie die Goethes, von der Herder nicht loskommt, vor der Nicolai sich abheben muss und von der selbst Brinkmann sich noch zu befreien versucht. Die Distanzierungsnotwendigkeit gegenüber dem Land und seiner Idealisierung zwang viele Autoren, ihre Enttäuschung mit scheinbarer Objektivität und aufgesetzter Wissenschaftlichkeit zu kompensieren (Uta Schürmann, Annette Hojer). Italien wurde dabei unter anderem auch einer germanischen Deutungshoheit unterworfen, die sich in hegemonialem Zugriff anschickte, nicht nur die Kunstwerke Italiens in deutsche Museen zu retten, sondern sich nach 1900 auch anmaßte, die italienischen Künstlergenies kurzerhand nach Deutschland einzubürgern (Joseph Imorde).

Die Geschichte der vereinnahmenden Übergriffe und inszenierten Enttäuschungen ist nicht zu Ende. Unvergessen das Titelbild der Zeitschrift *Der Spiegel* vom Juli 1977, das einen Revolver auf einem Teller Spaghetti zeigte; und im April 2001 noch meinte die *Frankfurter Allgemeine Zeitung*, die Römer zur besseren Antikenpflege ermahnen zu müssen, nachdem infolge heftiger Regenfälle 20 Meter der 18 Kilometer langen römischen Stadtmauer eingestürzt waren.[3] Müllberge bestimmen das nordeuropäische Bild Neapels bald mehr als der Vesuv, und auch die Reisewirklichkeit zeitgenössischer Italienurlauber vermag beileibe nicht immer der (dennoch erstaunlich langlebigen!) Italomanie so manches Nordländers zu entsprechen. Seit der (Grand) Tourist in den Süden reist, ist er nicht nur mit Italien und Italienern konfrontiert, die er sich anders vorgestellt hatte, sondern nicht zuletzt mit anderen Touristen und also mit sich selbst. Die Italienenttäuschungen sind, das machen die folgenden Beiträge deutlich, nicht so sehr Enttäuschungen über Italien; sie stellen vielmehr Kollisionen Italiens mit dem deutschen, französischen, englischen Italienbild vor. Und so müssen wir also doch, und immer noch, nach Italien reisen – nicht nur dieser Erkenntnis wegen.

Louis Ducros: *Diskussion mit den Führern am Ätna*, 1778.
Rijksprentenkabinet, Rijksmuseum Amsterdam

Fritz Emslander

»... eine der so vielen Fallen, in die unerfahrene Reisende gehen.« ***Italiens Ciceroni***

»Berufsmäßiger Führer durch die Altertümer ist seit vielen Jahren Ficoroni«, berichtet Charles de Brosses von seiner Romreise 1739. »Er hat sehr geläufige Kenntnisse, aber er ist alt, taub, ein schonungsloser Schwätzer und höchst angreifend.«[1] Ficoroni wie auch ein Jahrhundert zuvor der Schweizergardist Hans Hoch, dessen Stammbuch in der Biblioteca Vaticana stolze 1300 Fremde verzeichnet, waren berühmte Vertreter ihres Fachs. In den Reiseberichten von Italien belegen zahlreiche Erwähnungen, dass sich bereits im 17. Jahrhundert ein Berufsstand des Fremdenführers in den großen italienischen Städten zu formieren begann.

Ihrer Redseligkeit verdankten diese Führer die Bezeichnung Cicerone – in eher scherzhafter Anspielung auf den antiken Rhetor.[2] Johann Gottfried Seume ergriff »wahres Mitleid mit dem großen Cicero [...], daß sein Name hier so erbärmlich herumgetragen wird«,[3] und dass die Ciceroni diesen nur selten verdienten, ist ebenso ein Topos der Reiseliteratur wie die Rüge wegen ihrer unzureichenden Bildung. Immer wieder sehen sich die Verfasser von Italienberichten gezwungen, sich von der Geschwätzigkeit der Führer zu lösen und selbst »durch Eifer und mit Hilfe von verschiedenen Karten und Büchern [...] des Stoffes Herr zu werden«. »Nach wenigen Tagen«, so schon Michel de Montaigne 1580, »hätte er seinen Führer selbst mit Leichtigkeit führen können«.[4] Doch weder die Reiseliteratur, die sich hier mit expliziten Rückgriffen auf die eigene Gattung indirekt aufwertet, noch die belesenen und akademisch gebildeten Reisebegleiter, die als Lehrer und Vormund die jungen Kavaliere auf ihrer *Grand Tour* durch Europa geleiteten, konnten die Führer vor Ort ganz ersetzen. Denn als

Platzbediente in den Städten verfügten die Ciceroni über Orts- und Sprachkenntnisse, die für die Organisation des Reisealltags oft unabdingbar waren. Sie führten zu den Sehenswürdigkeiten und konnten den Reisenden dort Zugang verschaffen, wo Besichtigungen ohne Führer unmöglich oder zu gefährlich waren. Nolens volens begab man sich also unter die Fittiche der Ciceroni und versuchte doch, die eigene Souveränität zu wahren. Als Fremder erkannte man widerwillig die eigene Abhängigkeit, was einen mehr oder weniger starken Reflex der Emanzipation bewirkte. Diese drückt sich in der Kritik an jenen Erklärungen der Sehenswürdigkeiten aus, die die Tätigkeit eines Cicerone ausmachten.

In der Konfrontation mit den Ciceroni, im Ringen um die Deutungshoheit über Kunst und Natur, Land und Leute, zeigen die Reiseberichte zwei gegenläufige Tendenzen auf. Zum einen werden die Ciceroni zu Störfaktoren, weil sie das kanonische Wissen vermeintlich fehlerhaft und verzerrt wiedergeben oder sogar aus dem tradierten Kanon des Sehenswerten ausscheren. Zum anderen distanziert man sich von ihnen, weil sie gerade diesen Kanon transportieren, die Wahrnehmung darauf festlegen und sie beschränken, also eigene Erfahrungen unterbinden. Ob im Sinne der Bestätigung oder der Auflösung eines frühen touristischen Kanons, als dessen Agenten die Ciceroni fungieren: Die Kritik an den Führern ist konsequent individualistisch und bei zunehmendem Reiseaufkommen als Pendant zur notorischen Touristenschelte zu interpretieren, die spätestens seit dem Ende der Napoleonischen Kriege in Italien systematisch betrieben wurde.[5]

Die Touristenfalle

Bei der Ankunft in den größeren italienischen Städten war man um 1800 bereits umlagert: Allerlei ortskundige Lohnbediente wollten einem bei den notwendigen Einreiseformalitäten zur Hand gehen, schnelle Orientierung und Unterkunft verschaffen. Doch wer kann die »Ciceroni von Fach«, so ein Reisender 1840, schon trennen von »jenen Menschen aus dem niedrigsten Volke, die allerwärts, wo sie Fremde allein gehen sehen, herantreten [...]. Ihre Zahl ist wie der Sand am Meere. [...] Wer nur das Wort Cicerone aussprechen kann, will auch den Cicerone machen und ein Stück Geld verdienen.«[6] So erscheint dem Maler Ludwig Richter 1823 am Stadttor von Florenz ein wegelagernder »Cicerone«, wenn auch widerlich zudringlich und schmierig, zunächst als »Retter in der Not«. Er dolmetscht für ihn und empfiehlt eine Herberge. Als diese sich jedoch als »entsetzliches« Loch entpuppt, ist der Cicerone schon nicht mehr greifbar.[7]

Die einschlägigen Warnungen der Reisebücher scheint eine Gruppe zu beherzigen, die der seit 1776 in Rom als Vedutist tätige Louis Ducros in einer Debatte mit den örtlichen Führern am Ätna zeigt. Die Praxis dort war die gleiche wie am Vesuv: Reisende, die nicht die Strapazen des Aufstiegs auf sich nehmen wollten, konnten sich auf Tragestühlen und an Seilen den steilen Kraterhang hinaufschleppen lassen.[8] Dafür empfahl es sich aber, vorher einen Preis auszuhandeln. Sonst erging es einem wie Friedrich Hebbel 1845, der sich oben auf dem Vulkan noch mit den Führern »abzanken« musste:

> Wir hatten in der Eile das Bedingen ihres Lohns vergessen und nun verlangten sie nach echt Neapolitanischer Weise das Hundertfache dessen, womit sie sonst zufrieden gewesen wären.[9]

Noch 1885, als bereits eine Seilbahn am Vesuv eingerichtet war, warnt Carlo del Balzo in seinem Werk über Neapel und die Neapolitaner vor der Anmaßung und Finesse der Führer, vor überzogenen Geldforderungen und nachträglichen Erpressungen als »einer der so vielen Fallen, in die unerfahrene Reisende gehen«.[10]

Reitpferde und Artisten

Wenn sie auch keine Naturwissenschaftler waren, so wussten die Ciceroni am Vesuv doch meist um die Geschichte des Berges und konnten die einzelnen Lavafelder bezeichnen.[11] Ihr Hauptgeschäft aber sahen viele in kleinen Vorführungen wie derjenigen,

Die Hundsgrotte am Lago Agnano. Aus: François Maximilien Misson: *Nouveau voyage d'Italie*, Den Haag 1702

einen Stab in eine Felsspalte zu halten, bis er Feuer fing.[12] Gerade auch in den an Altertümern reichen Phlegräischen (brennenden) Feldern westlich von Neapel, dort, wo man seit Generationen das ›Theater‹ der antiken Geschichte und die mutmaßlichen Schauplätze herausragender antiker Dichtungen betrat, verlegten sich die Ciceroni allzu oft auf Kunststückchen, Überraschungs- und Schockeffekte zur Inszenierung der vulkanischen Naturwunder. So demonstrierten sie etwa die aus dem Inneren der Erde aufsteigende Hitze, indem sie schweißüberströmt aus den sogenannten Öfen des Nero mit im Thermalwasser gekochten Eiern zurückkehrten.

Berühmt und ein Muss für jeden Neapelreisenden war die Hundsgrotte am Kratersee Agnano. In sie zwang man einen Hund, der dort einen grausamen Erstickungstod starb, nur um – in das Thermalwasser des nebenliegenden Sees geworfen – wie durch ein Wunder wieder zum Leben zu erwachen.[13] Was Reisende später als schauerlich-erhabenes Naturschauspiel genossen, war zunächst – in frühen Stichen macht es ein blitzeschleudernder Gevatter Tod über dem Höhleneingang deutlich[14] – ein abschreckendes Exempel: Der Hund erlitt leibhaftig einen Vorgeschmack der Hölle. Es wird sogar von Reisenden berichtet, die die Führer für die Unterlassung des grausamen Tierversuchs bezahlten.

Im Verlauf des 18. Jahrhunderts bemühten sich einige Reisende um die Lösung des physikalischen Rätsels der Grotta del Cane,[15] während sich allmählich Überdruss angesichts eines unzählige Male wiederholten und beschriebenen Schauspiels als Teil der frühen touristischen Routine breitmachte. Das Mitleid mit der armen Kreatur und die Fassungslosigkeit über die Grausamkeit der Ciceroni wich blanker Wut, als durchsickerte, dass die Hunde wohl dressiert worden waren, um die fatale Wirkung des in der Höhle ausströmenden Gases geschickt vorzutäuschen. Die vermeintlichen Auswirkungen der Hölle waren damit doppelt entlarvt: als naturwissenschaftlich erklärbares Phänomen und als Finte für naive Reisende. Der Cicerone als Advocatus Diaboli war disqualifiziert, zumindest in den Augen kritischer oder gut informierter Reisender.

Louis Ducros: *Innenansicht des Merkurtempels in Baiae,* nach 1794. Lausanne, Musée Cantonal des Beaux-Arts

Auch andernorts sind die unlauteren Mittel der Ciceroni längst durchschaut, wenn sie auch ihre erste Wirkung nicht verfehlt haben mögen. So glauben Karl Friedrich Benkowitz und Begleiter bei einem Gang in die berühmte Sibyllengrotte am Avernersee – dort vermutete man den in Vergils *Aeneis* beschriebenen Eingang in die Unterwelt – in einen Hinterhalt geraten zu sein. Plötzlich tauchen Männer, womöglich Räuber, in ihrem Rücken auf. Doch es sind nur ihre »Reitpferde«, die Führer, die sie huckepack über unterirdische Gewässer setzten und die zwischenzeitlich verschwunden waren. »Unsere Pferde stellten sich wieder ein, nachdem sie uns einige Zeit unsern Betrachtungen überlassen hatten; denn«, so die abgeklärte Beurteilung der Situation, »die Italiener lieben es sehr, die Fremden etwas Böses und Gefahrvolles muthmaßen zu lassen, um etwa durch Furcht mehr Geld zu erpressen.«[16]

Dass die Reisenden umgekehrt dazu neigten, die eigene Gefährdung zu stilisieren, Mythen heraufzubeschwören und auf die Führer zu projizieren, zeigen andere Berichte, in denen die Figur des Cicerone zum Spielball der Phantasie wird. In der suggestiven Atmosphäre der Sibyllengrotte am Avernus wird dem Begleiter weiterhin gerne die Rolle des Charon zugeteilt – Fährmann der Toten ins Jenseits.[17] Jean Hoüel beschreibt seine Begehung einer Badegrotte an der Südküste Siziliens in der Art einer Unterweltsreise, von der er »wie aus dem eigenen Grab« zurückkehrt, nachdem er im Anblick seines Führers, einer hageren Gestalt mit zerzaustem Haar, der die »schrecklichen Felsen« beleuchtet, das »infernalischste Bild« gesehen habe, »das ein Maler oder ein Dichter jemals der Einbildungskraft vorgesetzt hat«.[18]

Auf dem Ätna gibt es im späteren 18. Jahrhundert unter den Führern, die die Reisenden auf dem nächtlichen Aufstieg begleiteten, einen gewissen Blasio, der durchgehend als »der Cyclop« bezeichnet wurde. Vivant Denon, der spätere Direktor des Louvre, will diesem Trugbild ein Ende setzen und betont, dass dieser Cicerone einem Cyclop ebenso wenig gleiche wie die sogenannte Ziegengrotte, in der man bei der Vulkanbesteigung Rast zu machen pflegte, der Höhle des Polyphem.[19]

Anonym: *Bootspartie im Inneren einer Grotte*, 1792

Dass die Ciceroni sich mitunter als »Pferde« verdingten, berichtet nicht nur Karl Friedrich Benkowitz. Es war durchaus Teil der üblichen Praxis. Um trockene Füße zu behalten, wagten die Neapelreisenden – wie Ducros es auf seinem Aquarell von 1794 zeigt – einen Ritt auf dem Rücken des Cicerone in die durch Hebungen des Meeresspiegels gefluteten römischen Thermen bei Baiae.

Hinzu kamen andernorts Inszenierungen, die bereits klare Züge einer frühen touristischen Infrastruktur aufwiesen. Die Bootspartie durch eine Höhle – es ist wahrscheinlich die später durch einen Erdsturz verschüttete Grotta oscura auf Capri – beginnt an einem dafür eingerichteten Holzsteg. Von hier aus, geschützt durch ein Geländer, ist der Blick ins Grotteninnere zu genießen. In der Ansicht eines unbekannten Künstlers von 1792 bereiten Ciceroni eine Fahrt durch die mit Fackeln beleuchtete, effektvoll in Szene gesetzte Unterwelt vor.

Besonders gut eingespielt war die Besichtigungspraxis in Tivolis zerklüfteter Flusslandschaft. Die Besucher folgten dort einer festen Tour, man begab sich in die klassische ›Schule‹ der Landschaftsmalerei, wo Claude Lorrain und Gaspar Dughet ihren Stil entwickelt hatten und damit Generationen von Landschaftsmalern beeinflussten. Die Schauplätze ihrer Gemälde besuchten die Reisenden des 18. und 19. Jahrhunderts und betrachteten sie wie Teile einer Galerie unter freiem Himmel. Vor Ort gemietete Esel hielten automatisch an den wichtigsten Aussichtsplätzen an.[20] Damit gewährleisteten diese perfekt auf die malerische Landschaft abgerichteten Tiere eine Basis-Führung, die den Cicerone verzichtbar machte.

Was die Führer darüber hinaus noch bieten konnten, schildert der Engländer Joseph Forsyth anlässlich seines Besuchs 1802/03:

> Bei der Ankunft in Tivoli mieteten wir einen Cicerone und Esel, die uns auf den pittoresken Rundweg [...] nehmen sollten. [...] Unser Führer war ein örtlicher Gelehrter. Obwohl er von der lateinischen Sprache ebenso wenig wusste wie jeder andere Papagei, zitierte er mit gutem Akzent [...] all die antiken Dichter [...], bis wir schließlich den harmlosen Betrug aufdeckten, indem wir etwas außer der Reihe zitierten. Aber auf seinem engen Bereich zeichnete sich der arme Donato aus. Bevor er sich als Cicerone etablierte, war er von Landschaftsmalern angestellt worden, um deren Gerätschaft [...] zu tragen. Von ihnen hat er die besten Bemerkungen über diese Landschaft aufgeschnappt, er ließ uns bei den besten Aussichtspunkten anhalten, er unterrichtete uns, er grinste bewundernd, er amüsierte uns und war glücklich.

Im Werdegang dieses Cicerone kristallisiert sich die Rezeptionsgeschichte Tivolis. Als touristische Institution vermittelt der Führer einen Kanon der Landschaftswahrnehmung nach den idealen Vorbildern Lorrain, Poussin, Dughet und Salvatore Rosa – einige ihrer Stiche befinden sich möglicherweise in der Grafikmappe, die Jean Eric Rehns Cicerone unter dem Arm hält. In einer

Jean Eric Rehn: *Cicerone à Tivoli – dessinée d'après Nature – 1756.* Stockholm, Nationalmuseum

dauernden Projektion kunstgeschichtlicher Erinnerungen sah und beschrieb man die Natur, als ob sie aus komponierten Bildern bestünde. Das Stereotype, Papageienhafte eben solcher schematisierter Schilderungen brachte wiederum die Kritiker auf den Plan. Noch in Tivoli wird Forsyth selbst der Spiegel vorgehalten:

> Bei der Rückkunft im Gasthaus zur Sibylle fanden wir Touristen wie uns, mit Eseln wie unsre eigenen, auf den Wänden durch Englische Zeichner karikiert.[21]

Der Störenfried

Der Cicerone rückte die Sehenswürdigkeiten ins rechte Licht großer Malerei und half dem Auge, die reale Landschaft als Folge von Bildern wahrzunehmen. Er lieferte dem Geist die eingängigen Passagen aus den Werken der antiken Schriftsteller und offerierte einen handlich zurechtgestutzten, wohlverdaulichen Genius Loci. Und doch waren die Mittel des Cicerone zur Darstellung und Inszenierung beschränkt, vergleicht man sie mit denen einer gut geschulten, selbsttätigen Einbildungskraft.

Die Phantasie riss die Italienreisenden, so Wilhelm von Humboldt 1804, gewaltsam in eine jahrhundertelang als notwendig erachtete, dann aber doch als solche erkannte »Täuschung«.[22] Was die Einbildungskraft auf klassischem Boden vermochte, zeigt Louis-Jean Desprez in Ansichten des 1764–1766 ausgegrabenen Isistempels in Pompeji. Einmal sehen wir das profane alltägliche

Louis-Jean Desprez: *Isistempel in Pompeji mit Touristen*, um 1781/84. Landesmuseum für Kunst und Kulturgeschichte, Münster

Treiben, die archäologische Stätte überschwemmt von Touristen, Ciceroni bei der Arbeit und Reisende von Stand, die zugleich auch wichtige Kunden der in Italien arbeitenden Künstler waren.

Ganz anders die Tafeln, die Saint-Nons Bericht von den archäologischen Stätten in Pompeji begleiten. Sie »versetzen uns«, so die Worte eines zeitgenössischen Kritikers, »sozusagen unter die Bewohner dieser antiken Stadt«.[23] Desprez schildert eine nächtliche Zeremonie in dem von ihm zeichnerisch rekonstruierten Tempel. Mitten in der durch den Vulkanausbruch konservierten Römerstadt stand dieses Zeugnis eines noch älteren, aus Ägypten importierten, 79 n. Chr. aber immer noch intakten Kults, den uns der Künstler in einer historisierenden, durch archäologische Funde gestützten Vision veranschaulicht: ein lebendiges Bild der Antike, wie es aus der Sicht des Autors nur die »Magie der Künste« heraufzubeschwören vermag.[24]

Dagegen häufen sich um 1800 die Klagen über unwissende und wild phantasierende Ciceroni als verkommene Repräsentanten einer historischen Erinnerung, die den Gegenden um Neapel eingeschrieben war.[25] Die Ciceroni zogen nun den Zorn der Reisenden auf sich. Sie konnten das Versprechen der Orte, die seit Generationen als ein Höhepunkt jeder Italienreise gepriesen wurden, nicht mehr einlösen. Bereits Goethes Vater Johann Caspar mahnte anlässlich seines Ausfluges nach Baiae 1740 zu Vorsicht und Skepsis:

> Es bedarf wahrlich einer großen Beschlagenheit in der Geschichte der Antike, wenn man sich von den gängigen Meinungen nicht betrügen lassen will.[26]

Die Bilder aus Geschichte und Mythos verlieren zunehmend an Glanz und Substanz, so dass die Ciceroni schließlich als Erzähler von »Fabeln und Märchen« dastehen, »die nichts [mehr] bedeuten«.[27] August von Kotzebue ist seiner Tour zu den »Steinhaufen« von Baiae 1805 schnell überdrüssig: Eine Besichtigung der Sibyllengrotte am Avernus lohne »nicht einmal der Mühe, denn man sieht da gar nichts; es wäre denn, daß man den Worten des Cicerone glaubte, der viel sieht.«[28] Dass die »Genüsse« einer traditionellen Italienfahrt in den Worten von Charles de Brosses

Louis-Jean Desprez: *Rekonstruktion des Isistempels in Pompeji*, Stich von Jean Duplessi-Bertaux, 1782. Aus: Jean-Claude Richard de Saint-Non: *Voyage pittoresque* [...] *de Naples et de Sicile*, Paris 1781–1786

Louis Ducros: *Das Grabmal des Vergil in Neapel*,
zwischen 1794 und 1800. Lausanne, Musée Cantonal des Beaux-Arts

allemal mehr in der »Einbildung als in der Wirklichkeit der Dinge bestanden«,[29] trifft insbesondere auf die Phlegräischen Felder zu, die man lange Zeit auf den Spuren des Aeneas besichtigte. Wer allerdings, so der Franzose 1739, »nicht wie ich die neueste Zeitung aus den Tagen Caligulas dabei läse«, für den seien all die Ruinen doch »ziemlich nichtssagend«.[30] Die Abonnenten dieser Zeitung wurden um 1800 deutlich weniger, die Ciceroni verkürzten ihre Inhalte zu einem Readers Digest.

Am mutmaßlichen Grab des Dichters, das die Reisenden an der Verbindungsstraße von Neapel nach Pozzuoli als Auftakt der Tour in die »vergilische Landschaft« um Baiae besuchten, schieden sich die Geister. Da gibt es einerseits die Liebhaber von Vergils Dichtung, die sich an diesem Ort in Tagträume, in eine »wohltätige Täuschung« versetzen und die Führer als eine Art Erfüllungsgehilfen und Stichwortgeber sehen. So lässt sich Friedrich Johann Meyer 1792 »von den [...] Antiquaren dieses Landes unfreiwillig und gern in die Irrgänge verführerischer Tradizionen mit fortziehen«.[31] Andererseits war die Aufdringlichkeit der Ciceroni am Grabe Vergils legendär. Kein Fremder könne sich hier blicken lassen, »ohne daß ihn nicht eine Schar großer und kleiner Cicerone [...] auf das Hartnäckigste verfolgt«.[32] Louis Ducros schildert in seinem großformatigen Aquarell den Besuchsalltag: Ein Cicerone geleitet ein Paar am Grab des Dichters vorbei, auf eine Gedenktafel hin, wo ihnen bereits ein weiterer Führer aufwartet. Karl August Mayer weiß von einem geschäftstüchtigen Kollegen, »der am Grabe Virgils eine Hand voll Staub und Erde ergreift, und, sie in die Luft streuend, pathetisch ruft: Cenere di Virgilio!«[33] – die »Asche des Vergil«. Gründlicher als durch dieses unwürdige Schauspiel noch wurde der Ort von solchen Ciceroni entweiht, die neuere Erkenntnisse referierten, wonach dieses Kolumbarium gar nicht Vergils Grab sei!

Denen, die das Grab in der Tradition des Silius Italicus besuchten, als Stätte der Verehrung und Andacht, waren die aufdringlichen Ciceroni verhasste Störenfriede. In Wright of Derbys

Joseph Wright of Derby: *Das Grabmal des Vergil mit der Figur des Silius Italicus*, 1779. Privatsammlung

Mondscheinlandschaft sitzt Silius, der in den siebziger Jahren des 1. Jahrhunderts nicht nur eine Villa Ciceros, sondern auch das Gelände um Vergils Grab gekauft hatte, im Schein des Kerzenlichts und rezitiert Vergil. Hier erinnerte sich der Engländer John Moore 1781 »der Verse des Dichters mit vergrößertem Vergnügen. [...] Aber dann kommt ein Antiquarier und stört mit seinen verhaßten Zweifeln [...] und führt uns von den schönen wonnereichen Feldern der Phantasie in einem Augenblick in eine dunkle, öde, trostlose Wüste.« Argumente, die für einen anderen Begräbnisort des Dichters sprechen, dünken ihm wie Ketzerei: »Möchten diese Zweifler ihre Meynungen für sich behalten, und die Ruhe der Gläubigen nicht stören!«[34]

So gesehen erweist sich die Realität als die »Kehrseite« der klassischen Italienreise. Jedes Laken ist dreckig, es sei denn Vergil hätte darin geschlafen, Claude hätte es so gezeichnet. Die Umpolung der tendenziell negativ besetzten, weil dem Ideal hinterherhinkenden Realität ins Positive ist eine schwierige Sache. Wer vermag schon dem Fleck auf dem Laken etwas abzugewinnen? Die Befreiung vom Waschzwang gelingt nur selten. Führt kein Weg an der Annahme unliebsamer Realitäten vorbei, so übernehmen in den Reiseerzählungen immer wieder Führer und Antiquare den Part des Überbringers schlechter Botschaften. Die Enttäuschung wird an den Cicerone delegiert.

»Ciceronen-Weisheit«

Auf dem Weg zum Massentourismus gerät im 19. Jahrhundert die Konfrontation mit der Routine der Ciceroni zum Lackmustest auf die Rezeptionshaltung des Reisenden. Die Verweigerung kollektiver Reiseerlebnisse wendet sich zuerst gegen den Cicerone als deren Katalysator. Zwar gibt es auch zaghafte Tendenzen einer sozialromantischen Loyalisierung mit den Ciceroni als Menschen – Römer, Neapolitaner oder Sizilianer –, deren Einbildungskraft und Improvisationskunst nun als positive Eigenschaften anerkannt werden, auch wenn sie den klassischen Kanon verwaschen, ihn zusammenschrumpfen und ausbleichen lassen. Karl August Mayer zufolge, der den Ciceroni ein ganzes Kapitel seiner 1840 erschienenen *Briefe aus Neapel in die Heimat* widmete, waren oft »schon der Vater, der Großvater und der Urgroßvater Ciceroni, und sie verdanken ihre Kenntnisse einer Tradition, welche sie natürlich mit Aeußerungen, die sie von Fremden aufgefangen, und mit Zusätzen der eigenen Phantasie bereichert haben.« Er begreift nicht,

> wie manche Reisende diese guten Leute immer von sich abweisen [...]. Oft geben sie recht gute Auskunft und wissen recht trefflich Bescheid, wenn man sie nur nicht irre macht, und keine Frage thut, die nicht in ihrem Concepte steht. Jedenfalls theilen sie immer ein Ereigniß, eine Sage, ein paar Abenteuer, die sich an den Ort knüpfen, mit, und gewähren, wenn nicht Belehrung, doch Unterhaltung; ja selbst wenn sie lügen, sind sie doch als Improvisatoren interessant. Kurz, ich mag die Ciceroni gern.[35]

Mayers Sympathiebekundung mochten sich aber nur wenige Reiseautoren anschließen. Bis in die Mitte des 19. Jahrhunderts bleibt das Image der Ciceroni im Tenor negativ. Zu oft nutzten diese ihre Ortskunde als Erpressungsmittel und übervorteilten die Reisenden. Mit effekthascherischen Inszenierungen gelingt es ihnen kaum, über unzureichende Bildung, das rein Anekdotische und die Banalitäten ihrer Führungen hinwegzutäuschen. Für Reisende, die den einsamen Dialog mit ›geheiligten‹ Orten oder gar Selbsterfahrung suchen, sind die Ciceroni Störfaktoren – als frühe Agenten eines zur Konvention erstarrten touristischen Kanons und durch ihre schiere Anwesenheit. Ihre Routine nimmt den Dingen ihren Zauber, mit ihrer Aufdringlichkeit stehen sie einer individuellen Erfahrung von Landschaften und Monumenten im Wege.

Reisende wie Goethe oder William Beckford, die früh mit den verjahrten Gewohnheiten der Italienreise brachen, um zu einem originären Erlebnis des Landes zu gelangen, versuchten sich ihrer Ciceroni zu entledigen[36] – so wie sie tendenziell auch andere Fremde mieden. 1787 endlich auf Sizilien angekommen, atmet Goethe bei einem Ausflug in die Gegend um Palermo auf. Bald aber schreckt ihn aus seinem »friedlichen Traume« »der ungeschickte Führer durch seine Gelehrsamkeit« auf und mag nicht davon lassen, »abgeschiedene Gespenster« der Geschichte hervorzurufen.[37]

Insbesondere in Rom, das seine »tragische Ruhe« (Ferdinand Gregorovius[38]) zu verlieren drohte, beklagte man nach 1815 den anschwellenden Fremdenstrom. Und seit Byron, der die Kapitale bereits 1817 »verseucht von Engländern« sieht – einer »Menge glotzender Tölpel«[39] –, geht in der Reiseliteratur die Touristenschelte um. Natürlich will man sich als ambitionierter Reisender und Autor absetzen gegen jene, die unvorbereitet und quasi blind umhertappen und sich von den Ciceroni um der guten Unterhaltung willen gerne betrügen lassen. Die Kritik am »tourism« (seit 1811 ist der Begriff im Englischen gebräuchlich) wird zum Gemeinplatz, und sie verbindet sich mit der Ciceronenschelte zur vehementen Distanzierung von den zwei Seiten einer Medaille, die man sich nicht anhängen möchte: Man will nicht (mehr) zu denen gehören, die sich – nun als typische Touristen – dem Gewäsch der Ciceroni anvertrauen, die mehr oder weniger passiv deren Führung folgen und sich unbedarft dem schönen Schein eines für sie präparierten Italien hingeben.

Umso erstaunlicher ist vor diesem Hintergrund, dass Jacob Burckhardt seinen 1100 Seiten starken Durchmarsch durch die italienische Kunstgeschichte als »Reisebegleiter« konzipierte und dem Leser 1855 kein »Tagebuch«, keine »Briefe« oder »Nachrichten« aus Italien, auch kein »Handbuch« reichte, sondern einen »Cicerone«.[40] Während viele Reiseautoren den authentischen Charakter und die Originalität ihrer Erfahrungen mit der Beteuerung unterstreichen, dass sie, wo möglich, nicht den Ciceroni gefolgt sind, und in ihren Aufzeichnungen auch möglichst wenig »Ciceronen-Weisheit« zu Wort kommen lassen,[41] stapelt Jacob Burckhardt tief – vielleicht ein Ausdruck der Selbstbescheidung, wenn nicht gar der Selbstironie, darüber hinaus aber wohl auch ein strategischer Zug. Burckhardt wollte der deutschen Nation den Cicerone »machen«! Als gelehrter Kunsthistoriker die Position des Cicerone einzunehmen konnte ihm einige Lizenzen verschaffen. Auch auf die Gefahr hin, von Fachkollegen als unwissenschaftlich abgeurteilt zu werden, eignet sich Burckhardt Auftreten und Selbstverständnis der praktizierenden italienischen Namensvetter an. Mit seiner lebendigen Sprache, dem stark persönlichen Charakter seines Urteils und seinem Mut zur Popularität gewinnt dieses Italienbuch die Sympathien einer breiten Leserschaft. Sein Erfolg in unzähligen Auflagen rehabilitiert fast beiläufig den in Verruf geratenen Namen Ciceros.

Constanze Baum

Vorbild – Abbild – Zerrbild. ***Bewältigungsstrategien europäischer Neapelreisender um 1800***

Kennst du das Land, wo die Zitronen blühn?
Im dunkeln Laub die Goldorangen glühn,
Ein sanfter Wind vom blauen Himmel weht,
Die Myrte still und hoch der Lorbeer steht,
Kennst du es wohl?
Dahin! dahin
Möcht ich mit dir, o mein Geliebter, ziehn.[1]

So zitiert Heinrich Heine in seinen *Reisebildern* 1829 Goethes Formel der Italiensehnsucht, die dieser im Mignon-Lied *Wilhelm Meisters* als Reflex und Destillat seiner Italienreise hatte erklingen lassen. Doch Heine lässt Goethes sanft und fragend sich herantastendes Bild des Südens im nächsten Atemzug an einem scharf gezeichneten Gegenbild zerschellen. Er fährt fort: » – Aber reise nur nicht im Anfang August, wo man des Tags von der Sonne gebraten, und des Nachts von den Flöhen verzehrt wird.«[2] Das in seinen eigenen Text eingeschleuste Vorbild der goetheschen Italienverehrung verwandelt sich zum Zerrbild. Diese Verzerrung aber tritt erst durch die Offenlegung der Spannung zwischen der poetischen Idealisierung des Sujets einerseits und der übersteigerten Wahrnehmung von Eigenbefindlichkeiten andererseits zutage. Während Mignon das Land als arkadisches Anschauungsobjekt und sanft bewegtes Gegenüber besingt, setzt Heine die Störung der Idylle da an, wo sie das Ich körperlich angreift. Geschautes und erlebtes Italien klaffen auseinander.

Die Begegnung mit Italien als Ort einer bestimmten oder unbestimmten Sehnsucht – Sehnsucht nach Bildung, nach Abenteuern, nach Selbstfindung – wird in der Reiseliteratur immer wieder, und nicht nur bei Heine, unterwandert von Erwartungsbrüchen. Es gilt, die vorgefundene Fremde mit eigener Anschauung und Erfahrung zu füllen und zu erfühlen und mit dem eigenen Vorwissen in Einklang und Übereinstimmung zu bringen. Vor allem die Konfrontation mit dem in Italien omnipräsenten antiken Erbe, welches dem Reisenden allerorts in Ruinen begegnet, wird dabei zum Stolperstein vorgefertigter Urteile.

Ein gewissermaßen ›erwartbarer Erwartungsbruch‹ manifestiert sich so aufgrund der mitgebrachten Vorkenntnisse und angesichts der Marginalität des Vorgefundenen. Gerade Reisende, die mit einem durch die lange Reisetradition geprägten Italienbild im Kopf den Weg nach Süden antreten, werden in der Konfrontation mit der italienischen Realität und der Begegnung mit den Altertümern und Relikten der vorzugsweise römischen Antike desillusioniert. Hart prallen die Aussagen der antiken Quellen auf unscheinbare Trümmer, spärliche Reste aufgehenden Mauerwerks sowie verbaute Ruinen und manch fragwürdige Zuschreibung oder gar Ergänzung eines Torsos oder Fragments. Johann Isaac Gerning muss bei einem Besuch des Posillipo, einer Felszunge vor Neapel, vermerken: »Gegen seine Spitze hin sind Trümmer von Reticular-Mauern und Felsenstücken, die zum Theil Inselchen bilden, wo, nach Plutarch und Plinius, die Villa des Lucullus stand.«[3] Und Friedrich Johann Lorenz Meyer klagt 1792 über das zur Kuhweide verkommene Zentrum der alten Roma:[4] »Es ist ein Entsetzen erregendes Gemälde der Zerstörung, dieses ehemals prächtige, mit einer Menge Bildseulen berühmter Männer, mit Pallästen, Triumphbogen, Tempeln, Rathsversammlungsgebäuden und Seulengängen besetzt gewesene *Forum!* Alles liegt in Trümmern.«[5] Johann Jacob Volkmann gibt schließlich beinahe resigniert den Ratschlag: »Von den Ruinen der ehemaligen Stadt Agnano sieht man heutiges Tages so wenig, daß man hier ihre Stelle kaum suchen sollte.«[6] Das Vorwissen, das diese Erfahrungen im Angesicht von namenlosen Trümmerlandschaften vor Beginn einer systematischen Denkmalpflege grundiert, speist sich aus historiographischen wie poetischen Werken der Antike. Auch müssen andere Reiseberichte als Quellen angeführt werden, die vor Antritt der eigenen Reise gelesen oder sogar im Gepäck mitgeführt wurden. Volkmann macht sie in einem seitenlangen, rezensionsartigen Abriss in der Vorrede seiner *Historisch-kritischen Nachrichten aus Italien* explizit, Goethe führt eben jenen dreibändigen Volkmann, den Baedeker des 18. Jahrhunderts, mit auf seiner Italienreise, während Johann Gottfried Seume auf solch gelehrt-antiquarischen Beistand verzichtet und stattdessen Homer, Vergil und Theokrit auf seiner Fußreise, dem *Spaziergang nach Syrakus im Jahre 1802*, im Tornister mit sich trägt.

Die idealische Verklärung des Altertums und eine damit oft einhergehende mangelnde archäologische Kenntnis erschwerten es, das Vorgefundene zu verstehen oder einzuordnen, und tun ein Übriges, die eigenen, hochgesteckten Erwartungen zu zersetzen. Letztlich kann auch – wie dies auf die Rezeption der ruinösen Architekturen von Pompeji und Paestum zutrifft – eine ästhetische Differenz zur Frustration führen. Angesichts der Brachialität der dorischen Tempelanlage unweit der Sele und der Kleinheit der Gebäude in der nach und nach freigelegten Vesuvstadt empfand es nicht nur Goethe als Schwierigkeit, diese in die kunstästhetischen Diskurse der Zeit zu integrieren.

Dazu kommen die Unbilden des Reisealltags, die sich in schlechter Ernährung, mangelhafter Unterbringung und hohen Kosten niederschlugen, verweigerter oder komplizierter Zugang, von widrigen Ciceroni kolportierte Fehlinformationen sowie abgegriffene Reisetraditionen, kurzum: frühe Ausprägungen des Massentourismus.[7] Seume beklagt sich, als er nach langer Reise am Vergil-Grab auf dem bereits erwähnten Posillipo bei Neapel angelangt ist:

> Den Lorber suchst Du nun umsonst; die gottlosen Afterverehrer haben ihn so lange bezupft, dass kein Blättchen mehr davon zu sehen ist. […] Der Gärtner beklagte sich, dass die gottlosen vandalischen Franzosen ihm den allerletzten Zweig des heiligen Lorbers geraubt haben.[8]

Für die literarische Verarbeitung dieser Reibungspunkte werden Bewältigungsstrategien benötigt. Wie ein Blick auf das große Konvolut der Reiseliteratur zeigt, werden zur Kompensation dieser Negativerfahrungen verschiedene Erzählstrategien angewandt: An erster Stelle ist sicherlich das schon bei Heine immerzu präsente Mittel der Ironie zu verzeichnen, die sich bis zur Parodie und Satire auf bestehende Reiseliteraturen oder bestimmte Reiseschriftsteller steigern kann. Eine weitere Möglichkeit bietet das Überspielen des Erwartungsbruchs, indem man nach Erklärungsmustern sucht, um einen Ort zu entzaubern. Ablenkungsmanöver, wie der Blick ins gelehrte oder poetische Buch, abrupte Themenwechsel oder eine forcierte Neuausrichtung des Blicks, der von nichtssagenden Ruinen auf die Landschaft schwenkt, sind keine Seltenheit. Mit dem Ausweichen auf überkommene, formelhafte Wendungen oder dem Einfügen von Zitaten anderer Reisebeschreibungen wird letztlich eine Wirklichkeitserfahrung kompensiert, die vom gewünschten Erleben abweicht. Denn überall dort, wo er wirklich beeindruckt und überwältigt ist, sieht sich der schreibende Reisende sehr wohl in der Lage und geradezu literarisch herausgefordert, das Erlebte mit eigenen Worten zu erfassen.

Mitunter führt die Enttäuschung zu einer expliziten Verweigerung jeglicher Beschreibung. Empfindsame Reisende weichen auf Imaginationsräume aus oder treten den Rückzug in die Innerlichkeit an, sodass sie italienische Ruinenlandschaften zu elegisch-melancholischen Seelenlandschaften transformieren. Weitaus seltener wird die Enttäuschung hinterfragt oder tiefer reflektiert.

Erlebte Ursache und literarisch verarbeitete Wirkung werden an verschiedenen Beispielen aus der Gegend um Neapel evident. Dabei ist zu beobachten, dass es sich bei dem Phänomen ›Italienenttäuschung‹ keineswegs um eine (Über-)Sättigung von der ausufernden Reiseliteratur handelt, denn Enttäuschungen und Erwartungsbrüche lassen sich auch schon in Texten des frühen 18. Jahrhunderts ausmachen, ja gewinnen mitunter topische Qualität: Bestimmte Klagerufe gehören bei gewissen Besichtigungen unbedingt dazu, so etwa das Lamento über den Abtransport der Ausgrabungsfunde aus den Vesuvstädten Herkulaneum und Pompeji in das Museum von Portici, mithin deren Dekontextualisierung. Auch bleiben die genannten Gründe und Ursachen für diese Enttäuschungen konstant. Es ist eher der jeweilige literarische Umgang mit der Enttäuschung, der für eine insgesamt breit gefächerte Aufarbeitung im 18. und frühen 19. Jahrhundert sorgte.

Vor allem der Besuch Neapels, meist das südlichste Ziel und damit Wendemarke einer jeden Italienreise, die nicht nach Sizilien weiterführte, erscheint im kritischen Licht der Reiseschriftsteller. Dem Altertum begegneten sie auf Ausflügen in die nähere Umgebung der Stadt. Klassische Programmpunkte waren die Besichtigung der Phlegräischen Felder im Westen – mit dem Luftkurort der antik-römischen Prominenz Baiae, Pozzuoli, der sibyllinischen Orakelstätte Cumae, dem Grab Vergils und dem Averner See, jenem mythischen Ort, der den Eingang zur Unterwelt markieren sollte, sowie einigen weiteren Kuriositäten der seismisch aktiven Gegend. Im Süden und Südosten schlossen sich seit dem Beginn der Ausgrabungen um die Jahrhundertmitte Pompeji und Herkulaneum und der im 18. Jahrhundert durchaus noch aktive Vesuv als erhabenes Naturspektakel und mahnendes Wahrzeichen der antiken Katastrophe von 79 n. Chr. an. Die griechischen Tempel von Paestum, die mehr als eine Tagesreise entfernt lagen, wurden nicht von allen Reisenden aufgesucht. Das Terrain westlich Neapels, die sogenannten *Campi Phlegraei*, markiert vor der Entdeckung der Vesuvstädte und ihrer systematischen Ergrabung im zweiten Drittel des 18. Jahrhunderts eines der größten nichtstädtischen und zugleich noch aktiv vulkanischen Gebiete Italiens mit einem dichten Bestand an antiken Bauten. Hier konnten die Reisenden den Zusammenklang von Ruinen und Landschaft wesentlich unbeschwerter erfahren als in Rom, wo *Roma antica* und *Roma moderna* oft direkt aufeinanderprallten. Für die Antikenrezeption war der Besuch der Phlegräischen Felder von immenser Bedeutung, zumal deren Orte eng mit der Dichtung Vergils, des römischen Staatsdichters unter Augustus, verwoben waren. Arkadische Landschaft, antike Ruinen und Dichtung vereinten sich hier in *einem* Panorama. Diejenigen, die sich auf die Suche der vergilschen, konkreter noch: der aeneischen Landschaft begaben – denn hier wurden die Schauplätze des sechsten Buchs der *Aeneis* verortet –, erlebten angesichts des tatsächlich Vorgefundenen eine herbe Enttäuschung. Das imaginierte Italien, wie es die klassische Dichtung vermittelt hatte, zerschellte zwangsläufig beim Anblick der spärlichen Altertümer, die man mit dem Vergil in der Hand besichtigte. Denn wie sollte sich die poetisch gefasste Landschaft Vergils – und dazu gehörte auch die Unterwelt – realiter finden lassen? Die neapolitanische Legendenbildung mochte ein Übriges dazu beitragen, wenn sie Vergil zum Zauberer erhob und ihm allerlei Erfindungen und rätselhafte Erscheinungen andichtete. So blieben auch Versuche, die Gegend durch Karten zu erschließen, welche versgenau Orte und Wege der *Aeneis* verzeichneten, ohne nennenswerten Erfolg.[9]

Vom Umgang mit Vorbildern

Im 32. Brief seiner *Vertraulichen Briefe an meine Freunde in Dijon* beschreibt Charles de Brosses 1739 seinen Ausflug in die phlegräische Welt, der ihn zu den sogenannten elysischen Feldern und zum Averner See führt. Wirklichkeit und überlieferte Topographie fallen für de Brosses auseinander. Er scherzt jedoch über diese Tatsache, statt sie zur Konfrontation zu nutzen.

> Eine kleine Ebene, hübsch, aber brachliegend und vernachlässigt, will die elysäischen Felder vorstellen. Es wäre vielleicht gut, ein paar Gärtner ins Jenseits zu schicken, damit sie hier wenigstens Asphodelos pflanzten. [...] Der Averner See, ganz rund, schön klar und schimmernd, über den jetzt die Vögel hin und herfliegen, soviel sie mögen. Sie sehen, er hat rechtes Glück gehabt, seit Sie zuletzt von ihm sprechen hörten. Aber ob Sie das ebenso freuen wird, wie Sie den armen Lucrinersee bedauern werden? Er ist heute nur noch eine elende Mistpfütze, die Austern von Catilinas Großvater, die in unseren Augen einst die Frevel seines Enkels in milderem Lichte erscheinen ließen, sind in unglückliche Aale, die nach Schlamm riechen, verwandelt.[10]

Die ironischen Anspielungen auf die antike Tradition sind leichtfüßig in den Text eingebunden, so die eingestreute Bemerkung über die den Averner See überfliegenden Vögel, die eine Antiphrase von Vergils Äußerung in der *Aeneis* darstellt, wonach kein Vogel die dunkle Seeoberfläche überquert habe.[11] Die geläufigen historischen Tatsachen werden in einen heiteren Erzählzusammenhang gestellt, der das Faktenwissen *en passant* einbindet. Das literarische Vorwissen wird geschickt genutzt, um komisches Potential aufzudecken und die Enttäuschung über die Vernachlässigung der Gegend umzuformen. De Brosses' feinsinnige Karikatur ist darüber hinaus dialogisch geprägt. Sie sucht beständig das Gegenüber, bindet es in die Erzählperspektive ein und schafft damit eine Atmosphäre der Voraussetzungen und Andeutungen. De Brosses bedeutet den Adressaten seines Briefes nach der Spazierfahrt durch die phlegräische Welt, dass nur die eigene Imaginationskraft diese Landschaft beleben könne:

> Indes möchte ich doch nicht wie ein Marktschreier mit Ihnen verfahren und muß ihnen also offen gestehen, daß die großen Genüsse, die ich heute hatte, weit mehr in meiner Einbildung als in der Wirklichkeit der Dinge bestanden haben, ein guter Teil von dem, was ich in meinem sehr wahrheitsgetreuen Bericht erwähnt habe, wäre für jemand, der nicht wie ich die neueste Zeitung aus den Tagen Caligulas dabei läse, ziemlich nichtssagend, aber gerade durch die Erinnerungen, die sie wachrufen, sind sie köstlich.[12]

Der Verlust der Antike wird nicht nur konstatiert, sondern als Manko empfunden. Kann de Brosses durch seine klassische Vorbildung, die er in ironischer Anverwandlung als »neueste Zeitung aus den Tagen Caligulas« vorstellt, dem Besuch etwas abgewinnen, so offeriert die Passage doch im Perspektivwechsel auf den Unwissenden, dass das Vorgefundene für jeden anderen »ziemlich nichtssagend« sei; hier dominiert also eine Art Stellvertreter-Frustration über das Vorgefundene, was durch eine ironische Verpackung und eine Verschiebung in intellektuelle Erklärungsmuster kompensiert wird. Die betont genussvolle Erinnerung aber bleibt im Text unausgeführt und an die Erfahrungs- und Wissenswelt des Autors gebunden.

Joseph Addison gibt am Ende seines Neapel-Kapitels in den *Remarks on several parts of Italy* (1705) einen langen Auszug aus den Schriften des spätantiken Vergilverehrers Silius Italicus wieder: »Ich will deshalb meine Überlegungen mit jener Übersicht beschließen, die Silius Italicus von dieser weiten Bucht von Neapel überliefert hat. Die meisten Orte, die er erwähnt, liegen im gleichen Prospekt beisammen«.[13] Damit hebt er in seiner Bestandsaufnahme der Umgebung Neapels eine klare zeitliche Fixierung auf. Seine Enttäuschung über das Vorgefundene vermittelt sich indirekt. Vor- und Mitwelt, die antike Vergangenheit und die gesammelten Eindrücke aus der Gegenwart verschwimmen in einem Prospekt, wobei das Bild der Vergangenheit das Gesehene beherrscht, ja sogar überlagert. Es handelt sich also um eine Beschreibungsverweigerung, denn das Vorbild schiebt sich vor das Abbild. Das eigene Schreiben ist an dieser Stelle blankes Zitat bzw. Verweis auf die antike Quelle geworden. Schon die Zeitgenossen des Frühaufklärers erkannten diese Vorgehensweise als defizitär. So wettert Horace Walpole in einem Brief an Richard West im Oktober 1740 aus Florenz: »Herr Addison reiste durch die Poeten, nicht durch Italien – denn all seine Ideen sind antiken Beschreibungen entlehnt, nicht der Realität. Er sah die Orte, wie sie waren, nicht wie sie sind.«[14]

Während de Brosses ironisch mit seiner Gelehrsamkeit zu spielen vermag, jedoch zugleich einen wissenden Leser voraussetzt, zeigt sich Addisons Text in weitaus stärkerem Maße von Vorbildern dominiert. Seine *Remarks* sind keine nur aus der Anschauung gewonnenen Beobachtungen, sondern gleichen an vielen Stellen einer kommentierten Zitatensammlung. Antike Quellen und antike Reste werden so in eins gedacht. Im Umgang mit den Vorbildern und bei der Verarbeitung einer direkten oder indirekten Enttäuschung wählen beide Autoren unterschiedliche Bewältigungsstrategien. De Brosses steigert durch die ironischen Anverwandlungen das Erzählvergnügen, Addison schafft durch

Rationalismen und Quellenkunde eine Atmosphäre der Gelehrsamkeit, die sich vor die eigene Erfahrung schiebt.

Versuchte und verweigerte Abbilder

Johann Jacob Volkmann, dessen Italienaufenthalt in die Jahre 1757/58 fällt und der in Rom engeren Kontakt zu Mengs und Winckelmann pflegt, kommentiert Addison im Vorbericht seiner *Historisch-kritischen Nachrichten aus Italien* 1770:

> Des Addison *Remarks on Italy* ist ein Werk der Jugend eines großen Mannes, aber kein gründliches Buch. [...] Es hat wenigstens den Verdienst, daß die Stellen der Alten von Italien fleißig angeführt sind, und daß man sich dadurch an dem Orte selbst erinnern kann, was die Alten davon gesagt haben.[15]

Volkmann verändert in seiner Kritik die Stoßrichtung der *Remarks*. Die literarisch überlieferte Antike rückt nicht mehr – wie von Addison gedacht – an die Stelle der Anschauung, sondern wird zum Stoff der Erinnerungsarbeit abgewandelt, man möchte fast meinen degradiert. Der Abgleich von Antike und Gegenwart steht nicht länger im Vordergrund. Antikes Dichterwort und Anschauung werden hier voneinander gelöst. Für Volkmanns *Nachrichten* sind die antiken Quellen als Korrelat zum Objekt kaum mehr dienlich oder haben den Status von Zusatzinformationen und finden sich deshalb vorzugsweise in seinem »historisch-kritischen« Fußnotenapparat. An ihre Stelle treten die Anschauung und die Beschreibung – der Versuch, ein objektives Abbild zu schaffen, der sich, sooft dies nötig oder nur gegeben erscheint, anderer Reisebeschreibungen aus dem europäischen Kontext bedient, was Volkmann als Verfahren auch in der Vorrede offenlegt. Ein solch ungezwungener Umgang mit bereits vorhandenem Beschreibungsmaterial hat in der Reiseliteratur lange Tradition: Schon in Martin Zeillers *Itinerarium Italiae nov-antiquae* von 1640 wird dem eigentlichen Text eine lange Liste der darin kompilierten Quellen vorangestellt.

Beim Anblick von Pozzuoli, Baiae und Cumae vermerkt Volkmann: »Alle diese Herrlichkeiten sind heutiges Tages in traurige

Ruinen verwandelt, und redende Zeugen von der Vergänglichkeit menschlicher Dinge.«[16] Mit Rekurs auf den barocken Topos der Vanitas steht die Antike dem Betrachter hier in ihrer Ruinenhaftigkeit vor Augen. Abgefedert wird die in den traurigen Ruinen vermittelte Stimmung durch eine emblematische Folie der Vergänglichkeit, die der Passage den Charakter einer persönlichen Erfahrung nimmt. Das beschriebene Objekt selbst wird zur *architecture parlante*, die den Verweis auf die antike Quelle zwar nicht grundsätzlich verweigert, ihrer aber nicht mehr bedarf.

Ergebnis ist bei Volkmann eine positivistische Beschreibungsmanier: ein Sammeln, Kompilieren und Vorstellen. Eine Strategie zur Bewältigung der unterschiedlichen, manchmal disparaten Eindrücke findet sich nicht, stattdessen enthält sich der Autor meist einer Beurteilung des Vorgefundenen. Gerade dieser Rückzug auf objektivierbare Sachverhalte und eine emotionale Distanz zu den Dingen machen die *Nachrichten* zum Vorläufer des *Baedeker*. Von der Bucht bei Baiae heißt es:

> Die Fläche am Ufer ist mit lauter Ruinen von alten Mauern, Terrassen und Gärten bedeckt, die das Meer zum Theil verschlungen hat. Durch die vielen versunkenen Gebäude ist der ehemalige Hafen gleichfalls unbrauchbar geworden.[17]

Hier wird lapidar informiert, und die Bemerkung, dass Hafen und Gebäude ihrer Funktion beraubt sind, bleibt ohne jeden Kommentar. Sämtliche Wertungen fallen formelhaft aus, so etwa in der vagen Standardvokabel des »vortrefflich Malerischen«, wenn Volkmann über die Bäder von Baiae vermerkt:

> Der Tempel des Merkur [...] liegt ebenso sumpfig, und nur ohngefähr hundert Schritte von dem vorigen entfernt. Drey verfallene und mit Gesträuche und Moos bewachsene Gewölber machen einen vortrefflichen malerischen Eindruck.[18]

Dreißig Jahre nach Volkmann und ein Jahrhundert nach Addison reist der Schotte Joseph Forsyth 1802 nach Italien. Seine *Remarks on Antiquities, Arts, and Letters during an Excursion in Italy*,[19] die nach seinem frühen Tod publiziert werden und 1835 bereits in vierter Auflage erscheinen, verhandeln die Besichtigung der Phlegräischen Felder in einem gesonderten Kapitel. Geradezu euphorisch scheint der Autor zu Beginn des Ausflugs am Grab Vergils zu sein; er besteht in der Tradition Addisons auf der Autorität Vergils. Angesichts dieser Stimmung kommt die Zuschreibungsfreude des Cicerone am Kap Misenum einer Profanisierung des Dichtergottes gleich:

> Auf dem Vorgebirge selbst befindet sich eine Menge von Ruinen, so wenig zu unterscheiden, dass sie keine Identifizierung zulassen. Ich erlaubte unserem Führer daher, diese Trümmer als Villa des Plinius, Lucullus, Marius oder wessen auch immer er wollte auszugeben; als er aber den Styx zeigte, den Acheron und gar die Elysischen Felder, fühlte ich einen poetischen Verdruss, dass diese in meiner Einbildung so bewundernswerten und heiligen Namen einem erbärmlichen Graben, einem Fischteich und ein paar Weinbergen verliehen wurden; und das alles Vergil zum Trotz, der die zwei Flüsse zwischen Unterwelt und Elysium platziert.[20]

Forsyth zeigt sich enttäuscht, gar verärgert über die »poetische Gegend«.[21] Mit dem Verlust der eigenen poetischen Ambition geht die durch den Cicerone betriebene Entzauberung der Landschaft einher. »Der Averner See hat all seinen poetischen Schrecken verloren. Seine klare, blaue Oberfläche dünstet nicht länger mehr den Tod aus und ist längst über den antiken Rand hinausgewachsen.«[22] Schon bei der Ankunft in Neapel zeigt sich, dass nur in der Distanz zur Stadt eine ästhetische Wirkung evoziert wird: »Um ein erquickliches Bild Neapels von seinem besten Punkt aus zu erhalten, muss man des Morgens ungefähr eine Meile von der Mole in See stechen und den Moment abpassen, wenn die Sonne hinter den Hügeln emporsteigt. [...] [D]ie Gebäude Neapels zu beschreiben, überlasse ich den Reiseführern.«[23] Der Versuch eines detailgenauen Abbilds wird bei Forsyth zugunsten des Panoramas aufgegeben, welches allein eine malerische Wirkung entfalten kann. Der empirische Blick entlarvt die Dinge in ihrer Banalität und überlässt den Verweis auf das poetische Vorbild resigniert dem neapolitanischen Cicerone und dessen naiver Phantasie. Der Erwartungsbruch wird hier viel offener als in Volkmanns *Nachrichten* ausgespielt und thematisiert.

In einem weiteren Schritt mündet solcher Unmut in ein bewusst inszeniertes Unwissen. In dem anonym erschienenen *Tage-Buch einer Reise nach Italien im Jahre 1794*[24] wird mit einem solchen Konzept ein Antitypus etabliert.

> Nachmittags spazierten wir zu dem Grabmahl des Virgils, den wir zwar nur dem Namen nach kannten, denn Latein versteh ich nicht, und will es auch nicht verstehen, da ich schon dafür in der Schule manche derbe Schläge gekriegt! Latein ließe sich besser aus dem Kopf, als hinein prügeln!!! Ich hätte es Virgilen gern geklagt, aber seine Asche konnte mir nicht mehr antworten![25]

Bei dem Autor wird die aeneische Landschaft, stellvertretend das Grab Vergils, zur leeren Bildungsformel. Erinnerungsarbeit ist in diesem Falle zwecklos, da scheinbar weder Interesse noch Vorwissen vorhanden sind, vielmehr schmerzhafte Erinnerungen an den heimischen Bildungsapparat. Vergil wird ebenso unspezifisch behandelt wie die auf ihn verweisenden, namenlos gewordenen Ruinen. Geradezu vorbeugend wird dadurch einer Frustration der Anschauung durch Nicht-Wissen entgegengearbeitet.

Die Wanderung durch die Phlegräischen Felder führt zu jenem Punkt, wo nach der klassischen Auslegung Charon die Seelen der Verstorbenen über den Styx setzt. Stichwortartig vermerkt der Verfasser: »Das Todte Meer, wo wir aber den Nachen des Charons nicht bemerkt, sonst wir vielleicht eine Fahrt mit ihm gewagt hätten.«[26] In dieser Variante wird die aeneische Unterweltsfahrt als nachmittäglicher Bootsausflug erwogen und somit ihrer mythischen Präsenz beraubt. Beide Textstellen zeigen, dass der Verfasser die antike und sogar die aeneische Topographie durchaus kennt, denn er spielt mit den Versatzstücken der klassischen Bildung, um seinen Antitypus zu entwerfen. Die Verweigerung zielt hier sowohl auf das Vorbild als auch auf ein mögliches Abbild. Beides wird im Text zurückgedrängt zugunsten einer humorigen Anverwandlung, die auf die eigene Biographie verweist.

Baron Augustin Creuzé de Lesser, der in ästhetischen Fragen dem Kreis um Madame de Staël nahesteht, sieht sich auf seiner Reise 1802 – also gleichzeitig mit Forsyth – als Konsequenz seiner Negativ-Erfahrung veranlasst, das Sprichwort »Neapel sehen und sterben!« polemisch abzuwandeln in »Voir Naples, et puis partir!«,[27] Neapel sehen und umkehren. Immerhin, das Primat der Anschauung bleibt erhalten. Für Creuzé de Lesser aber symbolisieren Reisebeschreibungen im Stile Addisons, die er ebenso wenig goutiert wie Volkmann, eine andere Form der Wahrnehmung. Er beschreibt sie als Blick durch grün gefärbte Gläser: »Es sind Menschen, die vor ihren Augen grüne Gläser tragen und die daher alles grün sehen.«[28]

Dass optische Geräte den Blick auf die Wirklichkeit verstellen, zu Täuschungen und Wahrnehmungsfehlern führen können, hat nicht erst die Romantik für sich entdeckt. Im Zuge der Verehrung der barocken Landschaftsmaler Claude Lorrain und Nicolas Poussin durch die Engländer entwickelten diese das sogenannte *Claude-glass*. Es handelt sich dabei um aufklappbare und transportable, leicht konvexe Spiegel, die durch optische Verzerrungen und ihre dunkle Tönung den Eindruck eines Landschaftsgemäldes im Stile Lorrains erwecken konnten. Claude-Gläser sind insbesondere in England im zweiten Drittel des 18. Jahrhunderts als *picnic equipment* nachweisbar. Der Maler Thomas Gray verwendete einen solchen Spiegel bei seinen Touren durch die englische Landschaft, und William Gilpin, der Theoretiker des *Picturesque*, schätzte seine Wirkung. Durch den Einsatz eines solchen Spiegels konnte das vorgegebene ästhetische Ideal mit der Wirklichkeit in Einklang gebracht und der Enttäuschung vorgebeugt werden. Eine Enttäuschung bestand nur insofern, als sich dieses Bild auf der Linse (noch) nicht mittransportieren ließ. Die ideale Landschaftsvedute fand sich, den Blick auf den dunklen Spiegel gerichtet, so in der realen Landschaft wieder. Das optische Hilfsmittel fungierte als

Vehikel einer positiven Verzerrung des Vorgefundenen, einer produktiven Täuschung.

Heinrich von Kleist hatte in dem berühmten Brief an seine Braut vom 22. März 1801, nur ein Jahr vor Creuzé de Lesser, in der Auseinandersetzung mit Kant ein sehr ähnliches Bild gewählt:

> Wenn alle Menschen statt der Augen grüne Gläser hätten, so würden sie urteilen müssen, die Gegenstände, welche sie dadurch erblicken, *sind* grün – und nie würden sie entscheiden können, ob ihr Auge ihnen die Dinge zeigt, wie sie sind, oder ob es nicht etwas zu ihnen hinzutut, was nicht ihnen, sondern dem Auge gehört. So ist es mit dem Verstande. Wir können nicht entscheiden, ob das, was wir Wahrheit nennen, wahrhaft Wahrheit ist, oder ob es nur so scheint.[29]

Greift man den Gedankengang Kleists auf, so entspinnt sich an der Frage der Wahrnehmung das dialektische Spiel von Wirklichkeit und Wahrheit. Eine Verschiebung liegt insofern vor, als Kleist sich selbst in das Bild integriert – und damit das Wirklichkeitspostulat der Welt in Frage stellt –, während Creuzé de Lesser es benutzt, um anderen eine fehlerhafte Wahrnehmung zu bescheinigen.[30] Enttäuschung entsteht demzufolge bei den Reisenden, wenn das Wahrnehmungsmuster in der Konfrontation mit der Wirklichkeit als fehlerhaft entlarvt wird, weil man dieses Muster nicht für sich selbst geltend machen kann.[31]

Creuzé de Lesser konstatiert in seiner *Voyage en Italie et en Sicile*: »Ich wage zu glauben, dass es absolut nicht mein Fehler ist, wenn ich in Italien fast überall das Gegenteil von dem gesehen habe, was ich über dieses Land gelesen habe.«[32] Der Blick auf Neapel führt zu der Erkenntnis, dass Gelesenes und Gesehenes nicht mehr übereinstimmen, sondern schroff auseinanderklaffen. Anders als bei de Brosses hilft hier keine Ironie. Vielmehr nimmt Creuzé de Lesser eine Verteidigungsposition ein. Die Bewusstwerdung jener unvermeidlichen Kluft zwischen Einst und Jetzt zeigt das Gewahrwerden eines Paradigmenwechsels. Während Volkmann zu Vergils Grab befindet: »Was noch davon steht, sieht einem Backofen mit zehn Nischen, worinn vermuthlich Urnen gestanden, nicht unähnlich.«[33] – eine der wenigen Stellen, an denen man Volkmann einen Ansatz von Polemik und Wertung unterstellen kann –, ist für Creuzé de Lesser der Weg zu diesem Genius Loci durch die Erfahrung blockiert: »Man kann dorthin gehen: aber es ist noch besser, stattdessen die *Aeneis* zu lesen.«[34] Hier wird die Literatur der Realität vorgezogen. Der Vergleich zwischen antiker Welt und Gegenwart weicht nicht, wie bei Addison, der eigenen Anschauung, vielmehr führt die Enttäuschung zum Ausweichen auf das scheinbar verlässlichere Buch. Literatur triumphiert über die Welt der Erscheinungen.

Bereits nach dem Besuch am Averner See mit der Besichtigung der vermeintlichen Grotte der Cumaeischen Sibylle räsoniert Creuzé de Lesser spöttisch über das unnütze Unterfangen, derlei Orte aufzusuchen, und erwartet von künftigen Reisenden eine vergleichbare Geläutertheit.[35] Die Konsequenz aus der Enttäuschung ist der Aufruf zur Verweigerung.

So glaubt Creuzé de Lesser nicht länger an den Wahrheitsgehalt der kursierenden Stiche, und auch Gustav Nicolai[36] zweifelt an dem Dokumentationscharakter der Veduten. Die Vedute, im Allgemeinen ein beliebtes Andenken an die besuchten Gegenden, gerät ebenso wie die antik literarische Projektionsebene in Verdacht, der Wirklichkeit nicht mehr standhalten zu können. Sie wird als Zerrbild entlarvt, denn sie zeigt in den Augen dieser Reisenden kein verlässliches Abbild der Altertümer, sondern ein geschöntes. Was im Vorfeld auch visuell die Erwartungen aufgebaut hat, versandet angesichts der kümmerlichen Realität.

Ein Ausflug nach Paestum kann in Nicolais *Italien, wie es wirklich ist* aufgrund dieser Erfahrung nicht mehr durchgesetzt werden. Das Vorurteil besiegt den Wunsch nach Überprüfung. Die scheinbar vorprogrammierte Enttäuschung schwächt den Willen zur Anschauung:

> Ich brachte endlich noch eine Ausflucht nach Pästum zur Sprache; allein man wandte ein, dort sei nichts zu sehen, als die Ruinen des Tempels des Neptun, eines Tempels der Ceres, eines Theaters, Amphitheaters und eines Portikus. Wir kennen

> diese Ruinen aus hiesigen Bildern sehr genau, indem wir uns die Hälfte des Dargestellten als gelogen denken, und da wir überdies nur zu viele Ruinen schon gesehen haben; so muß ich zugeben, daß es Thorheit sein würde, an den Anblick dieser Steinklumpen nur noch einen Kreuzer zu setzen. O Glück! O Wonne, so werden wir denn morgen den Rückweg aus diesem trübseligen Lande antreten![37]

Hier verweigert sich der Autor letztlich nicht nur der Beschreibung, sondern gar den Gegenständen selbst. Nicolai beruft sich durch die an anderer Stelle gemachten Erfahrungen auf die Veduten als stumme Zeugen eines falschen, halb erfundenen Italiens. Diese Abrechnung mit dem Ideal, das ihm zum Zerrbild der Italiensehnsucht wird, zieht sich durch seine gesamte Reisebeschreibung. Hier, am Ende der Reise, steht neben der allerorten erlebten Enttäuschung die Weigerung, sich länger mit der fremden Welt auseinanderzusetzen.[38] Im Vorwort bemerkt Nicolai zu den Frustrationstiraden seines Berichts:

> Von Heiterkeit beseelt, gedachten wir die Wunder Hesperiens mit voller Seele zu genießen. Allein als wir Italien erreicht hatten, sahen wir uns bald in unsern Erwartungen so schmerzlich betrogen, daß wir uns fast zur Umkehr entschlossen hätten; nur die Hoffnung, das gelobte Land im tiefern Süden zu finden, hielt uns zurück. Allein wir hofften vergebens.[39]

Der Titel des Buchs und die Art und Weise, wie an die Stelle von bildungsbeflissenen Mitteilungen Auskünfte über Ungeziefer und schlechtes Essen rücken, um die »verfaulte Herrlichkeit«[40] Italiens offenzulegen, weisen deutlich satirische Züge auf.[41] Das idealisierte Zerrbild von Italien, an dem sich Nicolai abarbeitet, erwächst aber nicht nur aus den eigenen Reiseerfahrungen, sondern auch aus den Italienerfahrungen anderer, vor allem Goethes, wie er selbst explizit erklärt. Das Nicolaische Italienbild – *als Warnstimme für Alle, welche sich dahin sehnen*, wie es im Untertitel heißt – gibt sich als wahrheitsgetreues Abbild aus. In kontrastiver Reibung stellt Nicolai dem Zerrbild der Fremde das Lob der Heimat gegenüber.[42] Der erklärten Enttäuschung über den gegenwärtigen Zustand aber folgt mit vielen Spitzen und scharfzüngigen Bemerkungen die Ironie als Bewältigungsstrategie auf dem Fuße.

Neapelreisen zwischen Ironie und Entsagung

Bei der Bewältigung von Italienenttäuschungen kommen vielfältige Strategien zum Zuge: Vom Überblenden mit klassischen Texten bis hin zur Ablösung der Anschauung durch Wissen oder gar einer Anschauungsverweigerung reichen die Beispiele, die sich in der Reiseliteratur des 18. und frühen 19. Jahrhunderts, hier am Beispiel der Umgebung Neapels, ausmachen lassen. Tendenzen, die wie das Werk Nicolais auch als blanke Satire auf gängige Italienreisen angelegt sind, beziehen ihre Position vor allem aus dem Negativ- oder Antibild, in welches sie die überkommene Tradition wenden. Gerade aber in dieser Verkehrung reibt sich noch im 19. Jahrhundert die Reisebeschreibung an ihren Vorgängern, auf die sie immer wieder Bezug nimmt. Die klassische Folie wird an den klassischen Orten, wenn auch zuweilen widerwillig, mitgedacht. Das eingangs skizzierte Gerüst möglicher literarischer Verarbeitungen von Enttäuschungen findet sich in vollem Umfang in den Texten wieder, so die Ironisierung bei de Brosses oder dem anonymen Tagebuch, mit und ohne Referenz auf klassisch antike Vorbilder. Die Suche nach faktischen Erklärungsmustern zur Entzauberung eines Ortes, ein Verfahren der Rationalisierung, konnte bei Forsyth ausgemacht werden, ebenso wie die Verneinung oder explizite Beschreibungsverweigerung als Strategie der Verdrängung bei Creuzé de Lesser. Ablenkungsmanöver, wie der Blick ins Buch bei Addison oder die Benutzung formelhafter Wendungen, wie sie bei Volkmann zu finden waren, lassen sich ebenso als der Verdrängung begreifen. Allein das Ausweichen auf Imaginationsräume (Projektion) und der Rückzug ins eigene Ich (Introjektion) wurden hier nicht vorgestellt. Beispiele hierfür ließen sich freilich finden, so in Charles Dupatys *Lettres d'Italie* (1785) oder William Beckfords *Dreams, Waking Thoughts and Incidents* (1783), die jedoch weniger auf eine Enttäuschung als auf eine spezifische Prädisposition der Reisenden zurückzuführen sind.

August von Kotzebue beschließt seinen Ausflug durch die Phlegräischen Felder in seinen *Erinnerungen von einer Reise aus Liefland nach Rom und Neapel*[43] (1805) mit einer nachdrücklichen Abrechnung. Schon im Vorwort seines Buchs vermerkte er mit einem Seitenhieb auf klassische Reisebeschreiber: »Ich habe es nicht geschrieben, um einen trocknen Catalog von Merkwürdigkeiten zu liefern, wie Volkmann; oder um meine Belesenheit in den Alten auszukramen, wie Stolberg (der so oft er eine Ziege erblickt, nicht unterlassen kann, ein paar Stellen aus dem Virgil zu citieren)«.[44] Kotzebue setzt sich betont von diesen Modellen und ihren Autoren ab. Am Ende bleibt ihm angesichts der empfundenen Nichtigkeit der Ruinen und einer Phantasie, die sich nicht mehr an den Gegenständen entzünden kann, sondern auf die dunklen Bilder der eigenen Erinnerung zurückgreifen muss, keine andere Wahl als die explizite Entsagung:

> Ja wahrhaftig, man wird es endlich überdrüßig, bei jedem Schritt stehen zu bleiben. Steinhaufen anzugaffen, die nichts mehr ähnlich sehen, in Schlünde und Spalten herum zu kriechen, wo man nichts sieht, Fabeln und Mährchen anzuhören, die nichts bedeuten. Der plaudernde Cicerone erläßt dem Fremden keinen Stein, verspricht alle Augenblicke ihm Gott weiß, welche Merkwürdigkeit zu zeigen, und ist man ihm nachgekrochen, so wird man doch wieder nichts anders gewahr, als dunkele Bilder, welche die Erinnerung vor die Phantasie schieben muß, um die todte Gegenwart zu beleben.– Mit einem Worte, ich will nun keine Ruinen mehr sehen.[45]

Uta Schürmann

Mrs. Davis geht ins Museum. *Tourismuskritik und die Musealisierung der Städte in Charles Dickens' ›Pictures from Italy‹*

Dickens' Italienreise: Stationen der Enttäuschung

Niemals in seinem Leben sei er dermaßen bestürzt gewesen, so Dickens' erster Eindruck von Italien im Jahr 1844, als er Genua erreicht:

> Die ersten Eindrücke eines solchen Ortes [...] können [...] kaum anders als traurig und voller Enttäuschung sein. Es gehört ein wenig Zeit und Gewohnheit dazu, um das Gefühl der Niedergeschlagenheit zu überwinden, welches der Anblick des Verfalls und der Vernachlässigung ringsum zunächst verursacht.[1]

Doch es sind nicht nur der unglaubliche Schmutz und die verfallenen Häuser, die im folgenden Jahr die Italienenttäuschung des Schriftstellers ausmachen werden. Es ist vielmehr die Depression angesichts der ausgetretenen Pfade, der Tatsache, dass jeder Stein Italiens bereits hundertfach gesehen und beschrieben wurde:

> Es giebt wahrscheinlich kein berühmtes Kunstwerk in ganz Italien, welches nicht leicht unter einem Berg von Papier, bedruckt mit Dissertationen über dasselbe, begraben werden könnte.[2]

Die italienische Stadt ist zum toten Museum geworden. Die Straßen, Gebäude und Kunstwerke sind nur noch Exponate, die der Besucher unbeteiligt besichtigt, den eigenen Blick verstellt durch Berge von Reiseberichten, die wie ein ständig anwachsendes und nutzloses Archiv jedem Eindruck lähmende Fußnoten beifügen. Dickens erklärt bereits auf den ersten Seiten, dass er dieses Archiv – »Magazin des Wissens«[3] formuliert es Julius Seybt in der deutschen Übersetzung von 1846 – in seiner Reisebeschreibung vollends ignorieren wird. Hier zeichnet sich ein Kernpunkt der Strategie ab, die der Autor anwendet, um seine Enttäuschung zu kompensieren: Dickens befreit den Mythos Italien aus seiner musealen Erstarrung, indem er den Objekten keine Beachtung mehr schenkt und sich stattdessen auf die Sozialreportage verlegt. Wie dieser Perspektivwechsel funktioniert, wird sich noch zeigen; zunächst aber werden wir Dickens' Weg nach Rom verfolgen, Hauptstation der Desillusionierung.

Unterwegs nach *Dead City*

Im Juli 1844 bricht Dickens mit seiner gesamten Familie – seiner Frau und deren Schwester, den fünf Kindern sowie zwei Kindermädchen, einem Reisemarschall, dem an vielen Stellen beschriebenen »wackeren Courier« und einem Hund[4] – nach Italien auf. Die Familie wird sich in dem folgenden Jahr hauptsächlich in Genua aufhalten, das Dickens zunächst so entsetzte. Von Genua aus unternimmt Dickens, teilweise allein, teilweise in Begleitung seiner Frau und seiner Schwägerin, verschiedene Reisen in andere italienische Städte. Nach Rom und Neapel reist er vom 19. Januar bis zum 14. Februar 1845. Im Verhältnis zu der relativ kurzen Zeitspanne, die Dickens sich demnach in Rom aufhält, nimmt der Bericht über die Ewige Stadt einen überproportional großen Raum im Gesamttext ein. Zu dem Rom-Kapitel selbst gehört ein weiteres, vorbereitendes Kapitel, das die Anreise über La Spezia, Carrara, Pisa und Siena beschreibt und dadurch die Erwartung an Rom, wie das Ziel einer langen Pilgerreise, immer mehr steigert. Dieser lange Einzug ist gekennzeichnet von einer systematischen Verschränkung von Mythos und Satire. So berichtet Dickens zunächst im romantisierenden Ton von der wunderschönen Küstenstraße zwischen Genua und La Spezia, gesäumt von pittoresken Fischerdörfern, die ein »wahres Miniaturbild einer Seestadt aus der Kindheit der Civilisation« abgeben, sowie den Leuchtkäfern, die im Sommer die Straße in einen magischen Ort verwandeln:

> Zuweilen sah ich die ganze dunkle Nacht von diesen schönen Insekten zu einem leuchtenden Firmament umgeschaffen, so daß die fernen Sterne gegen die tausend Funken, die in jedem Olivenhain und an jedem Abhange glänzten und die Luft erfüllten, erbleichten.[5]

Dieses Bild eines Italien, das schöner ist als das Universum, zerstört Dickens im nächsten Satz:

> In solcher Jahreszeit fuhren wir jedoch diese Straße [auf unserem Weg nach Rom] damals *nicht*.

Mit verschiedenen Bemerkungen zum schlechten Wetter, das ihn »in einer Wolke«[6] reisen lässt, wird der Topos der immer blühenden und sonnigen Natur Italiens widerlegt und eine erste Irritation gesetzt. Nach einem Zwischenstopp in Carrara, das ihm als eine einzige Werkstatt voller Marmorkopien erscheint, und einem weiteren Halt in Pisa erreicht Dickens Siena, wo ihm ein ernüchternder Karnevalsumzug begegnet:

> Hier war ein sogenanntes Carneval im Entstehen; aber da sein Geheimniß in ein paar Dutzenden trübselig aussehender Leute bestand, die in der Hauptstraße in ganz gewöhnlichen Masken auf und ab gingen und noch trübseliger waren als dieselbe Art Leute in England, wenn dies möglich ist, so sage ich weiter nichts davon.[7]

Der triste Karnevalsumzug begegnet Dickens auf seinem Weg nach Rom mehrmals wieder und wird, je näher er der Ewigen Stadt kommt, in einer sich verjüngenden Bewegung immer ärmlicher. In Acquapendente besteht der Umzug nur noch aus zwei Personen, »einem als Frau verkleideten maskirten Mann und [...] einem als Mann verkleideten Weibe, die sehr still und trübselig durch den tiefen Schmutz der Straßen wateten«.[8]

Diese Signale der Melancholie werden von einem weiteren Umstand begleitet, nämlich dem, dass die Landschaft um Rom, entgegen dem sonstigen dokumentierenden Blick des Autors, als

Projektionsfläche für mythisch anklingende, vor allem aber für reale englische Topographie fungiert: Je einsamer die Landschaft wird, desto mehr fühlt Dickens sich an das schottische Moor und Cornwall erinnert. Auch eine andere literarische Gattung, und zwar ebenfalls eine ausgesprochen englische, wird aufgerufen. Freistehende Häuser, in denen Dickens nächtigt, erinnern deutlich an Spukhäuser der *Gothic Novel* mit labyrinthischen Korridoren und vergessenen Zimmern, wie ein Hotel in der kleinen Stadt Radicofani: »etwas so zugiges, knarrendes, wurmzerfressendes, wurmstichiges, raschelndes, thüraufspringendes, den-Hals-auf-der-Treppe-brechend-aussehendes, wie es mir nie und nirgend sonst vorgekommen ist.«[9] Die Reihe der wunderlichen Häuser endet mit dem letzten, in dem Dickens vor seiner Ankunft in Rom absteigt, einem von der Malaria gezeichneten klapprigen Wirtshaus mit illusionistisch bemalten Wänden, in dem jedes Zimmer »wie die verkehrte Seite eines anderen Zimmers«[10] aussieht. Die Wendung vom verkehrten Zimmer ist ein Höhepunkt der Realitätsverwirrung, die die Reise nach Rom kennzeichnet. Der Reisende findet sich, nachdem er einen hybriden und instabilen Raum aus realen und fremden Topographien und intertextuellen Bezügen durchquert hat, in einer spiegelverkehrten Wirklichkeit wieder.

Dieses Panorama der Fremdeindrücke wird durch ein weiteres Versatzstück angereichert, nämlich dem der Landschaft über der Landschaft. Dickens etabliert dieses Motiv durch zwei Bilder. Das erste ist ein einsam gelegener See, der eine zweite, ehemals urbane Landschaft überdeckt:

> Wo jetzt der See ist, da stand vor Alters eine Stadt; sie wurde eines Tages verschlungen und an ihrer Stelle stieg dieses Wasser empor. Alte Sagen [...] erzählen, wie die Trümmer der Stadt bei klarem Wasser unten gesehen worden seien. [...] und hier stehen sie wie Geister, denen sich die andere Welt plötzlich verschlossen und die kein Mittel haben, wieder zurückzugelangen.[11]

Das Bild der Unterwasserstadt, das Dickens hier aufruft, setzt zunächst verschiedene literarische Assoziationen frei: Vineta,

Atlantis und Geister der Unterwelt, die nicht in ihr Reich hinabsteigen können, scheinen sich gefällig mit dem konventionellen Topos der mythischen Landschaft Italiens zu verbinden, die überall dank ihrer Ruinen den lebendigen Zugang zu einer erhabenen Geschichte bietet.

Auch das zweite Bild der Landschaft über der Landschaft wirkt auf den ersten Blick diesem Topos verpflichtet. Dickens' kleine Reisegruppe erreicht endlich »die Campagna Romana; eine wellenförmige Ebene, wo nur wenig Menschen wohnen können und wo meilenweit nichts zu erblicken ist, was die schreckliche düstere Oede unterbricht. Von allen Gegenden, die möglicherweise vor den Thoren Roms liegen könnten, ist diese die beste und geeignetste Begräbnißstätte für die todte Stadt. So trauervoll, so still, so trübe, so geheimnißvoll als Gruft unendlicher Trümmermassen«.[12]

Die mythische Ruinenlandschaft liegt vor dem Leser ausgebreitet, aber sie bietet nicht das, was der humanistisch geschulte, empfindsame Reisende erwartet: Sie erweckt die Antike in keiner Weise zum Leben. Roms Peripherie ist ein unermesslicher Friedhof, der nichts erzählt, sondern schweigt. Die Reise nach »Dead City«, wie Dickens Rom tituliert, führt durch eine Landschaft, die in lauter fremde Landschaften zerfällt, aber den Zugang zu ihrer eigenen Geschichte verwehrt. Der Schlüsselsatz dieser Bewegung fällt im Zusammenhang mit dem einsamen See über der versunkenen Stadt:

> Die unglückliche Stadt unten ist nicht verlorener und öder, als die verbrannten Felsen und das stille Wasser oben aussehen.[13]

Dickens führt das konventionell an Rom und seine Umgebung gebundene Motiv der mythischen Landschaft, der Landschaft über der Landschaft, ein, um es wiederum zu demontieren. Diese Demontage vollzieht sich in einem einfachen Trick, der erkennbar wird, wenn man einen Vergleich zu Goethes Beschreibung derselben Gegend, ebenfalls in der Erwartung des ersten Blicks auf Rom, in der *Italienischen Reise* zieht. Dort schreibt Goethe nämlich:

> Wenn man hier nicht phantastisch verfährt, sondern die Gegend real nimmt, wie sie daliegt, so ist sie doch immer der entscheidende Schauplatz, der die größten Taten bedingt […]. Da schließt sich denn auf eine wundersame Weise die Geschichte lebendig an, und man begreift nicht, wie einem geschieht.[14]

Bei Goethe ist die gegenwärtige Landschaft lediglich der Aufhänger, um die vergangene Landschaft sichtbar zu machen; selbst wenn er versucht, ausschließlich die Realtopographie zu betrachten, drängt sich ihm die Geschichte sofort wieder auf. Dickens aber, darin besteht sein Trick, beschreibt einfach trotzdem ausschließlich diese Realtopographie, frei von jeder ehrfürchtigen Antikisierung. Und diese tatsächlich sichtbare Landschaft ist trist, verlassen und tot, unwirklich wie eine Realität im Spiegel, vor allem aber ruft sie Bilder hervor, die weder mythisch noch italienisch sind, dafür aber englisch und – modern. Als Dickens nämlich das erste Mal Rom erblickt, erreicht die Irritation ihren Höhepunkt:

> Als wir wieder auf dem Wege waren, fingen wir an, uns in einem ordentlichen Fieber der Erwartung nach Rom umzuschauen; und als endlich die ewige Stadt in der Ferne erschien, sah sie aus – ich fürchte mich fast das Wort niederzuschreiben – wie London! […] Ja, ich schwöre, so tief ich auch die scheinbare Absurdität des Vergleichs fühle, sie sah in dieser Entfernung London so ähnlich, daß ich, wenn ich es in einem Spiegel hätte sehen können, es für nichts anderes gehalten hätte.[15]

Wieder eine verkehrte Wirklichkeit im Spiegel, aber dieses Mal ist es nicht nur ein Zimmer, sondern eine ganze Stadt. Das Rom, das Dickens im Spiegel sieht, ist nicht die Heilige Stadt auf den sieben Hügeln, sondern London, das industrialisierte Zentrum eines modernen *Empire.* Keine Antikenverehrung, keine Wiederbelebung der Geschichte und kein brennender Wunsch, den Tacitus zu lesen,[16] kennzeichnen Dickens' Weg nach Rom, dafür Friedhofsatmosphäre, englisches Wetter und ein falsches London, illusionistische Kulissenräume, Spiegeltricks und melancholische Karnevalsumzüge. Die für Italiens kulturelle Traditionen wichtigste Region erscheint als billige Kulisse. Mit einer solchen Kampfansage an den klassischen Mythos betritt Dickens Rom – und findet sich in einem Museum der Absurditäten wieder.

Das Baedeker-Symptom

Eine der ärgerlichsten Absurditäten begegnet Dickens in der Person einer Engländerin namens Mrs. Davis, die gleichzeitig für ein bis heute wirksames Paradigma der Italienenttäuschung steht. Mrs. Davis gehört zu einer »company of English Tourists«,[17] die gleichzeitig mit Dickens das römische Besichtigungsprogramm absolviert und damit Teil des Touristenstroms ist, der sich durch das museale Italien wälzt.

> Es war unmöglich, den Namen der Mrs. Davis nicht kennen zu lernen, denn sie wurde von der Gesellschaft sehr viel verlangt und ihre Gesellschaft war überall. Während der Charwoche war sie in jedem Theil jeder Scene jeder Ceremonie zu erblicken. Vierzehn Tage oder drei Wochen lang fand man sie in jedem Grabe, in jeder Kirche, in jeder Ruine und in jeder Gemäldegallerie und schwerlich habe ich Mrs. Davis einen Augenblick lang stumm gesehen. Tief unter der Erde, hoch oben auf dem Petersdom, draußen in der Campagna oder in den engen Winkeln des Judenviertels erschien Mrs. Davis, beständig die alte. Ich glaube nicht, daß sie etwas sah oder sich etwas betrachtete.[18]

Das Phänomen der Mrs. Davis ist kein Einzelfall. Bei der Durchsicht verschiedener Photographien des 19. Jahrhunderts,[19] die in Italien aufgenommen wurden, fällt ein Detail auf, das sich prototypisch ständig wiederholt: Auf den Plätzen, zwischen den Ruinen und Bauwerken steht jeweils eine Gruppe kleiner Assistenzfiguren. Dies ist zunächst in der Gattung der Vedute nichts Ungewöhnliches, die kleinen Staffagefiguren beleben eine Stadtansicht und verdeutlichen gleichzeitig die Dimension der Gebäude. Aber während beispielsweise auf einem Bild von Canaletto alle möglichen urbanen Szenen abgebildet sind, die sich auf jeder Piazza abspielen könnten, also in keinem weiteren Zusammenhang mit der konkreten, sie umgebenden Architektur stehen,[20] sind die Figuren auf den Photographien ganz eindeutig auf die Stadt und ihre Bauwerke bezogen. Sie stehen und betrachten, sie zeigen auf die Stadt und die Ruinen, sie photographieren sie: *Sie sind Besucher eines Museums.* Gerade die didaktische Geste des Zeigens vermittelt, dass die Betrachter eine Stadt wie ein Museum betreten und deren Bauwerke als Exponate verstehen, denen man mit der Brille der Bildung begegnet. Vor allem die sakralen Bauten werden dabei ihrer ursprünglichen Bedeutung beraubt. Indem die Betrachter darauf zeigen und dadurch markieren, dass sie die Kirchen und Tempel als musealisierte Objekte begreifen, negieren sie deren sakrale Funktion. Die zeigende Geste ist auch eine Strategie der Säkularisierung.

Mrs. Davis nun, die Karikatur des ›dummen Touristen‹, sieht und betrachtet nichts. Sie arbeitet die Abteilungen eines Museums ab, ohne zu bemerken, dass sie sich in einem Wohnhaus befindet: Die alltägliche Stadt entzieht sich dem Betrachter wie das Ausstellungsobjekt hinter der Vitrine. Diese Verfremdung ist ein bis heute wohlbekannter Effekt. So schreibt der italienische Autor Ennio Flaiano 1972 in seiner Kurzgeschichte *Welcome in Rome*:

> Gestern haben wir Rome by night gemacht. Sie haben uns in einem Bus zur Besichtigung der diversen Sehenswürdigkeiten gefahren, die alle gelb angestrahlt sind, so als wären sie Waren, die im Schaufenster in der Sonne liegen und durch farbiges Cellophan vor dem starken Licht geschützt werden.[21]

Das Forum Romanum als Anhäufung alter Steine, der Petersdom als kolossale Nippesfigur hinter einem Schutzglas: Der Tourismus – dies ist das immer noch gültige Paradigma der Italienenttäuschung, dem Dickens sich ausgesetzt sieht – bewirkt eine Musealisierung der Stadt, die einen ›authentischen‹ Zugang zu Italien verhindert. Die gesamten *Pictures from Italy* wimmeln von (hauptsächlich englischen) Touristen, die dumme Fragen stellen, Grabinschriften mit bunten Regenschirmen nachziehen, Urnen wie Einmachgläser öffnen, ihren Cicerone beleidigen und allgemein völlig verständnislos die größten kulturellen

Gioacchino Altobelli und Pompeo Molins:
Das Innere des Colosseums gegen Osten, um 1860

Pompeo Molins: *Blick auf Rom vom Pincio*, um 1862

Gioacchino Altobelli und Pompeo Molins:
Die Piazza S. Maria Maggiore mit einem Photographen, um 1860

Giorgio Sommer: *Serapistempel in Pozzuoli*, um 1865

Errungenschaften der Welt abarbeiten. Dabei steht ihnen vor allem eines im Weg: das lähmende Archiv der Reiseberichte. Das Archiv im Taschenformat, das sich im 19. Jahrhundert zwischen den Besucher und die Sehenswürdigkeit wie ein papierner Schutzschild schiebt, nennt sich *Baedekers Handbuch für Reisende* oder, nachweislich im Fall von Dickens, *Murray's Handbook for Travellers*. Das handliche rote Buch wird zum Attribut des Touristen.

Die Reiseführer von Baedeker und Murray machen es sich seit den 1830er Jahren zur Aufgabe, jedwede Stadt und Landschaft in ihren topographischen, geographischen, historischen, kulturellen und sozialen Gegebenheiten zu erfassen. Es ist ein Projekt der totalen Archivierung, das vor allem von einem Anspruch auf Vereinheitlichung getrieben wird – in *Murray's Handbook for Travellers in Central Italy* von 1843, das auch Dickens im Gepäck hatte, heißt es im Vorwort, man hätte befürchtet, durch die große Dimension der zu beschreibenden Städte und Landschaften die Uniformität der Reihe zu zerstören (»destroying its uniformity with the rest of the series«).[22] Vor allem der *Baedeker*, seit 1861 auch auf Englisch erhältlich, ist für seine Genauigkeit bekannt.[23] Er kartographiert und beschreibt die Welt nicht nur, er vermisst sie auch aufs Akribischste, wie der Baedeker zu Rom, der erstmals 1866 erscheint:

> Nach allen diesen Schicksalen ist St. Peter wo nicht die schönste, doch die größte Kirche der Welt; ihr Flächeninhalt beträgt 15 160 qm, während der Dom in Mailand 11 700, St. Paul in London 7875, die Sophienkirche in Konstantinopel 6890, der Dom zu Köln 6166, der zu Antwerpen 4969 qm hat.[24]

Dieser Hang zur Objektivierung, nach dem alles erfasst und nichts ausgelassen werden soll, führt schließlich zu Angaben von fast absurder Präzision, wie das Beispiel des Kolosseums zeigt:

> Der Gesamtumfang des elliptischen Baues beträgt nach den zuverlässigsten Messungen 524 m, die ganze Längenachse 187,770 m, die Querachse 155,638 m. Die Höhe beläuft sich auf 48,5 m.[25]

Sobald man Objekte ihrer alltäglichen Funktion beraubt und sie in einem musealen Zusammenhang ausstellt, werden sie zum einen unberührbar und in ihrer Bedeutung aufgewertet, zum anderen erstarren sie und verändern sich nicht mehr. Diese Bewegung vollzieht sich im Archivierungsprojekt des *Baedeker*: Einmal klassifiziert, vermessen und beschrieben, ist das Kolosseum als Objekt erfasst und unschädlich gemacht. Es steht als prominentes Exponat in einer gigantischen archäologischen Sammlung, unveränderlich und unberührbar. Damit ist es für den reisenden Schriftsteller unbeschreibbar geworden, es wird im Text unsichtbar, da es bereits an anderer Stelle katalogisiert ist. Genau das ist zunächst Dickens' Dilemma. Wie bereits angemerkt, konstatiert er eingangs die Tatsache, dass jedes Objekt in Italien unter den Bergen seiner Beschreibungen begraben werden könnte. Dickens erklärt nicht nur, auf ebensolche Beschreibungen in seinem Reisebericht verzichten zu wollen. Er stellt die Leerstellen, die dadurch entstehen, offensiv aus. Bereits während der Anreise schreibt er ironisch in Bezug auf die Kathedrale von Lyon:

> Wenn ihr Alles von der Architektur dieser Kirche oder einer andern, ihren Erbauern, ihrer Größe, ihrem Reichthum und ihrer Geschichte wissen wollt, so steht es ja geschrieben in Murray's Führer, und ihr könnt es dort lesen und ihm dafür danken, wie ich es that![26]

Den Teil der *Grand Tour*, den Mrs. Davis und ihre Reisegruppe stoisch abarbeiten, ›erledigt‹ Dickens zwar ebenfalls. Was er aber *beschreibt*, muss jenseits des *Baedeker* liegen. Seine Aversion gegen vom Reiseführer diktierte Sehenswürdigkeiten bringt er schließlich zum Ausdruck, als er nach einem kurzen Besuch Modena verlässt:

> Wir waren wahrhaftig in Bologna, ehe der kleine alte Mann (oder das Reisetaschenbuch) uns das Zeugniß geben konnte, daß wir den Wundern Modena's nur halb hätten Gerechtigkeit widerfahren lassen. Aber es ist eine solche Freude für mich, neue Umgebungen hinter mir zu lassen und immer weiter zu schweifen, um neue Umgebungen zu finden – und außerdem

> habe ich einen so eigensinnigen Charakter in Bezug auf Sehenswürdigkeiten, die anerkannt und vorgeschrieben sind, daß ich sehr fürchte, ich werde überall, wohin ich komme, gegen ähnliche Autoritäten sündigen.[27]

Hier setzt ein Paradigma der *Kompensation* der Italienenttäuschung an: das authentische, ständig nach neuen Eindrücken strebende Reisen ohne Reiseführer, das Suchen nach Winkeln jenseits der ausgetretenen Pfade der Touristenströme. Nicht von ungefähr trägt das Kapitel in E. M. Forsters Roman *A Room with a View* (1908), in dem die viktorianisch erzogene Protagonistin Lucy zum ersten Mal aufgefordert wird, der Konvention der Bildungsreisenden zu entsagen und sich einfach in den Straßen und Kirchen von Florenz treiben zu lassen, das Kapitel also, in dem die Öffnung zu Natürlichkeit und Emotionalität inszeniert wird, den Titel »In Santa Croce with No Baedeker«.

Betrachter und Bühnen

Mrs. Davis steht zum einen für Dickens' größte Enttäuschung und ist zum anderen Ansatzpunkt für die literarische Kompensation der Enttäuschung. Der Autor nämlich vollzieht einen geschickten Perspektivsprung: Nicht die bereits vermessenen und somit unbeschreibbar gewordenen Exponate sind es, die er schildert, sondern deren *Betrachter*. Programmatisch führt Dickens seinen Perspektivwechsel in einer kleinen Szene vor, die sich in Genua abspielt. Er beschreibt das Panorama der Stadt, wie es sich ihm von seinem Blickpunkt aus darbietet, und sieht dabei auch Folgendes:

> Anscheinend keinen Steinwurf weit sitzt die Zuhörerschaft des Tagtheaters, ihre Gesichter hiehergekehrt; aber da uns die Bühne versteckt ist, sieht es, wenn man sonst die Sache nicht versteht, wunderlich aus, wie die Gesichter sich so plötzlich aus dem Ernst zum Lachen verkehren, und noch wunderlicher ist es, wenn man das Beifallsklatschen in der Abendluft herüberrauschen hört, wenn der Vorhang herabfällt.[28]

Reisen unter Anleitung des Baedekers. –
Giuseppe Primoli: *Der Besuch im Torlonia-Museum*, um 1898

Das Prinzip, durch das Dickens mit der Tradition der Literarisierung der *Grand Tour* bricht, ist hier in einem Bild verdichtet: Die zum humanistisch geprägten Bildungskatalog des Reisenden gehörenden Pflichtsehenswürdigkeiten, die Italien auf seiner akademischen Bühne darbietet, werden in *Pictures from Italy* unsichtbar. Dafür beschreibt Dickens das Publikum, dessen Reaktionen auf das Dargebotene, da wir es jetzt nicht mehr sehen, sinnentleert und bizarr wirken.[29]

Besonders ausführlich bringt Dickens seine Tourismusverachtung in der Schilderung der verschiedenen Osterzeremonien in Rom zum Ausdruck. Die humoristischen Beschreibungen der unterschiedlichen Bräuche, die im Petersdom zelebriert werden, sind ihm vor allem Anlass, die Zuschauermenge ins Visier zu nehmen. Über die symbolische Fußwaschung, die der Papst bei dreizehn Männern vornimmt, die die zwölf Apostel und Judas Ischariot repräsentieren, heißt es:

> die Dreizehn sitzen alle in einer Reihe auf einer sehr hohen Bank und fühlen sich sehr unbehaglich, da die Augen von der Himmel weiß wie vielen Engländern, Franzosen, Amerikanern, Schweizern, Deutschen, Russen, Schweden, Norwegern und andern Fremden die ganze Zeit über sie anstarren.[30]

Dickens berichtet weiter, wie man sich »nach einem fürchterlichen Gedränge auf der Treppe des Vaticans und verschiedenen Kämpfen mit der Schweizergarde« zu der Tafel begibt, an der der Papst aufwartet.[31] Von der separaten Damenloge weiß er zu erzählen, dass eine stämmige Italienerin eine Engländerin seiner Bekanntschaft von ihrem Platz hebt, während eine weitere Dame die Umstehenden mit einer großen Nadel sticht, um weiter nach vorne zu kommen. Überdies schreibt er:

> Die Herren in meiner Nähe ließen es sich außerordentlich angelegen sein, zu sehen, was auf der Tafel stand, und ein Engländer schien die ganze Energie seines Geistes anzuwenden, um zu entdecken, ob Senf vorhanden sei.[32]

Was hatte Dickens von Italien erwartet? Unmittelbar nach dem Überschreiten der Stadtgrenzen Roms, geschockt von dem Besucherandrang und den »ganz gewöhnlichen Läden und Häusern«, verleiht er seiner Enttäuschung Ausdruck: »Es war so wenig mein Rom, das Rom, wie es sich jeder Mann oder Knabe denkt, beraubt seines Glanzes und gesunken und in der Sonne schlummernd auf einem Haufen Ruinen.«[33] Rom, ein stiller, träumerischer Ort, der aus der Zeit gefallen ist: Dickens hat sich eine Art lebendiges Museum der Imagination erhofft, trifft aber jetzt auf ein statisches, heruntergekommenes Archiv, das auch noch – als wäre das nicht schon schlimm genug – überfüllt ist mit dummen Besuchern und lärmenden Bewohnern. Zum größten Teil verarbeitet er die Enttäuschung mit Hilfe der Satire. Trotzdem gibt es immer wieder Räume, in denen er die ersehnte Kraft zur Imagination findet, und das sind fast ausschließlich Orte, die in einem Zusammenhang mit Bühnen und Theater stehen. In diesen Augenblicken werden die Zuschauerräume wieder ausgeblendet. Herausragende Beispiele für solche Ausnahmeorte sind ein fast verrottetes Theater in Parma, das er fasziniert als »gespensterhafte Bühne«[34] bezeichnet, vor allem aber das Kolosseum, das Dickens während seines Romaufenthalts jeden Tag besucht. Hier imaginiert er sich die Gladiatorenkämpfe und das alte Rom in seiner Brutalität und Rohheit, und hier findet er schließlich sein Rom:

> Hier war endlich wirklich Rom, und ein Rom, wie es sich Niemand in seiner vollen und schauerlichen Größe denken kann![35]

Boz entdeckt Italien: Skizzen, Bilder

Die Faszination für Orte des Theatralischen und Bühnenhaften rührt in Dickens' Fall sicherlich vor allem aus der Tatsache, dass hier eine Verbindung zur Mentalität des Volkes, zu lebendigen Szenen und flüchtigen Eindrücken hergestellt wird. Eine Art Bühne des italienischen Lebens ist es denn auch, was Dickens in seinem Reisebericht interessiert. Es ist der Dickens der *Sketches by Boz*, der bereits sein London in skizzenhaften Reportagen porträtierte und der jetzt Italien entdeckt[36] – die italienischen *Sketches* bezeichnet er nun als *Pictures*, er markiert die aufgezeichneten Impressionen demnach als konsistent und weniger durchlässig. Tatsächlich entstehen die Bilder vor der Folie einiger deutlicher Leitthemen, sozusagen den Eckpfeilern der Italienenttäuschung, die einer Serie von Skizzen jeweils die Geschlossenheit eines Bildes verleiht.

Erstes Bild: Katholizismus. Der tödliche Bambino

Die Bräuche und Riten des Katholizismus, die in Italien, vor allem natürlich in der Pilgerstadt Rom, exzessiv gepflegt werden, erscheinen dem englischen Schriftsteller absurd und bizarr. Nicht der Glaube selbst, das betont Dickens an mehreren Stellen, sondern die sinnentleerten Rituale, die die Institution der katholischen Kirche zelebriert, werden im Ton der Satire kritisiert. Ausführlich beschreibt Dickens die unfreiwillige Komik derjenigen, die auf Knien die Scala Santa besteigen, oder auch die augenfällig den Papst überkommende Übelkeit, wenn dieser bedenklich schwankend im Petersdom herumgetragen wird. An anderer Stelle mokiert der Autor sich über die hölzerne und angeblich wundertätige Puppe, die in Santa Maria in Aracoeli aufbewahrt und »Bambino« genannt wird:

> Ich traf kurze Zeit darauf denselben Bambino auf der Straße, als er mit großem Prunk nach dem Hause eines Kranken gebracht wurde. Er ist zu diesem Zwecke fast beständig in Rom unterwegs; aber ich vernehme, daß auf seine Wunderkraft nicht immer so zu bauen ist, als wünschenwerth wäre; denn wenn er in Begleitung eines zahlreichen Gefolges am Bette todkranker und sterbender Personen erscheint, so erschreckt er sie nicht selten zu Tode.[37]

Zweites Bild: Objekte und Betrachter. »Breezy Maniacs«

Nicht immer bleibt Dickens seinem Vorsatz treu, auf die Beschreibung von Kunstwerken zu verzichten. Einige Objekte, die ihn entweder besonders faszinieren – wie das Porträt der Beatrice Cenci im Palazzo Barberini und die Statuen Canovas – oder besonders abstoßen, gehen doch in seinen Reisebericht ein. Die Kunstbeschreibung ist oftmals mit der Schilderung der Wirkung eines Werks auf die Betrachter[38] oder einfach auf ihn selbst gekoppelt, was ihr wiederum einen reportageartigen Charakter verleiht und allen Konventionen der Bildbeschreibung[39] zuwiderläuft. Über die Wandmalereien in Santo Stefano Rotondo schreibt Dickens:

> Diese Bilder stellen den Märtyrertod von Heiligen und Urchristen dar; und ein solches Panorama von Entsetzen und Blutvergießen kann sich kein Mensch im Traume denken, und wenn er ein ganzes Schwein zu Abend äße.[40]

Auch die Statuen von Bernini finden Dickens' Gefallen nicht. In einer regelrechten Hasstirade schmäht er die »Breezy Maniacs«, »Tollhausgestalten, bei denen jede Falte der Draperie sich im Winde umkehrt; an denen die kleinste Ader so dick ist, wie ein gewöhnlicher Finger; deren Haar einem Nest zuckender Schlangen gleicht; und deren Stellungen jede andere Uebertreibung beschämen.« Seine Wut über die Statuen des berühmten römischen Bildhauers gipfelt in der Überzeugung, dass derlei »Misgeburten« nur in Rom dem Geist eines Bildhauers entspringen könnten.[41]

Drittes Bild: Bewohner, Alltag, Augenblicke. Das rasende Alphabet der Hände

Am alltäglichen Leben der italienischen Bevölkerung interessiert Dickens vor allem das Schnelle und Chaotische. Gerade die expressive Körpersprache und Gestik der Italiener werden häufig thematisiert. Das Morraspiel, bei dem blitzschnell Finger in die Luft gehalten werden, sei exemplarisch für Dickens' Beschäftigung mit den landestypischen Gesten erwähnt.[42] Im Kapitel über Neapel berichtet Dickens von einer wöchentlichen Lotterie, bei der man jeweils auf drei Zahlen setzt:

> Jedes Lotteriebüreau hält ein gedrucktes Buch, einen Lottopropheten, in dem jeder mögliche Zufall und Umstand berücksichtigt ist und seine Nummer hat. [...] Wenn das Dach des Theaters San Carlo einstürzen sollte, so würden so viele Personen auf die bei einem solchen Unfall im Propheten angegebenen Zahlen setzen, daß die Regierung bald diese Nummern schließen und sich weigern müßte, sich der Gefahr, noch mehr darauf zu verlieren, auszusetzen. Das geschieht oft. Vor nicht sehr langer Zeit brach im königlichen Palast Feuer aus, und in Folge dessen war ein so allgemeines Verlangen nach Feuer, König und Palast, daß ferneres Setzen auf die betreffenden Nummern verboten wurde.[43]

Auch August von Kotzebue beschreibt das italienische System der Gebärden in seinen *Bemerkungen auf einer Reise von Liefland nach Rom und Neapel* (1810) und bemängelt dabei, dass die

»Augensprache«[44] der Italienerinnen verlorengeht, da sie sich nur auf die Zeichen ihrer Hände verlassen. Hier ergibt sich eine Analogie zu Dickens' Italienbild: Auf der einen Seite fixiert Dickens mit der Beschreibung der schnellen und flüchtigen Gesten etwas, das der Statik und Musealisierung der Städte entgegensteht. Zum anderen erscheinen die in verschiedene zeichenhafte Positionen rasenden Hände als etwas vom Körper Losgelöstes, das sich außerhalb des Körperzentrums abspielt. Analog dazu ist Dickens' Italien ein Land voller Phänomene, die sich von ihrem Ursprung entfernt und entfremdet haben. Vor allem das sagenumwobene Rom ist für Dickens eine Stadt im Spiegel, die zwar ein Teil der Wirklichkeit, aber letztendlich doch ein von ihrem Organismus abgetrennter Fremdkörper ist: Rom zerfällt immer wieder in museale, sinnentleerte Fragmente eines instabilen, unsicheren Raums.

»An Italian Dream«: Stationen der Versöhnung

Wie bereits beschrieben, findet Dickens in seinen *Pictures from Italy* immer wieder Fluchtpunkte, die seiner Italienenttäuschung und seiner Desillusionierung entgegenwirken. Zur echten Versöhnung mit Italien kommt es in dem kurzen Kapitel »Ein Traum in Italien«, das in seiner fast schwärmerischen Ernsthaftigkeit im völligen Kontrast zum übrigen Text steht.[45] Die Apotheose seines Italiens findet Dickens in Venedig, das als romantisches Gegenprogramm zum humanistisch geprägten, klassischen Rombild (das Dickens demontiert) erscheint. Die traumartige Venedigsequenz verzichtet auf topographische Bezeichnungen und reales Personal, sie folgt der verschwimmenden Bewegung einer Laterna magica[46] und stellt sich damit gegen die belehrende, photographisch-objektive Reisebeschreibung.

Nervtötende Touristen, ausgetretene Reisepfade, verfallene und stagnierende Städte, erschreckende Armut, bizarrer Katholizismus und geschmacklose Kunstwerke zwischen ehrwürdigen Ruinen; die Facetten der Depression, die Dickens in Italien immer wieder befällt, sind vielgestaltig und zahlreich. Und doch ist die Enttäuschung letztendlich nur eine Reaktion auf die Sehnsucht, deren Erfüllung Dickens sucht und hin und wieder auch findet. An allen weiteren Tagen seines Reisejahres gelingt es dem englischen Dichter, die Kehrseiten Italiens zu einem Text zu verarbeiten, der sich als Hybrid aus Reisebericht, Reportage und Satire jenseits aller lähmenden Bildungstraditionen bewegt.

Jan von Brevern

Griechenland, eine Enttäuschung

Griechische Leiden

»Das waren böse Tage!« Schon die Überfahrt nach Griechenland ist eine Qual. Das altersschwache englische Dampfschiff *L'Africaine* stampft durch das winterliche, sturmgepeitschte Mittelmeer des Jahres 1836, an Bord befindet sich der seekranke Held von Pückler-Muskaus halbfiktivem *Südöstlichen Bildersaal*. »Was halfen mir nun alle romantischen und klassischen Erinnerungen dieser weltberühmten Gegend unserer Erde, die sonst das jugendliche Herz schon pochen lassen, wenn man ihres Namens nur erwähnte?«, fragt er verzweifelt.[1] Vergebens ruft er sich die Nähe mythischer Küsten, Inseln und Grotten in Erinnerung. Doch die Geschichten von Odysseus, Sappho und Alpheios kommen gegen die raue Wirklichkeit nicht an – die stinkende Kajüte, die ekelhafte Seekrankheit, das Heulen des Sturms – etwas anderes kann der Reisende nicht wahrnehmen. Und was ihm hier an Bord schon nicht gelingt, nämlich die durchreiste Gegend mit den Mythen und historischen Ereignissen des Alten Griechenland in Einklang zu bringen, das sollte auch für die spätere Reise auf dem griechischen Festland das größte Problem bleiben.

Denn nach der Ankunft in Patras wird alles noch viel schlimmer. Das Land, das doch als Wiege der europäischen Zivilisation gelten soll, ist eine hygienische, kulturelle und moralische Katastrophe. Seine Bewohner, angeblich die Nachfahren der Alten Griechen, versinken in Schmutz und Armut, können weder lesen noch schreiben und haben von Platon oder Aristoteles noch nie etwas gehört. »Das Volk, das sich den Namen der Hellenen anmaßt, hat mit den Erinnerungen des Bodens nichts gemein«, hatte der österreichische Diplomat Anton von Prokesch wenige Jahre zuvor ernüchtert festgestellt. Prokesch hatte aus nächster Nähe die Verwüstungen und die Not gesehen, die der sogenannte »Freiheitskrieg« hinterlassen hatte, und dabei nach eigenem Bekunden jeden Glauben an die Sache verloren. Auch dem Boden waren die Erinnerungen gar nicht so leicht zu entreißen. »Gott, wie sieht diese klassische Erde aus!«, empörte sich Prokesch.[2]

Auch dem Reisenden Hermann von Pückler-Muskau, oder vielmehr seinem literarischen Double, bleibt da nichts mehr übrig, als den »tiefen Verfall einstiger Größe« zu konstatieren.[3] Das, was er über Griechenland weiß, und das, was er dort sieht – es ist kaum in Einklang zu bringen. Darin ist der *Südöstliche Bildersaal*, der den Untertitel »Griechische Leiden« trägt, ein prototypischer Reisebericht seiner Zeit. Die Struktur der Enttäuschung war dabei immer die gleiche. Vor der Ankunft wurden enorme Erwartungen aufgebaut: Das Wissen über die Antike wurde noch einmal aufgefrischt, die überlieferten Ereignisse und Schauplätze gewannen vor dem geistigen Auge des Reisenden an Kontur. Zumal in den zwanziger und dreißiger Jahren des 19. Jahrhunderts kam für viele eine fieberhafte Begeisterung für das Unabhängigkeitsstreben der Griechen gegen die als Besatzer empfundenen Osmanen hinzu. Das Alte Griechenland schien wieder aufzuerstehen, und Philhellenen aus ganz Europa machten sich auf den Weg, um dabei zu sein. Vor Ort freilich stellte sich schon die politische Lage schnell als weitaus weniger eindeutig dar. Die osmanischen Statthalter waren oft gebildet und tolerant, die Griechen wiederum existierten als einheitliches Volk gar nicht, sondern setzten sich aus vielen Ethnien und Fraktionen zusammen, die sich auch gegenseitig immer wieder bekämpften. Die Griechen seien Türken, die sich für Italiener hielten – so soll Lord Byron, der begeisterte Philhellene, ironisch den damaligen komplizierten Prozess der Identitätsfindung beschrieben haben.[4]

Die vielleicht größte Enttäuschung aber bestand für die meisten Reisenden darin, dass es ihnen nicht gelang, die historische Bedeutung der von ihnen besuchten Landschaften und Stätten zu *fühlen*. Von den antiken Bauwerken waren an berühmten Orten wie Delphi, Nemea, Olympia oder Epidaurus bestenfalls noch ein paar Trümmer zu finden – meist aber schlicht gar nichts. Die großen Ausgrabungen sollten erst in der zweiten Hälfte des 19. Jahrhunderts stattfinden. Angesichts der kargen Ebenen und vegetationslosen Gebirgszüge fiel es daher schwer, sich den Glanz des Alten Griechenland zu vergegenwärtigen. Und so war für viele Reisende das vorherrschende Gefühl dasjenige eines unwiederbringlichen Verlusts. Mark Twain, der auf seiner Europa-Kreuzfahrt, dreißig Jahre nach Pückler-Muskau, auch Griechenland streifte, konnte in der attischen Ebene nichts als »unpoetische Ödnis« erkennen. Einen bizarreren Kontrast als den zwischen dem antiken und dem modernen Griechenland, so notierte er, lasse sich in der Geschichte wohl kaum finden.[5] Und als 1883 – vergleichsweise spät also – die erste Ausgabe des *Baedeker Griechenland* erschien, meinten die Herausgeber, ihre Leser auf die zu erwartenden Enttäuschungen vorbereiten zu müssen. Der Schmutz und das Ungeziefer in den Landgasthäusern, die, wie es heißt, »auch die höchste Begeisterung für den klassischen Boden ganz gewaltig abzukühlen vermögen«, waren dabei das geringste Problem und sicherlich nicht griechenlandspezifisch.[6] Schon Pückler-Muskau hatte sich hier zu helfen gewusst, und zwar mit einer eleganten, zeltartigen Konstruktion aus feinstem Musselin. Sie war nicht nur zum Biwakieren geeignet, sondern ließ sich auch in Innenräumen aufspannen, schützte dort vor Schmutz, Mücken und Wanzen und bot neben einer Luftmatratze sogar noch einem kleinen Schreibtisch Platz.

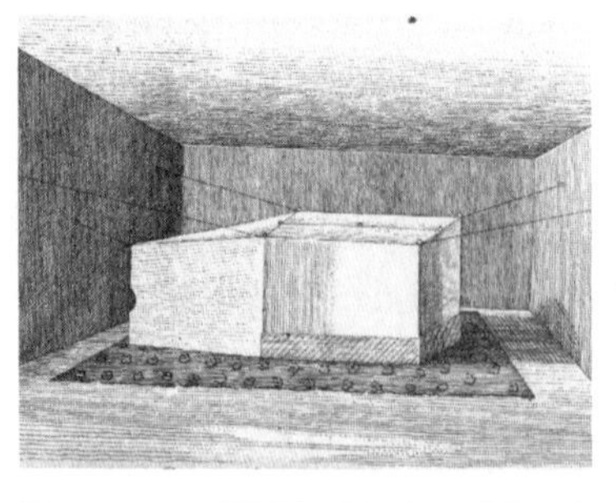

Hermann von Pückler-Muskau: *Reisezelt*

Schwerwiegender erschienen hingegen zwei andere Warnungen des *Baedeker*: Zum einen würde besonders den aus Italien kommenden Reisenden der »trümmerhafte Zustand« der erhaltenen antiken Skulpturen zunächst sicherlich enttäuschen, zum anderen müsse man damit rechnen, nicht sofort das rechte Verständnis für die harte südliche Landschaft aufbringen zu können. Doch an diese Warnungen knüpfte sich auch ein Versprechen: Habe das Auge nämlich erst einmal gelernt, über die Mängel hinwegzugleiten, die Unmittelbarkeit der griechischen Kunst und die »ernste Harmonie der Farben« in den Landschaften zu würdigen, würde der Genuss umso reichhaltiger sein, der Einblick in das Wesen von Kunst und Geschichte umso tiefer.[7]

Es ging also durchaus nicht darum, seine Erwartungen zurückzuschrauben, sie an die raue Wirklichkeit anzupassen – sondern darum, den eigenen Wahrnehmungsapparat so zu erziehen, dass die enorme Kluft, die man zwischen dem antiken und dem zeitgenössischen Griechenland empfand, überbrückt werden konnte. Ein »Sehenlernen« war notwendig, eine Schulung des Auges, die der Einbildungskraft auf die Sprünge helfen sollte. Eine gewisse Trauer angesichts des Verlusts der Vergangenheit blieb dabei durchaus gestattet. Als Pückler-Muskau auf Athen, damals eine Kleinstadt von kaum 4000 Einwohnern, hinabblickte, sah er sich sogleich in jener melancholischen Stimmung gefangen, der, wie er schreibt, sich wohl nur wenige zu erwehren wüssten, wenn »zum erstenmal in der Ferne jene Überreste gefallener Größe, gleich trauernden Geistern, vor ihnen aufdämmern, von allen jenen magischen Erinnerungen des Altertums umschwebt, die unserer Seele seit frühester Kindheit eingeprägt sind.« Seinem *Südöstlichen Bildersaal* fügte er dabei ein verbales Gemälde der attischen Ebene hinzu: »schöne, edle Formen, aber ohne Farbe, nur grau in grau gemalt, öde, unfruchtbar und verlassen.«[8]

Hellenicorama

Vielleicht mehr als bei jedem anderen Reiseziel war die Enttäuschung ein inhärenter Bestandteil jeder Griechenland-Reise und ist es vielleicht bis heute. Manche, unter ihnen der große Griechenland-Fan Winckelmann, waren sich der Enttäuschung so sicher, dass sie gar nicht erst hinfuhren. Bei denen, die es dennoch taten, trat die Enttäuschung unvermeidlich ein – ob nun bei Pückler-Muskau, bei Prokesch, später bei Hugo von Hofmannsthal oder, noch Anfang der sechziger Jahren des 20. Jahrhunderts, bei Martin Heidegger, der eine ihm zehn Jahre zuvor von seiner Frau zu Weihnachten geschenkte Kreuzfahrt nicht mehr länger hatte aufschieben können.[9] Noch spannender aber als diejenigen, die enttäuscht blieben, sind vielleicht jene, deren anfängliche Enttäuschung in Begeisterung umschlug. Es ist diese Struktur der Enttäuschung und die Mechanismen ihrer Überwindung, die sich am Beispiel Griechenlands auf paradigmatische Weise untersuchen lassen. Wie also gelang es den Reisenden, dem so kargen klassischen Boden seine Erinnerungen wieder zu entreißen?

Ab 1825 konnte die Schulung des Auges schon vor Antritt der Fahrt beginnen. Das *Hellenicorama*, eine Variante der damals in ganz Europa beliebten Myrioramen, erlaubte die Zusammenstellung von griechischen Landschaften aus 24 einzelnen, handkolorierten Kärtchen in Aquatinta-Technik.[10] Hier lernte der potentielle Reisende umzugehen mit der Kluft zwischen dem, was er wusste, und dem, was er sehen würde. In freier Kombination war die sagenhafte Anzahl von 620 Trilliarden verschiedener Landschaften möglich, wie die Herausgeber stolz vermerkten. Der Spieler konnte die pittoresken Ansichten immer wieder neu erfinden und dabei erlernen, welche Elemente harmonisch zueinander passten. Er konnte sich aber auch an die im beigelegten Heft vorgeschlagenen und beschriebenen Szenen halten. Durch Aneinanderlegen der Karten 7, 8, 17 und 12 etwa ergab sich die Ebene von Marathon, jenem Schlachtfeld unweit von Athen, auf dem im Jahr 490 v. Chr. die zahlenmäßig weit unterlegenen Griechen die persischen Eroberer der Legende nach besiegt hatten.[11] Die Beschreibung des wilden Schlachtgeschehens stand allerdings im auffälligen Kontrast zu der beschaulichen Szene, die sich vor den Augen des *Hellenicorama*-Spielers entfaltete. Auf der Anhöhe im Vordergrund sind einige Figuren dargestellt, die den Ausblick auf die weite Ebene genießen. Neben ein paar Einheimischen befindet sich darunter auch ein Reisender, der gerade von seinem Pferd gestiegen zu sein scheint und nun auf das berühmte historische Schlachtfeld unter ihm zeigt. Die Ebene selbst ist nur wenig ausgearbeitet und in matten Farben gehalten. Im Hintergrund erkennt man einen schmalen blauen Streifen Meeres und dahinter die Gebirgszüge der vorgelagerten Insel Euböa. Viel Phantasie ist augenscheinlich notwendig, um sich hier die für das Schicksal Europas angeblich so entscheidende Schlacht auszumalen. Es ist das Problem vieler topographischer Erinnerungsorte, dass sich die in ihnen gespeicherte Geschichte nicht ohne weiteres zeigt. Pierre Nora, einer der Theoretiker der Gedächtnisorte, hat auf die Notwendigkeit von Ritualen hingewiesen, ohne die keine historische Erinnerung möglich sei.[12] Das Bereisen von Orten wie Marathon, der andächtige Blick in die Ebene und die Suche nach archäologischen Überresten waren solche Rituale, die in Griechenland Anfang des 19. Jahrhunderts Erinnerungsorte überhaupt erst wieder erschufen.[13] Das *Hellenicorama* bereitete den

Hellenicorama or Grecian views, 1825. Ebene von Marathon.
Sammlung Jonathan Gestetner, Marlborough Rare Books, London

Reisenden schon zu Hause auf diese Rituale vor und milderte den zu erwartenden visuellen Schock, der daraus bestand, dass man vor Ort erst einmal fast nichts würde sehen können.

Ein kleiner Anknüpfungspunkt für die Einbildungskraft war jedoch auch in Marathon gegeben. Die siegreichen athenischen Truppen hatten ihre Gefallenen der Überlieferung nach in Grabhügeln bestattet, und in der Ebene waren solche Hügel tatsächlich vorhanden. Auf der Darstellung des *Hellenicorama* sind sie in der Ferne zu erkennen. Zwar sind sie viel größer dargestellt, als sie der Reisende in Wirklichkeit vorfinden würde. Aber wer sich mit diesem Spiel auf die Griechenland-Reise vorbereitete, würde immerhin wissen, wonach er Ausschau zu halten hatte.

Trotzdem ist die Geschichte da

Dass der Münchner Maler Carl Rottmann, als er 1834 nach Griechenland aufbrach, das *Hellenicorama* kannte – dafür gibt es keine Anhaltspunkte. Und so war ihm die Warnung, die ihm der gerade von einer Griechenland-Reise heimgekehrte Kollege Peter von Hess mit auf den Weg gab – dass nämlich dort »für einen Landschafter nichts zu holen« sei –, gänzlich unbegreiflich.[14] Im Gepäck hatte Rottmann neben vielen Tuben mit blauer Ölfarbe für den zu erwartenden sagenhaften griechischen Himmel einen Auftrag des bayerischen Königs Ludwig I. Dessen Sohn Otto war gerade zum ersten König des neuen Griechenland gekrönt worden. Rottmann sollte für die Münchner Hofgartenarkaden einen Zyklus der klassischen Örtlichkeiten Griechenlands malen: Landschaftsbilder, vom »Geist der griechischen Geschichte durchleuchtet«.[15] Doch schon auf der ersten Station der Reise, auf Korfu, wurde Rottmanns Enthusiasmus arg gedämpft. So schön die Insel auch sei, schrieb er an seine Frau, »so will sich's doch nicht recht zu einem Bilde gestalten, was dem großen Rufe seiner Herrlichkeit entsprechen möchte«. Für den Maler tauchte hier das Grundproblem aller Griechenland-Reisenden in verschärfter Form wieder auf: Nicht nur musste er für sich selbst den Abstand zwischen der gewussten Geschichte und dem, was zu sehen war, verringern – auch für die Betrachter seiner Bilder sollte die historische Bedeutung der Landschaften ja erfahrbar werden. »Bedeutungsvolle Namen«, merkte Rottmann vor Ort, »sind noch keine Motive für eine Landschaft, wenn sich auch hundertfältige erhabene geschichtliche Erinnerungen damit verbinden.«[16] Irgendwo in diesen menschenleeren griechischen Landschaften musste sich die Geschichte verbergen. Es kam nur noch darauf an, sie sichtbar zu machen. Aber wie stellte man das an?

Rottmann entschloss sich zu einer ziemlich radikalen Lösung: Er betonte die Ödnis der griechischen Landschaften, die Abwesenheit historischer Reste – und damit eben jenen Kontrast zwischen den klangvollen Namen und der Wirklichkeit der Orte. Wie in *Olympia* tauchen auf den Gemälden manchmal Steinbrocken auf, bei denen sich nicht klar entscheiden lässt, ob sie natürlichen Ursprungs sind oder Reste antiker Bauten. Der

Carl Rottmann: *Olympia*, 1841.
Bayerische Staatsgemäldesammlungen, München

Carl Rottmann: *Marathon*, ca. 1834. München, Graphische Sammlung

Betrachter konnte, sofern er willens war, solche Bildelemente als Sprungbretter für seine Einbildungskraft nutzen und sich in die Vergangenheit versetzen lassen. Aber immer blieb die Lücke zwischen dem antiken und dem zeitgenössischen Griechenland offensichtlich. Selbst an Orten, an denen noch Ruinen standen, wie auf Ägina der Tempel der Aphaia, rückte Rottmann sie weit in den Hintergrund und setzte stattdessen ein verlorenes Reh, ein paar Baumstümpfe und umherliegende Felsbrocken in den Mittelpunkt. Die Topographie des Ortes musste genügen, um die Geschichte zu evozieren, unterstützt von einigen Symbolen der Einsamkeit und Vergänglichkeit.

Auch nach Marathon fuhr Rottmann natürlich – das gehörte damals zum Pflichtprogramm jedes Griechenland-Reisenden. Weil eine Bleistiftskizze erhalten ist, die er vor Ort gezeichnet hat, lässt sich hier der Prozess der Annäherung an einen Erinnerungsort besonders gut nachvollziehen. Die Skizze ist eine recht genaue Aufnahme der Topographie, aber es gibt eigentlich nichts, was darauf hindeutet, dass es sich hier nicht um irgendeine Bucht an irgendeiner Küste handelt. Im großen Gemälde hingegen scheint

Carl Rottmann: *Marathon*, 1848. Neue Pinakothek, München

Carl Rottmann: *Das Schlachtfeld von Marathon*, 1849.
Alte Nationalgalerie, Berlin

der Maler einen weiten Schritt zurück getan zu haben, der landschaftliche Raum öffnet sich nun gewaltig. Im Vordergrund finden sich wieder Felsbrocken und spärliche Vegetation, im fernen Hintergrund lässt sich die geographische Situation noch wiedererkennen. Rottmanns Bildidee besteht hier aus einem tosenden Unwetter, das sich über der Ebene zusammenbraut, und einem fliehenden, reiterlosen Pferd, die zusammen wohl die herannahende Gefahr der Perser und das Schlachtgeschehen symbolisieren sollen. Subtiler ist eine andere Fassung des Themas, die heute in der Alten Nationalgalerie in Berlin zu betrachten ist. Hier sind die landschaftlichen Formen fast vollständig aufgelöst, das Schlachtfeld ist nur noch andeutungsweise erkennbar. Das Genre der »Historischen Landschaft« wird an ein Extrem getrieben. Marathon ist in diesem Bild ein Ort, wo dem Auge fast nichts geboten, der Einbildungskraft hingegen alles überlassen wird.[17]

Fast einhundert Jahre nach Rottmanns Reise dienten seine Gemälde, die man vielleicht als Zeugnisse eines malerischen Umgangs mit Enttäuschung beschreiben könnte, ihrerseits wie-

Der ehemalige Rottmann-Saal in der Neuen Pinakothek, München (1944 zerstört). Modell im Maßstab 1 : 20 von P. Hönigschmid, A. Huß, M. Schmidt, 2006

der zur Schulung des Auges. Seinen 1934 erschienenen Reisebericht *Das Land der Griechen* eröffnete der deutsche Publizist und Kunsthistoriker Wilhelm Hausenstein mit einem »Spaziergang in Griechenland für die Daheimgebliebenen«. Pückler-Muskaus *Südöstlichem Bildersaal* stellte er gewissermaßen den westlichen Quersaal der Neuen Pinakothek in München gegenüber und führte seine Leser durch den dort gehängten Zyklus der Ansichten Griechenlands. Auf die seit der Jahrhundertwende von kunsthistorischer Seite oft geübte Kritik an Rottmann antwortete Hausenstein mit dem reichen Vokabular des Kunstlobs: Großartig, wahrhaftig und vollkommen gültig seien diese Bilder.[18] Besonders begeisterte ihn Rottmanns Umgang mit der Weite des Raums: »Er sucht mit seiner großen Seele die Ausdehnung der Räume, und schon um dieser Räume willen liebt er sein Griechenland. Ein Griechenland, das so sehr nur landschaftlicher Raum ist, daß selbst die Gegenden, die mit den Namen antiker Städte ausgezeichnet sind, als bare Landschaften erscheinen. [...] Dieses Griechenland ist beinahe eine Wüste.«[19] Rottmann, so führte Hausenstein weiter aus, sei sich dieser Tatsache mehr als bewusst; er male die griechische Wirklichkeit seiner Zeit, und zwar »mit dem Auge des *Geologen*«. Mit diesem Auge lege er die Schichten der Menschheitsgeschichte frei, die sich mit den Schichten des Erdreichs verbunden hätten. Und dann fällt in Hausensteins Lobeshymne der entscheidende Satz, der noch einmal alle Griechenland-Enttäuschung und die Strategien ihrer Überwindung zusammenfasst. Hausenstein schreibt:

> Aber obwohl jede Anzüglichkeit im Sinn des Historienbildes mangelt, obwohl die Landschaft mit sich und ihren großen Namen allein ist, ganz allein, verwaist in einem erschreckenden Maß: trotzdem ist die Geschichte da.[20]

Wenn man sich die kleinen Reproduktionen von Landschaftsphotographien ansieht, die in Hausensteins Buch abgedruckt sind, dann kann man ahnen, dass der Prolog in der Neuen Pinakothek nicht nur seinen Lesern, sondern auch ihm selbst notwendige Vorbereitung auf die Reise war. In Griechenland war

Liesel Haeusler: *Der Taygetos bei Sparta,* Photographie, um 1933

Geschichte nicht einfach da, sie war *trotzdem* da. Die Augenschulung – für Hausenstein funktionierte sie aufs Prächtigste. Überall in Griechenland spürte er die Gegenwart der Vergangenheit. Vom Schiff aus die Ebene von Marathon betrachtend, erkannte er die Landschaft sofort als klassisches Schlachtfeld, »gegeben für große Entscheidungen«.[21] Nirgendwo anders als hier, eingezwängt zwischen Meer und Gebirge, habe eine so wichtige Schlacht stattfinden können. Die Enttäuschung solcherart zu überwinden, der griechischen Wirklichkeit mit dem nötigen Trotz zu begegnen und sich die Geschichte zu vergegenwärtigen – das war immer eine eigene, schwer erkämpfte Leistung. In die Begeisterung über die griechischen Erinnerungsorte mischte sich daher immer auch die Genugtuung, dass die eigene Einbildungskraft über die raue Wirklichkeit triumphiert hatte.

Erik Wegerhoff

Kühe versus Cicero. *Wanderungen über den Campo Vaccino*

Wie kaum ein anderer Ort auf der *Grand Tour* entsprach das römische Forum, von den Zeitläuften längst zum Campo Vaccino, zur Kuhweide, verwandelt, dem malerischen Ideal Italiens. Umsäumt von ruinenbestandenen Hügeln öffnete sich ein Tal, in dem hier und da Säulen aus dem Boden ragten, Triumphbögen wie von der Last ihres Alters in den Grund gesunken waren, Gras auf Kapitellen und Gebälk spross und Kolonnaden aus neueren Mauern hervorlugten. Dazwischen lagerten Kühe, getränkt aus einer antiken Granitschale, gehütet von Hirten – die perfekte Staffage einer Ideallandschaft, in der Ruinen von vergangener Größe und die Hirten mit ihren Tieren von einer sorglosen Bukolik künden.

Jean-Baptiste Leprince (zugeschrieben): *Castortempel*, um 1754

Eine solche Szenerie bieten keineswegs nur Ansichten des Forums selbst, sondern zahllose andere gemalte und gezeichnete Blicke ins idealisierte Italien: Seien es die Pastoralen niederländischer Maler des 17. Jahrhunderts wie etwa Nicolaes Berchems, die heroischen Landschaften Claude Lorrains oder Gaspard Dughets, die Veduten Gaspar van Wittels oder Canalettos. Nicht selten finden sich in diesen Bildern Versatzstücke des

Claude Lorrain: *Capriccio mit Ruinen des Forum Romanum*, um 1634. Adelaide, Art Gallery of South Australia

Forum Romanum: Während ein Gemälde Claude Lorrains einen topographisch nur leicht korrigierten Blick übers Forum mit dessen charakteristischem Brunnen, dem Dioskurentempel und dem Kolosseum bietet, setzt Cornelis van Poelenburgh denselben Brunnen des Forums in eine Phantasielandschaft, deren Architekturen eher an die Kaiserpaläste auf dem Palatin erinnern, und Jean Lemaire bedient sich für seine Landschaft mit dem flötenspielenden Merkur des Konstantinsbogens, um den er die mythische Kuh Io grasen lässt. Zahllose Bilder dieser Art gelangten im 18. und 19. Jahrhundert nach Großbritannien, britische Landsitze waren geradezu tapeziert mit derlei Pastoralen und arkadischen Szenen, nicht zuletzt des nur mehr familär »Claude« genannten Regisseurs golden leuchtender Landschaften aus Antike, Hirten und Kühen. Das Italienbild gerade der jungen Briten war schon vor der Abreise zur *Grand Tour* gemalt.

Doch wer nachliest, wie die Reisenden des 18. Jahrhunderts den Besuch des Forum Romanum in ihren publizierten Berichten und Briefesammlungen reflektieren, bekommt einen

Cornelis van Poelenburgh: *Phantasieansicht des Forum mit Esel*, 1620. Paris, Musée du Louvre

Jean Lemaire: *Merkur und Io* (*Paesaggio al tramonto con un arco trionfale*), wohl 1630er Jahre. Houston, USA, Sarah Campbell Blaffer Foundation

ganz anderen Eindruck. Keineswegs wird hier die tatsächlich vorhandene bukolische Szenerie besungen, und aus der überwiegenden Mehrzahl der schriftlich festgehaltenen Erfahrungen auf dem römischen Forum spricht alles andere als Begeisterung. Alles sei sehr verwirrt und schlecht unterhalten, der Platz ein wahres Durcheinander und selbst eine Ruine, kritisiert etwa Charles de Brosses in seinen *Lettres familières* aus der Mitte des 18. Jahrhunderts, erschienen 1799. Als Gipfel seiner Kritik verurteilt er den ländlichen Ausdruck, den »air [...] champêtre« des Campo Vaccino – der doch gerade die gleichzeitig entstandenen Gemälde so auszeichnet.[1] Der in den 1770er und 1780er Jahren reisende und schreibende Johann Wilhelm von Archenholz jammert, es sei ein »wahrhaft trauriger Anblick, das alte Forum Romanum zu sehn«, denn dieses sei »zum gemeinen Viehmarkt herabgewürdigt«.[2] James Edward Smith, 1786/87 in Italien, sieht im Campo Vaccino nur »einen dreckigen, trostlosen Ort, der einst das Forum war«.[3] Nicht anders sahen es die meisten ihrer Reise- und Zeitgenossen.

Die gemalten Blicke ins ideale Italien mochten aus Ruinen und Kühen bestehen, hier aber, auf dem Forum Romanum, erwarteten sich die Reisenden keine Pastorale – obwohl doch gerade auf dem stillen Kuhfeld jenseits des Kapitols die Wirklichkeit einmal dem Ideal entsprochen hätte. Der wirklichen Reise war zu Hause bereits eine antizipierte Reise vorausgegangen. Wenn das Forum enttäuschte, so lag das daran, dass man mit anderen Erwartungen in die geschichtsträchtige Talsenke trat. Im einstigen politischen Zentrum des antiken Rom wollten die Reisenden keine Kühe und Ruinenreste sehen, sie erhofften sich eindrucksvolle bauliche Zeugnisse einer großen und bis in ihre eigene Zeit vorbildhaften politischen Macht. Diese Vorwegnahme aber war nicht durch die Malerei geprägt, sondern durch die Literatur; ihr Ideal war nicht die Pastorale, sondern die maßgebende Politik und Rhetorik. Es war also der Widerstreit von Text und Bild, der das Erlebnis des Forums verdarb. Der Campo Vaccino entsprach der Malerei und der Bukolik, die Literatur und Rhetorik hingegen verlangten nach dem Forum Romanum. Anhand der Reflexion dieses Orts in Reiseberichten aus dem 18. und frühen 19. Jahrhundert lässt sich nachvollziehen, wie die unterschiedlichen künstlerischen Medien und ästhetischen Gattungen jeweils unterschiedliche Italienerwartungen und folglich unterschiedliche Italienerfahrungen prägten, wie diese sich im Laufe der Zeit veränderten und dass letztlich nur eine Konstante blieb: die Enttäuschung über das tatsächliche Italien.

Es mag aus heutiger Perspektive überraschend erscheinen, doch das Lamentieren über Ruinen hat eine lange Tradition in den Reiseberichten über Rom. Noch Anfang des 19. Jahrhunderts sollte ein profilierter französischer Autor wie Augustin-François Creuzé de Lesser über die Omnipräsenz von Ruinen in Rom klagen: »Vor der Ankunft allenthalben Ruinen: Ach! Auch innerhalb der Stadt nichts als Ruinen.«[4]

Es ist wohl nicht zuletzt Creuzés napoleonischer Arroganz zuzuschreiben, dass er in Rom allerorten Ruinen sieht, in dieser, wie er sich in französischer Überheblichkeit ausdrückt, »Ex-Hauptstadt der Welt«:[5]

> Wir dachten voll Respekt, daß wir auf der Asche großer Männer einhergingen; aber in Rom sind alle großen Männer nur noch Asche [...]. Mit quasi gegen meinen Willen erhobenem Kopf schien es mir, ich würde Julius Caesar, Tullius Cicero, Divus Trajanus, Belisarius treffen; stattdessen traf ich il Signor L., il Signor B., usw. usw. Alle Gespinste meiner Phantasie zerstoben; ich stürzte aus 200 Fuß Höhe und fand mich im wirklichen Rom wieder.[6]

Konnte man wirklich erwarten, in Rom Julius Cäsar zu treffen, Cicero oder gar den vergöttlichten Trajan? Letzterem zumindest wäre man selbst im antiken Rom nicht begegnet, war er (wie alle römischen Kaiser) doch erst nach seinem Tod zum Gott geworden. Was Creuzé hier heraufbeschwört, sind literarische Gestalten, Figuren der römischen Geschichtsschreibung aus Suetons *Kaiserviten* und aus Prokops *Bella*, im Falle Ciceros gar selbst ein Autor beziehungsweise Rhetor. Die Prägung ist eine literarische, genauer gesagt eine an der Geschichtsschreibung und an der Rhetorik orientierte Erwartungshaltung, denn über das Lesen der römischen Geschichte und über das Lateinlernen anhand Ciceros Reden hatten die Nord- und Mitteleuropäer sich mit dem antiken Rom identifizieren gelernt, lange bevor sie es mit eigenen Augen sahen. Die Erwartung war so groß, dass man nicht anders konnte, als vom imaginierten Rom ins wirkliche Rom von einer Art selbstkonstruiertem Tarpejischen Felsen zu stürzen, der bei Creuzé, wie er angibt, genau 200 Fuß hoch ist.

Eine ähnliche Erfahrung beschreibt deutlich früher schon Monsieur de Blainville in seinen auf eine Reise von 1705–1708 zurückgehenden, 1743–1745 auf Englisch publizierten *Travels*. Man sieht Blainville geradezu sprachlich das Kapitol erklimmen, jenseits dessen sich das Forum erstreckt, wenn er erwartungsvoll anhebt: »Und nun wird sich eine Unendlichkeit herrlicher Überreste der römischen Größe unseren Augen darbieten.« Doch gleich darauf folgt auch hier der Absturz, wenn er beim Anblick der ruhmreichen Reste feststellen muss: »Erde [...] umschließt sie fast vollkommen. Dieser große Platz, völlig uneben, bietet ein perfektes Bild einer gesamten Stadt in Ruinen; kaum guckt etwas hervor außerhalb von der Zeit verzehrten Säulen sowie Tempeln und anderen Bauten dieser Art, die ihr hohes Alter zittern und wanken lässt.«[7]

Was er sich eigentlich auf dem Forum erhofft hatte, benennt de Blainville wenige Seiten weiter, nämlich »eine riesige Zahl [...] bekannter öffentlicher Bauten«: das Milliarium Aureum des Augustus, den Triumphbogen des Fabius Maximus, die Basilica Aemilia, das Tribunal des Libo und die Statue des Sehers Attus Navius. Doch all diese Werke konnte er nur aus der Literatur kennen, zu sehen waren sie nicht. Und so schließt de Blainville seine Beschreibung mit der ernüchterten Feststellung, auf dem Forum gäbe es kaum mehr als »Haufen furchteinflößender Ruinen, die beim Betrachter eher Schrecken als Bewunderung hervorrufen«.[8] Auch wenn Blainvilles Wortwahl deutlich macht, dass sein Blick – wie übrigens der vieler Reisender bis zur Mitte des 18. Jahrhunderts – noch tief von einem barocken Vanitas-Verständnis und einer damit verbundenen Ruinenangst geprägt ist: Bei ihm wie beim hundert Jahre später reisenden Creuzé de Lesser ist es die literarische Erwartung, die nicht eingelöst wird und damit Auslöser der Enttäuschung ist.

Dass die Reisenden mit den Augen im Buch über den unebenen Campo Vaccino stolperten, geben sie selbst in ihren Reiseberichten immer wieder zu erkennen. Wie sehr das Italien der *Grand Tour* eine literarisierte Landschaft war, zeigen schon Joseph Addisons erstmals 1705 erschienene, kanonbildende *Remarks on several parts of Italy*: Das bereiste Land erscheint als eine Collage aus eigenen Erfahrungen und Exzerpten antiker Autoren. Auch wenn Horace Walpole in einem auf seiner Italienreise 1740 in Rom verfassten Brief witzeln sollte, Addison sei durch die Autoren, nicht durch Italien gereist:[9] Kaum ein Reisender des 18. Jahrhunderts machte es anders. Es ist bezeichnend, dass der in den 1720er Jahren reisende John Durant Breval seinem Leser versichert, »was ich über die Ruinen Roms usw. sagen werde, ist den verlässlichsten klassischen Schriftstellern entnommen, und den heutigen, die sich am meisten bemüht haben, sie zu untersuchen«.[10] Der Blick auf die Bauten über das Buch ist aber nicht nur für die Reisenden des frühen 18. Jahrhunderts typisch, deren Berichte noch stark einem enzyklopädischen Wissensverständnis verpflichtet waren. Noch gegen Ende des Jahrhunderts schreibt der französische Schriftsteller Charles Pinot Duclos über das Erlebnis der Ruinenlandschaft Roms in seiner *Voyage en Italie*: »Mit jedem Schritt erinnerte ich mich an Titus Livius, Sallust, Tacitus, Horaz. Ich memorierte meine Autoren ohne Bücher. Alles erinnerte mich an die Geschehnisse, die ich gelesen hatte.«[11]

Man konnte die Bücher auch gleich mitnehmen, wie Karl Philipp Moritz, der die Passage über das Forum in seinen 1792/93 erschienenen *Reisen eines Deutschen in Italien* so einleitet: »Mit meinem Livius in der Hand sitze ich unter den Bäumen der alten Via sacra.«[12]

Giovanni Battista Piranesi: *Veduta di Campo Vaccino*, 1746–1748

Gerade mit dem Livius in der Hand aber musste der Kontrast zwischen dem literarischen Forum und dem tatsächlichen Campo Vaccino offenbar werden. Denn tatsächlich lugte dort im 18. Jahrhundert sehr wenig aus dem klassischen Boden, den nachantiken Schuppen und den Kirchen hervor, das sich mit literarischem Wissen identifizieren ließ (siehe oben): Der halb versunkene Triumphbogen des Septimius Severus, die drei riesenhaften, doch kaum aus dem Erdboden ragenden Säulen des Tempels von Jupiter Tonans (eigentlich: Vespasians), der verbaute Portikus des Concordia-Tempels (Saturntempels), die einzelne Säule des Phocas und die drei des Jupiter-Stator-Tempels (Dioskurentempels) sowie die Front des Tempels von Antoninus und Faustina. Die kärglichen Reste erlaubten es nicht einmal, die tatsächliche Lage und die wirklichen Ausmaße des antiken Zentrums von Rom zu bestimmen. Nicht nur der in den 1780er Jahren reisende Charles Marguerite Dupaty tastet sich sehr vorsichtig ans Forum: »Hier in der Nähe muss es sein«.[13] Frei standen ohnehin die wenigsten antiken Überbleibsel, das meiste war verschluckt und verbaut von nachantiken Gebäuden, zumeist Kirchen. Wo man Helden und Tempel der paganen Antike heraufbeschwor, fand man San Pietro in Carcere, San Giuseppe dei Falegnami, Santa Martina, San Luca, Sant'Adriano, San Lorenzo in Miranda, Santa Maria Liberatrice, Santi Cosma e Damiano und Santa Francesca Romana. So sehr wurde das einstige Forum von Kirchen beherrscht, dass die antiken Reste verloren wirkten zwischen den oft in triumphal-barocker Architektur aufragenden christlichen Sakralbauten. De Blainville beschreibt auf seiner Suche nach antiken Monumenten auf dem Forum wider Willen lauter Kirchen;[14] Karl Philipp Moritz notiert, der Bogen des Septimius Severus nehme sich »von lauter christlichen Kirchen umgeben, sehr sonderbar aus« und stehe dort »ganz isolirt«;[15] und Charlotte Ann Waldie schimpft noch 1820, der Tempel von Antoninus und Faustina sei »entstellt von einer da hinein gebauten Kirche unvergleichlicher Scheußlichkeit, die man abreißen sollte«.[16] Das Christentum, das sich der Antike bemächtigt hatte, war gerade für die von Edward Gibbons Geschichtsbild geprägten Briten nichts anderes als ein Phänomen kulturellen Verfalls. Doch auch den Franzosen und Deutschen, die den baulichen Zeugnissen katholischen Glaubens etwas aufgeschlossener gegenüberstanden, blieb nichts anderes übrig, als sich mit Kirchen auseinanderzusetzen, wo sie Tempel erhofft hatten.

So erlebten die Reisenden nicht das Forum als Zentrum der römischen Antike, sondern den Campo Vaccino als Paradebeispiel für deren Untergang. Die wenigen Ruinen offenbarten die Endlichkeit der Macht selbst des Römischen Reichs, das Christentum, das sich die antiken Säulen und Mauern einverleibt hatte, machte die Dekadenz offensichtlich, und in dieser Denk- und Blickrichtung mutierten auch die Kühe von sanftmütigen Geschöpfen in der sorglosen Szenerie eines idealisierten Hirtenlebens zu Boten kulturellen Verfalls.

Damit erklärt sich auch die eingangs geschilderte Reaktion von Johann Wilhelm von Archenholz, der das Forum »zum gemeinen Viehmarkt herabgewürdigt« sah. Der Kulturvergleich des imaginären antiken Forum Romanum mit dem tatsächlich vorgefundenen Campo Vaccino wird zum Topos zahlloser Reiseberichte. Samuel Sharp, einer der Wortführer und schärfsten Italienkritiker im Mitte der 1760er Jahre in England entbrannten Streit über das Reiseziel der *Grand Tour*, zeichnet die Metamorphose des Forum zum Campo Vaccino besonders wortgewaltig:

> Wenn ein Antikenkenner nur ein Beispiel des Niedergangs, nur eine Metamorphose des alten Roms beklagen sollte, so wäre es vielleicht der momentane Zustand des Forums, wo nun jeden Donnerstag und Freitag ein Markt für Kühe und Ochsen abgehalten wird – an genau derselben Stelle, an der die römischen Rhetoren immer ihre donnernden Reden hielten, für ihre Klienten, ihr Land und ihre Götter: Entsprechend kennt man das Forum nun unter dem Namen Campo Vaccino.[17]

Noch dreißig Jahre später sieht der Engländer John Owen seinen »classical enthusiasm« vom Campo Vaccino beleidigt, und er trauert im Anblick der Verwandlung von Tempeln in Ställe:

> Ich muß gestehen, als ich sah, dass Viehtreiber und Vagabunden den Ort besetzten, der einst Göttern und Heroen gehört hatte – als ich sah, daß die Tempel, einst der Religion und der Redekunst geweiht, zu Unterschlupfen für Bettler und Viehställen geworden waren, konnte ich einen Seufzer der Empörung nicht unterdrücken. Könnte, wer die Geschichte des alten Rom gelesen hat, eine Träne über ihre gekränkten Ruinen zurückhalten?[18]

Auch hier wird wieder deutlich, wie das Lesen Grundlage der Erwartungshaltung und letztlich Ursache der auf dem einstigen Forum vergossenen Träne war. Dem deutschsprachigen Reisepublikum gab Johann Jacob Volkmann in seinem verbreiteten Reiseführer durch Italien, erstmals 1770/71 erschienen, die entsprechende Sichtweise auf das Forum vor. Zu einer »so niedrigen und unedlen Bestimmung« wie dem Ochsenmarkt diene »der Ort, wo ehemals das berühmte Forum der Römer war, welches so vielen großen Männern zum Sammelplatz gedienet, und wo Cicero und andre Redner sich durch ihre vortrefflichen Reden verewiget haben«.[19] Auch Friedrich Leopold zu Stolberg, dessen Reisebeschreibung aus den 1790er Jahren großes Echo fand, führt für seinen Kulturvergleich die Kühe und Schweine ins Ruinenfeld und wundert sich über die »Umwälzungen der menschlichen Dinge«, was in Zusammenhang mit den Schweinen eine unfreiwillige Komik bekommt.[20]

Wie sehr die Erwartungshaltung von der Literatur ausging und wie sehr man an der Literatur entgegen allem Augenschein festhielt, zeigt eine bisweilen sehr bemühte Bewältigungsstrategie, mit der die Reisenden ihr literarisches Bild des Forums aufrechtzuerhalten hofften. Da man den Anblick der Kühe nicht mit den Passagen aus Sueton und Livius über die späte Republik und frühe Kaiserzeit in Einklang bringen konnte, holte man historisch einfach weiter aus und griff zu Vergils *Aeneis*. Die Rinder auf dem Forum hätten ihm, will etwa Friedrich Leopold zu Stolberg glauben machen, das von Vergil geschilderte Treffen von Euander und Aeneas in Erinnerung gerufen. Als der Urvater der Römer den arkadischen Königssohn in dem Tal besuchte, lange bevor hier Rom entstand, sahen die beiden nämlich, »daß ringsum Herdenvieh brüllte, auf dem künftigen Forum von Rom«.[21] Stolberg behauptet nicht als einziger Reisender, diese Vergilstelle sei ihm angesichts der Kühe auf dem Campo Vaccino »lebhaft« eingefallen.[22] Als noch kreativer beziehungsweise belesener erweist sich Charles de Brosses, wenn er mit einiger etymologischer Originalität selbst die Bezeichnung Campo Vaccino auf antike Ursprünge zurückführt, nämlich einen bei Livius bezeugten Ort namens Vacciprata auf dem Palatin, an dem einst ein Vitruvius Vaccus sein Haus gehabt haben soll.[23]

Die ausgetretenen Pfade der literaturgelenkten Erfahrung des Forums zeichnete aber nicht allein die Geschichtsschreibung, sondern auch die Rhetorik. Mit Cicero, dem berühmtesten der römischen Rhetoren, wird das antike Forum in doppelter Weise ein literarischer Ort:[24] Zunächst war Cicero selbst eine historisch-literarische Figur, die hier, auf dem Forum, für die Bewahrung der Sitten gekämpft hatte; zudem aber war Cicero Autor der berühmten Anklage- und Verteidigungsreden, die er gerade an diesem Ort gehalten hatte[25] – und mit denen die Italienreisenden durch den Lateinunterricht von Kindheit an vertraut waren. Cicero als Lateinlehrer und als politischer Redner war den Reisenden eine bedeutende Identifikationsfigur, schließlich erwartete viele von ihnen nach ihrer Rückkehr in Nordeuropa selbst eine politische Laufbahn.[26] Und so fällt auf, dass, wo die Zerstörung der antiken Monumente bedauert wurde, man den völligen Verlust eines zentralen Bauwerks besonders schmerzlich empfand: der Rostra, der antiken Rednerbühne.[27] Der kulturelle Verfall lässt sich damit auf Gegensatzpaare konzentrieren: Campo Vaccino versus Forum Romanum, Viehtränke versus Rednerbühne, Kühe versus Cicero.

Das ist insofern keine bloße Flapsigkeit, als die Reden Ciceros nicht nur gelesene, sondern gesprochene Literatur sind. Wer übers Forum ging, mochte sich an die römische Geschichte aus Livius *erinnern*, doch Ciceros Reden konnte er tatsächlich *hören*. Damit verlief der Konflikt zwischen literarischer Erwartung und erfahrener Wirklichkeit nicht nur auf einer visuellen Ebene – wo man Tempel sehen wollte, sah man Ställe –, sondern auch auf einer akustischen: Wo man innerlich Cicero hörte, wurde man vom Muhen der Kühe und vom Lärm ihrer Hirten geplagt. Friedrich Johann Lorenz Meyer, 1782–1784 in Italien, fühlt sich davon auf dem Forum, wo, wie er schreibt, »einst die mächtigen Stimmen der Feldherren und Redner erschollen«,[28] empfindlich in seiner Antikenkontemplation gestört:

> Die mit allen diesen erhabenen Gegenständen des Alterthums beschäftigte Einbildungskraft, wird jeden Augenblick durch das Glockengeläute, das Gebrüll des Schlachtviehes, das Geschrei der Verkäufer, den Lärm und die Balgereien des in Volksspielen begriffenen Pöbels gestört, und an den entsetzlichen Wechsel der Dinge in Rom wieder erinnert, wovon dieser Platz der redendste Zeuge ist. Nur in der ersten Stunde des anbrechenden Tages findet man hier Ruh zum Nachdenken und zur sinnlichen Vergegenwärtigung der Vorzeit.[29]

Die akustische Beeinträchtigung war, will man seiner Selbststilisierung glauben, auch für Edward Gibbon der Anlass gewesen, seine *History of the decline and fall of the Roman Empire* zu schreiben. Die Idee sei ihm gekommen, so Gibbon, als er im Jupitertempel auf dem Kapitol Mönche singen hörte.[30] Auf dem Forum verhielt es sich ganz ähnlich, wie es Charles Marguerite Dupaty auf den Punkt bringt: »Wo Cicero sprach, muhen nun die Kühe!«[31]

Erst in den 1780er Jahren veränderten sich Sehen und Hören. Seit 1768 hatte William Gilpin in Essays und Wanderungen durch die Landschaften Großbritanniens seine Ästhetik des *Picturesque* entwickelt, die er nicht zuletzt als Reiseanleitungen zum besseren Sehen veröffentlichte.[32] Damit wurde einer an der Malerei orientierten Sichtweise Italiens größeres Gewicht beigemessen. Zudem kam unter den intellektuellen Reisenden eine gewisse Klassikmüdigkeit auf, eine Erschöpfung am Besichtigungskanon. Bestes Beispiel für die neue Sicht auf Italien und damit auch auf das Forum, die an Bildern interessiert ist und nicht an antiquarischen Details, sind William Beckfords *Dreams, waking thoughts, and incidents* von 1783: »Allein der Gedanke an all das, was man ansehen soll, ist ziemlich irreführend, und lässt mich entscheiden, überhaupt nichts wissenschaftlich anzusehen.«[33]

Karl Philipp Moritz' zehn Jahre später erschienene Schilderung des Campo Vaccino reflektiert die Wandlung der Forumserfahrung vom Seufzen über den Untergang der antiken Kultur aufgrund einer von der Literatur konditionierten Vorstellung hin zum Genuss des Malerischen, die letztlich in einer vorsichtigen Panegyrik des pittoresken Verfalls gipfelt. Zwar sitzt er (wie schon gezeigt) noch mit seinem Livius unter den Bäumen auf der Via Sacra, auch ist ihm der erste Eindruck vom Forum verdorben durch den Anblick der zahllosen Kirchen, durch »Kapuzinermönche, mit aufgedunsenen Gesichtern«, und auch er beschwört Cicero.[34] Doch er schließt den Abschnitt übers Forum in einem durchaus anderen Ton und eröffnet damit eine ganz neue Perspektive:

> Nichts ist reizender*) als der Anblick dieser Ruinen, wenn man den Abhang des Kapitolinischen Berges zur linken Seite, zwischen einer Reihe von schattigen Bäumen hinaufgeht, und hinter dem dunklen Grün diesen Tempel der Eintracht hervorschimmern sieht, welcher einst, in dem römischen Senat, die Könige der Erden in sich faßte, in welchem Cicero seine Reden gegen den Katilina hielt, wo das Schicksal von Nationen entschieden wurde, und der jetzt zu der Vormauer eines kleinen Gärtchens dient, den ein Privatmann besitzt, der hinter diesen Ruinen wohnt, und auf die Säulenfüße seine Blumentöpfe hingestellt hat.[35]

Die Größe der Vergangenheit dient nicht allein als Beweis des kulturellen Verfalls, der sich auf dem Campo Vaccino offenbart. Vielmehr schließt die Szene mit den Blumentöpfen zwischen den Säulen, und der Anblick der Ruinen wird als »reizend« empfunden. Dass dieser Reiz ein malerischer ist, belegt letztlich noch die dem Adjektiv am Seitenende unter dem Sternchen hinzugefügte Anmerkung: »Siehe das Titelkupfer«. Dieses zeigt die beschriebene Säulenreihe des Concordiatempels mit den Pflanzenkübeln, einer Laube und dem an die Tempelreste angelehnten Häuschen, davor einen schräg gestellten Karren, und nun sind auch die Kühe wieder zu Protagonisten der Italienerfahrung nobilitiert und in den Vordergrund gesetzt. Moritz' gesamtem Reisebericht ist also ein malerischer Blick auf das Forum vorangestellt. Insofern erstaunt es auch nicht mehr, dass sich im letzten Band der *Reisen eines Deutschen in Italien* ein Abschnitt mit dem Titel »Mahlerische Ruinen« findet. Darin wird beschrieben, wie wild wuchernde Pflanzen sich zerstörerisch der antiken Bauten bemächtigen – doch ist damit keine Szenerie des Untergangs gezeichnet, im Gegenteil:

> [D]er Anblick der Ruinen selbst mit diesem Auswuchs ist mahlerisch und schön – und es macht den reizendsten Kontrast, aus dem modernden Gesteine, und aus den Ritzen des verfallenen Gemäuers, das junge Grün hervorsprossen zu sehen, welches diese ehrwürdigen Reste des Alterthums überschattet; und der Landschaftsmahler findet hier immer eine reiche Erndte, denn er sieht das in der Natur vereint, was die lebhafteste Einbildungskraft nicht so romantisch zusammenfügen würde.[36]

So änderte sich der Blick auf den Campo Vaccino vollkommen. Die historische Bedeutung des Orts war keineswegs vergessen, doch die von den antiken Geschichtsscheibern und Rednern vermittelte literarische Vorstellung diente immer öfter nur mehr als Kontrast, durch den die malerischen Qualitäten des Ruinenfelds umso deutlicher zum Ausdruck kamen. Die Größe des Vergangenen wird nur noch heraufbeschworen, um die Empfindung des Pittoresken zu verstärken. Derlei ist freilich auch im späten 18. Jahrhundert noch selten zu lesen, erst mit dem 19. Jahrhundert mehren sich solche Beschreibungen. In dem 1820 veröffentlichten Tagebuch von Henry Matthews, der den *Continent* zwischen 1817 und 1819 bereiste, findet sich eine Passage über das Forum, in der nun die Tempelruinen selbst in stummer Beredsamkeit sprechen und die Kräfte der Zerstörung als Regisseure des Malerischen erscheinen:

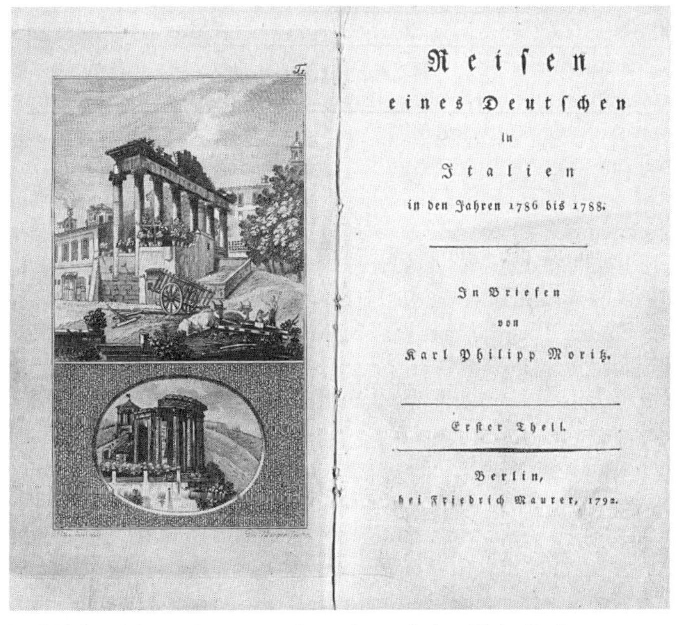

Reisen
eines Deutschen
in
Italien
in den Jahren 1786 bis 1788.

In Briefen
von
Karl Philipp Moritz.

Erster Theil.

Berlin,
bei Friedrich Maurer, 1792.

Karl Philipp Moritz: *Reisen eines Deutschen in Italien*, Teil 1. Berlin 1792

> Der Weg vom Kapitol zum Kolosseum umfasst die Geschichte mehrerer Zeitalter. Die abgebrochenen Säulen, die vom Concordiatempel bleiben, der Tempel des Jupiter Tonans, das Comitium, sie alle erzählen von vergangenen Zeiten, in erbärmlicher und zugleich allzu deutlicher Sprache; – eine stumme Beredsamkeit, die jeder Beschreibung trotzt. Es scheint, als habe der zerstörerische Geist am Pittoresken Gefallen gefunden; – denn die Ruinen stehen genauso da, wie ein Maler sie sich wünschen könnte.[37]

Nun endlich erschien der Campo Vaccino auch in den Reiseberichten in dem Licht, in das Claude Lorrain und seine malenden Zeitgenossen ihn schon gut hundert Jahre zuvor getaucht hatten.

Doch die Harmonie von Italienantizipation, Italienempfindung und Italienrealität sollte nicht lange anhalten. Ausgerechnet mit dem Beginn des 19. Jahrhunderts, als die Reisenden das Forum auf der Suche nach dem Genuss des Malerischen durchstreiften, Cicero zurücktrat und man den Kühen endlich ihre Rolle als perfekte Staffage einer Pastorale überließ, sollte der Campo Vaccino sein Ende finden. Schon unter Papst Pius VII., ab 1800, begannen die ersten Ausgrabungen, und während der napoleonischen Besatzung von 1808 bis 1814 wurden sie nach dem Willen des militärischen Regimes rigoros ausgeweitet. 1811 wurde eine *Commission des Embellissements* eingesetzt, deren größte Aufgabe die Realisierung des sogenannten *Jardin du Capitole* war. Der Begriff »Garten« war eher ein Euphemismus für eine komplette Ausgrabung des Forums bis auf sein antikes Niveau, die Freilegung der antiken Ruinen durch Abtragung ihrer nachantiken, christlichen Einbauten und die Einbindung des Ganzen in eine nach urbanistischem Schema entworfene strenge Geometrie aus Baumreihen. Auch wenn es der kurz amtierenden und finanzknappen französischen Regierung nicht gelingen sollte, die Pläne komplett umzusetzen, war die Richtung vorgegeben. 1814 wurde aus der *Commission des Embellissements* schlichtweg die *Commissione per gli Abbellimenti*.[38] Unter deren Ägide und der des Antikenkommissars Carlo Fea wurden bis 1818 das Kolosseum weitgehend freigelegt, der Severusbogen ausgegraben, der Saturn- und der Vespasiantempel von den nachantiken

Bauten bereinigt; die Basilika Julia, die Basis der Phocassäule und des Dioskurentempels wurden freigelegt.[39] Mariano Vasi lobt in seinem viel genutzten Reiseführer, Edition von 1816, die Ausgrabungen, die ans klare Licht gestellt hätten, was bisher in der Erde verborgen war. Er beschreibt den Campo Vaccino mit seinen Kühen schon im Perfekt: »Er diente bis in jüngste Zeit als Weide und Markt für Kühe«.[40] In den antiquarisch orientierten Guiden findet man derlei öfter, doch die Reaktionen der Reiseschriftsteller sind ganz andere. Schnell wurde den Reisenden bewusst, dass die malerischen Qualitäten der antikenbestandenen Kuhweide akut gefährdet waren. Der Kunstsammler und -schriftsteller Johann Gottlob von Quandt zeigt sich in seinen 1819 erschienenen *Streifereien im Gebiete der Kunst auf einer Reise [...] nach Italien* tief verstört von der Art, wie die napoleonische Verwaltung mit dem Campo Vaccino verfahren war:

Louis-Martin Berthault: *Progetto del Giardino del Campidoglio*, 1813

> Höchst merkwürdig ist es, daß die Franzosen, welche gern ein neues Reich nach Art der Römer gegründet hätten, und ihr Ideal, das alte Rom, ins beste Licht zu stellen suchten, gerade auf die Art, wie sie die Reste des alten Roms zu ehren glaubten, diesen alles benahmen, wodurch die Phantasie aufgeregt wurde, ein ehrwürdiges Bild vormaliger Herrlichkeit sich zu entwerfen, diesen Ruinen das entzogen, was ihnen ein rührendes Ansehen gab. Mit lächerlicher Anmaßung haben sie die alten, halb versunkenen, halb über die Erde noch emporragenden Trümmer, welche, von Bäumen überwölbt und von rankenden Pflanzen umsponnen, malerische Bilder einer untergegangenen Vorwelt waren, und wie Heldengeister aus Gräbern empor strebten, ausgescharrt. Da nun diese Herrlichkeiten so entblößt dastehen, rühren sie nicht mehr. Das Campo Vaccino hat dadurch unendlich verloren.[41]

Ganz deutlich wird hier die Klage über den Verlust der malerischen Qualitäten des Campo Vaccino: Das imaginierte ehrwürdige »Bild«, das rührende »Ansehen« der Ruinen, »malerische Bilder« einer Vorwelt sind verschwunden. Nicht anders klingt das auch in Wilhelm Müllers ein Jahr nach Quandts Notizen erschienenem *Rom, Römer und Römerinnen*. Die »neuen Reiseschreiber«, so Müller, würden die Ausgrabungen auf dem Forum loben, die Römer selbst hingegen und bezeichnenderweise die »deutschen Maler« beklagten die »Verschimpfung des alten Forum«:

> Das schöne Forum, rufen sie aus, man erkennt es gar nicht mehr! Die abgeschmackten Antikler! Da haben sie den schönen Rasen aufgeworfen und runde tiefe Löcher um die abgeschälten Ruinen gezogen, und gar noch eine Mauer darum, mit verschlossenem Thore, als ob ihnen Einer das Alterthum aus Rom wegstehlen wollte. [...] Wer möchte jetzt noch auf dem Forum zeichnen? – Fürwahr, es hätte nicht lange mehr mit den Franzosen in Rom dauern dürfen, so hätten sie gar die Kirchen niedergerissen, die auf antiken Fundamenten stehen, um nur das pure Alterthum aufzudecken [...]. Kann man doch jetzt nicht im Finstern über das Forum gehen, ohne auf Schutthaufen und in Gruben zu fallen. Und statt der weißen Rinderheerden, die sonst auf dem grünen Rasen lagerten, und ihrer braunen Treiber, die den lustigen Saltarello in dem Schatten der Eichen und Linden tanzten, schleichen jetzt nur Reisebeschreiber mit Brillen, Meßstäben und dem Vasi über das aufgewühlte Feld.

Gründlicher könnte der Campo Vaccino nicht rehabilitiert werden: Müller wettert gegen die Antikenbegeisterung, er preist das Malerische, selbst die christliche Aneignung der antiken Tempel wird in Schutz genommen, die Rinderherden und sogar deren Hirten; die, einst als lärmender Pöbel verunglimpft, nun einen »lustigen Saltarello« tanzen. Doch all das ist nur mehr Imagination. Müller bekennt selbst im folgenden Satz: »Ich habe das Forum in seiner früheren Gestalt nicht gesehen, aber dennoch darf ich mich auf die Seite der Unwilligen stellen.«[42]

Doch es war zu spät. Die Zeit des Campo Vaccino war vorbei, ein für allemal war es ersetzt durch ein nach und nach ausgegrabenes Forum, auf dem man von der Höhe des daneben aufgetürmten Schutt- und Erdhügels auf die Bedeutung des jeweiligen ausgegrabenen Bauwerks schließen konnte, wie Henry Matthews 1820 zynisch anmerkt.[43]

Das Schlimmste aber war nicht allein der Verlust der malerischen Qualitäten des Campo Vaccino, der überwucherten Ruinen und der Rinderherden, kaum dass man sie schätzen gelernt hatte. Das Schlimmste war, dass auch Cicero im Zuge der Ausgrabungen nicht wiederkehrte. Statt der antiken historischen Gestalten, die sich die Reisenden des 18. Jahrhunderts so oft aufs Forum geträumt hatten, bevölkerten, wie Müller es schreibt, nun immer mehr Bildungstouristen das Areal. Und die so groß imaginierte Antike entpuppte sich in Wirklichkeit als gebrechlich. In einem später sehr bekannt gewordenen Brief schreibt Wilhelm von Humboldt 1804 an Goethe, nur aus der Ferne erscheine das Altertum bewunderswürdig, die Ausgrabung einer Ruine könne »höchstens ein Gewinn für die Gelehrsamkeit auf Kosten der Phantasie sein«.[44] Nicht anders schildert es auch Johann Gottlob von Quandt, der bemerkt, dass man bei den Ausgrabungen zu spät erkannt habe, wie die späteren An- und Einbauten den antiken Gebäuden als Stütze notwendig gewesen wären.[45] Es war mit diesen baulichen Konstruktionen nicht anders als mit den imaginären der antikenbegeisterten Reisenden: Auch deren Phantasiekonstrukte hatten die im klassischen Boden versunkenen Tempel und Säulenhallen gestützt – und viel eindrucksvoller erscheinen lassen, als sie eigentlich waren.

So entsprach das nun wiederhergestellte Forum weder einer von der Literatur, von der antiken Geschichtsschreibung und Rhetorik geprägten Erwartung, noch einer von der Malerei und ihren bukolischen Szenerien evozierten. Als einzige Konstante, so scheint es, blieb die Enttäuschung über das, was man auf dem Forum sah. Und dass Wilhelm Müller einem Zustand, einem Campo Vaccino hinterhertrauert, den er selbst gar nicht mehr erlebt hatte, lässt Italien selbst in Italien Sehnsuchtsort bleiben, Ort einer Sehnsucht der Imagination, mit der das wissenschaftsorientierte 19. Jahrhundert nun endgültig aufräumte – und damit auch die *Grand Tour* zu einem historischen Relikt werden ließ.

Charlotte Kurbjuhn

»Kehrseiten« Siziliens um 1800. *Hinter Vorhängen, Leichentüchern und Buchattrappen*

Wenn man in einem Buch aus dem 18. Jahrhundert blättert und sich dabei in einem Labyrinth dunkler Treppen wiederfindet, in Katakomben voll aufrechtstehender Mumien oder in Ruinen, zwischen deren gigantischen Steinquadern sich tiefe Schlünde voll eklen Getiers öffnen; wenn man durch Paläste mit steinernen Fabelwesen schleicht und durch Klöster, hinter deren Mauern sündhafte, verschlagene Mönche ihr bigottes Unwesen treiben – dann ist die Wahrscheinlichkeit, dass man eine *Gothic Novel* in den Händen hält, relativ hoch. Doch es könnte sich auch um einen zeitgenössischen Reisebericht über Sizilien handeln.

Vor dem Hintergrund der beginnenden Entdeckung Siziliens durch die Reisenden des späten 18. Jahrhunderts erscheint dies auf den ersten Blick paradox: Johann Hermann von Riedesel hatte 1767, von Johann Joachim Winckelmann instruiert, das damals archäologisch kaum erschlossene Sizilien durchreist und die Resultate seiner Suche nach Spuren der großen griechischen Vergangenheit in zwei umfassenden *Sendschreiben* übermittelt, deren antiquarisches Erkenntnisinteresse ebenso wie ihr Stil deutlich von Winckelmanns Schriften geprägt sind. Winckelmann ließ diese Erkenntnisse Riedesels 1771 anonym, aber mit einer Widmung an sich versehen, veröffentlichen.[1] So erwartet der heutige Leser einer sizilianischen Reisebeschreibung, verfasst in den Jahrzehnten nach dieser klassizistischen Präformierung der Perspektive, ein Lob der antiken Landschaft, einen archäologisch rekonstruierenden Blick auf die Tempelruinen, Klassifizierungen antiker Kunstwerke, klimatheoretische Spekulationen – und all dies wird er zur Genüge finden. Doch stößt man auch auf die

Kehrseiten dieses Phantasmas der *Magna Graecia* (denn Sizilien muss damals für die meisten Reisenden als Substitut für eine nicht realisierbare Griechenland-Reise dienen). Zugleich steigert sich die »Phantasmagorie südlicher Sinnlichkeit«,[2] welche die nordeuropäischen Reisenden auf die vermeintlich heißblütigen Südländerinnen projizieren, graduell mit jeder Meile, die die Kutsche sie nach Süden transportiert – und proportional dazu steigt die Frustration, die sich mit der erotischen Desillusionierung einstellt. Süditalien, und besonders Sizilien, hält zudem für die Reisenden prägende Begegnungen mit dem Unterirdischen bereit, das oftmals, so platt es klingt, zum Reflexionsmedium des Unbewussten, Triebhaften, Verdrängten wird. Die Reise- ebenso wie die Romanschriftsteller scheinen eine besondere Affinität der süditalienischen Gegenden zum Schauerlichen, zumal zum schauerlichen Unterirdischen verspürt zu haben: In den Grabungen Süditaliens tritt die Alltagswelt der Antike aus der Erde wieder hervor, am Averner See liegt der mythische Zugang zur Unterwelt, in Süditalien faszinieren die Eruptionen von Vesuv und Ätna die Reisenden, und auf Sizilien locken Latomien und Katakomben die Besucher in unterirdische Reiche. Nicht zufällig liegt das *Castle of Otranto*, Schauplatz der gleichnamigen ersten *Gothic Novel* von Horace Walpole (1764), in Süditalien. Im Hinblick auf die zahlreichen Kulturen, die auf Sizilien ihre Spuren zurückgelassen haben, erscheint es als bemerkenswerte Parallele, dass auch das Genre der *Gothic Novel* unter dem Terminus »Gothic« verschiedenste kulturhistorische Momente sorglos vereint, die von den Sizilienreisenden beschrieben werden: Mittelalterliche Elemente verknüpfen sich mit diffus exotistischen, panorientalischen Facetten, aber auch mit diversen, im weitesten Sinne als ›barbarisch‹ empfundenen Charakteristika und, vor allem, Phänomenen des Unheimlichen. In jedem Falle jedoch bezeichnet »Gothic« etwas gänzlich Antiklassizistisches. Auch Riedesel (der damit in langer kunsthistorischer Tradition steht) benennt mit »gotisch« prinzipiell diejenigen sizilianischen Kunstdenkmäler, die in irgendeiner Weise dem griechischen

Ideal widersprechen – mögen sie nun »normannisch, byzantinisch [oder] islamisch« sein.[3]

Werden Schauerromane zudem häufig von starken antikatholischen Impulsen geprägt, die mit einer drastischen Dämonisierung des Ritus wie seiner Würdenträger einhergehen, so durchziehen eben diese Charakteristika auch die Reiseberichte über Sizilien um 1800.

Was sich den Sizilienreisenden anstelle der erhofften unmittelbaren Begegnung mit der sonst römisch überformten griechischen Antike darbietet, und inwiefern die befremdeten Reiseberichte aus der *Magna Graecia* damit den Blick in die Abgründe zeitgenössischer Ängste eröffnen, zu deren Kompensation die Sehnsucht nach antikischer Ganzheit dienen sollte, lässt sich an drei exemplarischen Reiseberichten zeigen.

Zum einen handelt es sich um die *Briefe über Kalabrien und Sizilien* von Johann Heinrich Bartels, der mit dem dreibändigen Werk über seine Reise im Jahre 1786 ein umfangreiches Kompendium des modernen Sizilien vorgelegt hat; es erschien sukzessive bis 1792.[4] Beim zweiten Beispiel handelt es sich um das 1799 publizierte *Gemälde von Palermo* des Orientalisten Joseph Hager, der in königlichem Auftrag den Betrugsfall des Abate Vella – er hatte vermeintlich arabische Schriften gefälscht – aufdeckte.[5] Die dritte, überaus reizvoll und lebendig gestaltete Schilderung einer *Reise durch Italien und Sicilien* im Jahre 1815 stammt von August Wilhelm Kephalides, einem Historiker aus Breslau, und erschien 1818.[6]

Generell war Sizilien, wie es die Reisenden um 1800 erlebten, geprägt von zutiefst mitleiderregender Armut infolge der unerbittlichen Ausbeutung und der vom Feudalsystem verursachten Misswirtschaft in den ländlichen Gegenden. Das Resümee von Kephalides lautet schlicht: »Sicherlich ist in ganz Europa kein Land verhältnismäßig so herunter gekommen, wie Sicilien.«[7] Neben Klagen über die dürftigen Unterkünfte durchziehen anschauliche Beschwerden über unhygienische Zustände die sizilianischen Reiseberichte – doch stellen diese kein lokales Spezifikum dar. Markant für die *Sizilien*erfahrungen der nordeuropäischen

Reisenden ist hingegen die doppelte Desillusionierung der Hoffnung auf griechisch-antike Größe einerseits und des Phantasmas von südlicher Sinnlichkeit andererseits, wobei letzteres mit einer antikatholischen Dämonisierung einhergeht. Die befremdlichen Erfahrungen kulminieren in der Konfrontation mit bizarren Todesphänomenen.

I

Neben den allgemeinen Unbequemlichkeiten der Reise werden die Sizilienerfahrungen dadurch geprägt, dass die Reisenden sich den bedrückenden Spuren der Geschichte auf der Insel nicht entziehen können. Wie eine gewaltige barocke Allegorie liegen die sizilianischen Landschaften vor dem Auge des nördlichen Reisenden. Am verheerendsten sind die Eindrücke in Selinunt – dessen gänzlich zerschmetterte, in gigantischen Blöcken verstreut liegende Tempelruinen Goethe signifikanterweise mied. Eine bemerkenswerte Beschreibung liest man hingegen bei Kephalides:

> Die Ruinen der drey Tempel auf dem westlichen Hügel [von Selinunt] sind die ungeheuersten Trümmer wohl von ganz Europa; ihr Anblick ist erschütternd und höchstens mit dem Kolosseum in Rom vergleichbar. Aus der entsetzlichen Masse der Trümmer, die wie Felsenstücke eines eingestürzten Berges übereinander liegen, ragen einige Riesensäulen hervor, die übrigen liegen alle in fürchterlichem Graus durch einander.[8]

Da ist es beinahe ein Trost, dass »die nördliche Säulenreihe des einen Tempels [...] so regelmäßig eingestürzt« ist. Obwohl spätestens seit Riedesels Bericht bekannt ist, dass es sich in Selinunt um sehr ruinöse Ruinen handelt, ist der an einer Ästhetik der Einheit in der Mannigfaltigkeit geschulte Blick, der in der *Magna Graecia* Bauten voll klassischer Simplizität und Größe sucht, gänzlich überfordert, die vorgefundenen Steinmassen überhaupt für Spuren menschlicher Kunst zu halten. Kephalides gesteht ein, dass es »schwer« falle, »sich zu überreden, dass diese entsetzlichen Trümmer nicht Naturprodukte seyen«. Der Ort ist auch sonst nicht heimelig:

Leo von Klenze: *Selinunt.* Aquarell, Privatsammlung.
Nach dem Skizzenbuch der Reise von 1823/24

> In den Tiefen und Abgründen zwischen denselben [...] wohnen zahllose Molche und Eidexen. [...] Wir krochen wie Fliegen auf den Blöcken herum [...]. Man hüte sich indess in die Schlünde zwischen den Trümmern zu stürzen.[9]

Ekelerregende Amphibien gehören zum Inventar der zeitgenössischen *Gothic Novel*, und deren Strategien entspricht auch Kephalides' Schilderung der Ruinen. Schon Giovanni Battista Piranesi entwarf in seinen *Carceri d'Invenzione* (1745/um 1760) die Szenerien, die der Schauerroman dann bevölkerte. Diese sind, wie Kephalides' Beschreibung, nach dem Prinzip der Mikromegalie gestaltet.[10] Damit und mit der Evokation der klaffenden »Schlünde«, »Abgründe«, »Tiefen« und ihrem widerlichen Getier evoziert Kephalides Elemente, die Edmund Burke als Konstituenzien des Erhabenen definiert hatte und mit denen die *Gothic Novels* des 18. Jahrhunderts die Kulissen ihrer Schauergeschichten bestückten.[11] Doch Kephalides sorgt sogleich für eine humoristische Wendung, indem er berichtet, wie man sich in der schauerlichen

Szenerie touristisch-idyllisch einrichtet, als wolle man zum Gegenstand eines pittoresken Aquarells werden:

> Wir lagen eben alle viere sammt dem Maulthiertreiber auf einem breiten Kapitell über den Trümmern des einen Tempels und nahmen, während die grünlichen Wogen den Fuß des Hügels donnernd bestürmten, ein kleines Mahl [...] voll Götterwonne ein, als mit einmal ein Zug von funfzig bis sechzig Maulthieren, theils Sänften von klingelnden Mäulern getragen, theils begleitende Herren zu Pferde, theils eine Menge bewaffneter [...] Geleitsmänner, sich den Ruinen näherten; es war eine Palermitanische Prinzessin, die mit ihrem Gefräulein und ihren Rittern die Ruinen zu besuchen kamen. Wir sprangen deshalb eilends, um alle Herrlichkeiten zu übersehen, auf die Spitzen der Säulentrümmer, denn unsere schon erhitzte Phantasie hoffte Alcinengestalten in diesen ewig denkwürdigen Fluren zu sehn, und der ganze Zug hatte überdieß schon an sich ein höchst romantisches Ansehn; allein zu unserm größten Verdruß entfalteten sich aus den Sänften Antiken, die weder an mahlerischem noch vermuthlich auch historischem Interesse denen gleich kamen, auf welchen wir schon standen; wir wanden uns deshalb, Fazello und Cluver in der Hand, blos zu diesen.[12]

Was sich so heiter liest, stellt doch eine Vignette wesentlicher Desillusionierungsmomente dar: Die erhofften Überreste glorreicher Historie der einstigen großgriechischen Macht sind dermaßen zerstört, dass sie nur mehr zum (wenngleich schaurig-erhabenen) Picknickplatz taugen. Kein ruhmreiches Heer hält Einzug, sondern eine Karawane von Maultieren und Sänften. Diesen entsteigen bei allem opernhaften Pomp jedoch keine jungen »Alcinengestalten«, die ein Wiederaufleben des heroischen Mittelalters nach Ariost verheißen könnten, wenn schon die Antike unrettbar darniederliegt, sondern es ist eine Sammlung wandelnder »Antiken« des palermitanischen Adels: Das überalterte Feudalsystem wird zur allegorischen Staffage; die noch Lebenden erscheinen bereits (wenig ruhmvoll) in die Geschichte eingegangen und werden so als Relikte der Vergangenheit inszeniert, als stünden sie steinern zwischen den Säulentrommeln.

Wenngleich die imposanten Landschaften, wo sie nicht von Ruinen geprägt sind, die Reisenden überwältigen – die meist das Landesinnere umgehen und somit fast nur die grünen Küstenzüge zu Gesicht bekommen –, scheint kaum etwas von Menschen Geschaffenes für die erduldete Unbill zu entschädigen. Kephalides warnt, Palermo dürfte kaum jemandem gefallen, der die anderen italienischen Städte gesehen habe, selbst die Hauptstraßen hielten keinesfalls »für die zahllose Menge der schlechtesten, liederlichsten Winkel schadlos, durch deren pestilenzialische Ausdünstungen wir uns in Palermo durchschlagen müssen«.[13] Die Architektur Palermos stellt ohnehin eine Herausforderung an den Geschmack des nordeuropäischen Reisenden dar, der sich nach den »Meisterwerken eines Palladio« sehnt:

> Die öffentlichen Gebäude, besonders die Kirchen, sind in einem höchst sonderbaren, phantastischen und geschmacklosen Styl angelegt, und man glaubt, in dieser Hinsicht in Palermo eine ganz neue Welt zu sehen. Die Verzierungen sind bunt, und die Farben schreiend, alles seltsam, übertrieben, und abenteuerlich.[14]

Der Eindruck widerspricht jeder klassizistischen Ästhetik; der palermitanische Stil macht das Frappante zum Programm. Zum Übertriebenen, Seltsamen, Abenteuerlichen zählte nicht zuletzt die Villa Palagonia in Bagheria bei Palermo, dank Goethes ausführlichem Bericht das wohl prominenteste Beispiel ungewöhnlicher sizilianischer Geschmacksphänomene – mit steinernen Chimären, bizarren Phantasiegestalten auf den Mauern des Anwesens und ebenso verstörenden wie verärgernden Ausstattungselementen im Innern.[15] Auch Kephalides würdigt die Villa eines Besuchs, dessen Beschreibung an ein Schauerkabinett erinnert:

> Von außen bestürmen und plagen sinnlose Gestalten, von innen Fratzen, die sich an den glasbekleideten Wänden abspiegeln, unsere Phantasie; besonders war der eine Gesellschaftssaal mit lauter Zerrspiegeln bekleidet, so dass er bey bedeutender Societät mit Zwergen, Misgeburten, Cretinen, Mondkälbern, Alraunen und Teufeln bevölkert zu seyn scheinen muß.[16]

Der Spiegelsaal der Villa Palagonia in Bagheria bei Palermo

Die Bizarrerien beschränken sich also nicht allein auf die Darstellung, sondern affizieren mit Hilfe von Zerrspiegeln die prekäre Selbstwahrnehmung des Subjekts, dem diese Station der Bildungsreise zur verunsichernden Erfahrung absoluter Dissoziation gerät – und das auf der Suche nach dem ganzheitlichen Humanitätsideal der Antike.

Wie lassen sich nun die spezifisch sizilianischen Exaltationen der Phantasie und der Prunksucht erklären? Bartels versucht, den Hang der Sizilianer, in allen Lebensäußerungen das Maß zu überschreiten, hyperbolisch klimatheoretisch zu motivieren:

> Es scheinet als ob der heiße Afrikanische Wind [...] das Gehirn der Einwohner verbrannt und ihre Phantasie zu regellosen Ausschweifungen erhizet habe. Eine lermende Bacchantenwut ist ihr Element, und ein Enthusiasmus, wie er dadurch erzeuget wird, die Seele ihres Tuns.[17]

Für die deutschen Reisenden, deren Bild von der Antike und den Griechen von einer unantastbar ›edlen Einfalt‹ und ›stillen Größe‹ geprägt ist, lässt sich die ungestüm »lermende Bacchantenwut« (die erst später als auch antikes Erbe gelten wird) keinesfalls mit ihrem hehren Ideal der »Götterstille« (Walther Rehm) vereinbaren,[18] wie es sich in den griechischen Statuen ästhetisch manifestiert. Die Maßlosigkeit seines bacchantischen Gegenstandes beunruhigt den Verfasser so sehr, dass er um seine eigene Glaubwürdigkeit fürchtet und beschwörend hofft, der Leser werde mittlerweile wohl einsehen, »dass wer den Palermitanischen Karakter zeichnen will, beständig ins Uebertribene malen muß«.[19]

Die vermeintliche sizilianische Übertreibungstendenz zeigt sich besonders in einem Lebensbereich, der das Gegenstück zum zumeist protestantischen Glauben der Reisenden darstellt: die spezifische Erscheinungsform katholischer Religiosität auf Sizilien. Dabei geht es zum einen um die Erotisierung und Dämonisierung der beobachteten Andachtsübungen, zum anderen um die moralische Dekadenz der Geistlichen. Die Reiseberichte ergehen sich denn auch in Empörungen über die Liederlichkeit der Mönche und Nonnen; exemplarisch zeigt sich dies in Bartels' Bericht über seinen Aufenthalt im vermögenden Kloster San Martino bei Taormina. Er spielt dabei bewusst mit der Erwartungshaltung des Lesers:

> Der Weg dahin war schrecklich, so wie überhaupt die Lage des Klosters schauerlich ist, zwischen einem Chaos von mehr als 50 der unfruchtbarsten Felsenberge, in einem rauhen Klima, und mit völlig eingeschränkter Aussicht, bis auf einige überraschende Anblikke des weiten Meeres.

Raue Felsen, unzugängliche Pfade, frappante Aussichten ins Unbegrenzte: Der Leser rechnet mit der Szenerie eines Schauerromans, wie auch Bartels einen düsteren »Pönitenzsiz [sic] in sich verschlossener Mönche« zu finden meint. Stattdessen erblickt er »durchaus einen schwelgerischen Ueberfluss«, eine ganz und gar nicht dunkel gehaltene Einrichtung mit pracht- und sogar geschmackvoller Marmorausstattung: »Alle Gänge dieses Klosters sind prächtig, breit und hell«.[20] Freilich entpuppt sich die Helligkeit des Klosters als äußere Blendung angesichts der obskuren Zustände im Innern: Die Mönche spielen Billard oder Karten und besitzen dazu einen eigenen Saal mit zwei Billardtischen.[21] Sie rühmen sich ihrer

> Aufklärung, das ist ein Wort, mit dem die Herren hier spilen, wie mit ihrer Billiardkugel, ohne sich entweder bestimmetes dabei zu denken, oder sie verbinden auch ganz irrige Begriffe damit. Einer von ihnen sagete mir: dass es lichter in unserm Kopf ist, wie gewöhnlich in den Köpfen von Mönchen, können Sie daraus schlißen, dass [...] unser Votum castitatis [Keuschheitsgelübde] uns wenig kümmeret.

Um dem norddeutschen Besucher

> Beweise seiner freien Denkungsart zu geben, fürete er mich in sein Zimmer, und zeigete mir eine Menge schlüpfriger Kupferstiche, unter denen ihm das bekannte, englische Stük, ›ein Kapuziner mit einem Bündel Stroh aus dem ein verstektes Mädchen hervorgukket, mit dem Motto: Proviant fürs Kloster‹ die beßte Schilderung zu geben schien, wie es in den Klöstern herginge, und hergehen müsse.[22]

Viel Lob findet Bartels hingegen – zunächst – für die Bestände der Klosterbibliothek:

> Ich fand dort in einer ganzen Reihe, die Titel von Luthers und Kalvins Schriften, die ich nur ein Paarmal in Italien, in Klosterbibliotheken, und zwar immer, stark verschlossen, unter den verbotenen Büchern gefunden hatte. Ich wunderete mich sie hier frei stehen zu finden; aber wie ich einen Band heraus nemen wollete, sah ich, dass es bloße Titel waren, die auf einer, zu einer Treppe fürenden, Seitenwand, gemalet standen.

Die Stelle liest sich wie ein Vexierspiel mit den antikatholischen Schauerromanen der Zeit: Äußere Helligkeit und innere Obskurität, verkleidet als missverstandene »Aufklärung«, wechseln einander ab; wo der Leser einer *Gothic Novel* erwartet, im sekretierten Bereich der Bibliothek Bücher über schwarze Magie zu finden oder zumindest eine Geheimtür zu den Katakomben, in denen die eine oder andere Unschuld lebendig eingemauert wurde, stehen bei Bartels' Benediktinern scheinbar ganz liberal die Schriften der »Ketzer« – doch sind sie hier, wie alle Aufklärung, bloße Fassade, hinter der sich die Abgründe öffnen. Wohin genau diese nun eigentlich führen, erfährt der Leser nicht, doch in Bartels' gesamter Reisebeschreibung öffnen sich zahlreiche Blicke in die erzprotestantischen Abgründe seiner eigenen Ängste vor der »Mönchsreligion«. Besonders deutlich wird dies in seinen Bemerkungen zur »Bigotterie«:[23] Diese gehöre »zu den karakteristischen Äußerungen des Palermitaners, und zwar besonders des *männlichen Geschlechtes*«, während eine bigotte Lebenshaltung sonst eher den Frauen eigen sei. So beschreibt Bartels die »Andacht« des Messinesen als »ein Verzerren aller [...] Gesichtsmuskeln, ein Aufsperren und Verdrehen der Augen, ein leidenschaftliches Stöhnen«, und zu den Palermitanern bemerkt er, es scheine,

> als ob der Mann, der nur in Uebertreibungen seine Freuden fület, auch darum die Kirchen so häufig besuchet, und hier durch Augenverdrehen, Brustklopfen und andere Uebungen der Art, sich in einen Enthusiasmus zu sezen bemühet, der hernach konvulsivische Bewegungen bei ihm hervorbringet. Die feierliche Stille in der Kirche ward unterbrochen durch ängstliches Seufzen, ein hohler dumpfer Ton hallete wieder aus allen Ekken, und verlor sich in neues Stönen; alles das geschahe mit leidenschaftlicher Heftigkeit, auf die aufs neue eine feierliche Stille folgete.[24]

Damit äußert sich Bartels schon recht explizit, doch bei der Beschreibung der weiblichen Andachtsekstase steigert er sich. Es handelt sich dabei um eine längere Fußnote zu dem Absatz über männliche Bigotterie, in der Bartels als früher Theoretiker der Hysterie ein striktes Generalverdikt formuliert: Zwei »libenswürdige [katholische] Frauenzimmer« hätten ihm einst gestanden, dass ihre jugendlich inbrünstigen Gebete zu Füßen des Kreuzes oder der Heiligenstatuen für sie »Stunden des himmlischsten Genusses« gewesen seien, wenn sie

> dort Stundenlang mit angestrengtester Imagination seufzeten und beteten, und in himmlischer Entzükkung lagen. Folge davon war, dass sie hernach eine gewisse Leere und Erschlaffung

in sich fületen. Indeß sie kereten oft zu diesen Uebungen zurük, bis sie davon, nach ihrer Verheiratung, durch ihre vernünftigen Männer zurükgehalten wurden. Diese sahen tifer auf den Grund, wie die schuldlosen Seelen selbst, die nichts unerlaubtes dabei vermuteten, und ihre Nerven schwächeten. Und gewiß ists, bei diesen übernatürlichen Andachtsübungen, lag mehr *physisches* zum Grunde, als man vielleicht glaubet.

Deswegen hätten »auch vernünftige katolische Aerzte in neueren Zeiten« die Damen »mit Ernst, vor diesen übertribenen Andachtsübungen zurükzuhalten« sich bemüht:

> Wie manches libevolle Mädchen mag durch sie nicht um Glük, Zufridenheit und Gesundheit gekommen sein, wenn auch gleich kein Satyränlicher Mönch im Hinterhalte laurete, und ihre Entzükkung zur Befridigung seiner Lüste sich zu bedinen wussete.

Mit diesen katholischen Gebetsübungen vergleicht Bartels »bei uns [...] das Wandeln im Mondscheine und was dazu gehöret. Wie manches Mädchen mag nicht dabei, um Unschuld, Zufridenheit und Glük gekommen sein!«[25]

Diese Erotisierung und gleichzeitige Dämonisierung der als irrational und anstößig empfundenen Religiosität enthüllt, wie deren prekäre Sinnlichkeit einerseits als bedrohlich-verlockend empfunden wird, andererseits jedoch – gerade aufgrund des konfessionellen Unterschieds – immer mehr oder weniger unerreichbar bleiben muss. Das Phantasma der sinnlichen Südländerin wird somit bestätigt, und dennoch hat der norddeutsche Protestant nichts davon, da es sich als uneinlösbar erweist und den Reisenden auf die Rolle des ewigen Voyeurs verpflichtet, der selbst noch Mönche beneiden muss, denn gleich jenen »lauret« ja auch der Reisende »im Hinterhalte« seiner Autorschaft.

Die prägnanteste Desillusionierung des südlichen Weiblichkeitsphantasmas findet sich allerdings in dem Bericht von Joseph Hager. Zu Beginn seines Aufenthalts habe er in Palermo den Vorhang einer Sänfte geöffnet, ausgesprochen erwartungsvoll, wie er berichtet:

> Ich sah [...] begierig hinein, in der Erwartung, ein schönes, wohlgeputztes Mädchen, oder eine liebenswürdige Dame zu sehen. Allein wie erschrak ich, als ich dafür ein wachsgelbes, fürchterliches Todtengesicht zu sehen bekam.[26]

Wenngleich ein fremder Herr, nach allem, was man den Reiseberichten sonst über die Eifersucht sizilianischer Männer entnehmen kann, wohl kaum gewagt haben dürfte, forsch in die verhangene Sänfte einer Dame hineinzuschauen, so ist die inszenierte Pointe doch signifikant: Hinter dem lockenden Vorhang lauert statt der Verführung die Verwesung. In Sizilien fällt der Schleier der klassizistischen Ästhetik und gibt den Blick frei auf die Kehrseite des schönen Scheins – die unabweisbare Faktizität des Todes. Bemerkenswert ist dabei, dass auch das Antlitz des (oder der) Toten mit »Wachs« assoziiert wird und somit begrifflich in die Sphäre des Artifiziellen entrückt scheint. Die Grenzen zwischen Kunst und Leben verschwimmen hier auf perfide Weise, denn die vermeintliche Wachsfigur ist weder Statue noch Lebender, weder Kunst noch (lebendige) Natur.

II

Das gravierendste Irritationsmoment der sizilianischen Reiseberichte besteht in Begegnungen mit bizarren Todesphänomenen. Bartels gibt ein zunächst recht harmloses Beispiel. Er berichtet mit dem ihm eigenen Befremden, dass »der Palermitaner, so lange er lebet, [nicht bloß] durch Pracht und Aufwand die Aufmerksamkeit des Volkes auf sich zihen [will], selbst bis nach dem Tode verfolget ihn die[se] kindische Eitelkeit«.[27] Zum Beweis führt er uns

> izt in eine Kirche, wo ein Kadaver aufgestellet ist [...]. Denken Sie sich hier alles vereiniget, was das Auge nur blenden kann, die ganze Kirche mit einer zallosen Menge von Wachskerzen erleuchtet[...]. Alles war [...] mit Gold und Flitterstaate behangen, [...] und machete in der Tat [...] einen imponirenden Effekt. Eine feierliche Trauermusik [...] verbreitete einen religiösen Ton überall, und von Gold strozende Pfaffen hilten Todtenmessen.

> Dieß alles gefiel mir sehr! – aber laut musste ich auflachen, wie ich selbst auf einem grossen, von Gold glänzenden, Sessel, im reichen Stoffe gekleidet, den *Kadaver* aufgeschmükket entdekkete, als sei er fertig zu Tanz und Ball [...]. Da saß er, mit hohem Tapee, durchaus Stuzzer, wie ein ausstafierter Dumkopf, den sein goldbebrämter Anzug von jeder Bewegung zurükhält – eine lächerliche Marionette! So einen Anblick glaub' ich hat man sonst nirgends; ich sah freilich hie und da im katholischen Lande änliche Todtenfeier; aber beständig lag der Kadaver in einem bescheidenen Sarge, ihn aufzuziren, wie eine Dratpuppe, das kann nur der Palermitaner, der [...] keinen anderen Wunsch kennet, als seine von Gold strozende, hohe Person öffentlich zur Verehrung auszustellen.[28]

Bartels' Impuls ist wiederum antikatholisch, doch neben dem gewissen »religiösen Ton« und den »von Gold strozende[n] Pfaffen«, die »Todtenmessen« halten (was ihm ja sogar alles noch ausdrücklich gefällt), spielt der katholische Ritus keinerlei Rolle. Stattdessen handelt es sich um eine Feierlichkeit zur Krönung des Todes, die als Epiphanie in »blendende[m] Glanz« und Goldrausch beschrieben, allerdings gleich als Inszenierung auf den oberflächlichen »Effekt« hin durchschaut wird, als Theaterszenerie, in welcher der tote »Stuzzer« als »Marionette« oder »Dratpuppe« auf seinen letzten Part bei »Tanz und Ball« wartet. Auch das wesentliche Material ist relevant: Als habe ein sizilianischer Midas alles berührt, dominiert das Gold allüberall, und wie im Falle des Totengesichts in der Sänfte sind die Übergänge zwischen Kunst und Natur fließend – und doch ist es abermals weder Kunst noch Natur, wie auch alles, was Midas berührte und in Gold verwandelte, zu keinem der beiden Bereiche gehörte. Der inszenierte Tod auf Sizilien wird von Bartels wie von Hager als Unnatur, als Kehrseite sowohl des Lebens als auch der Kunst präsentiert. Die Toten harren aus im Limbus des Unheimlichen – und des schlechten Geschmacks.

Und doch ist Bartels' Blick nicht ohne Mitleid, denn er deutet diese eitle »Abart einer regen Ruhmbegierde« nach bewährtem klimatheoretischem Modell: Er meint, »nach den natürlichen Anlagen der hisigen Eingebornen« müsste, bei richtiger Erziehung, noch immer »eine Nation aus ihnen hervorwachsen«, die sich des Vergleichs mit dem antiken Syrakus »nicht zu schämen hätte«. Diese Idealisierung sizilianischer Staatsformen ist symptomatisch für Reiseberichte des 18. Jahrhunderts, denn die Tyrannis eines Dionysios hätte ja durchaus auch als Gegenargument dienen können.[29] Bartels jedoch erkennt in der Eitelkeit noch der Begräbniszeremonien die fehlgeleitete Äußerung eines »tätige[n] Geist[es] voll reger Ruhmbegirde«,[30] der sich nicht entfalten könne und noch dazu von »dummen Pfaffen« deformiert werde, und so sei »izt der Palermitaner, was seine Kultur anbetriffet, gleichsam zwergänlich«. Und auch sein Glanz im Tode ist nur von kurzer Dauer: »Aber leider!«, ruft Bartels aus: »Die zerstörende Verwesung zerreibet gewönlich seinen Körper zu Staub, und verwischet sein Andenken unter den Lebendigen!«[31] Doch in Palermo hatte man ein Mittel gefunden, um diesem Missstand abzuhelfen. Hier befindet man sich nun wirklich inmitten einer *Gothic Novel.*

Die abgrundtief verworfene Carathis, Mutter des Protagonisten in William Beckfords Roman *Vathek* (1786), äußert, bevor ihr Sohn zu einer Reise aufbricht, den schönen Satz:

> Nichts ist so angenehm wie in Höhlen zu weilen: meine Vorliebe für Leichen und alles Mumienähnliche ist unbestreitbar; und ich bin überzeugt, du wirst von allem das Erlesenste zu Gesicht bekommen.[32]

Die pervertierte *Grand Tour* als Bildungsreise zur Entwicklung des Geschmacks am Schreckenerregenden, die sie ihrem Sohn damit frohgemut ankündigt, hätte mit den Katakomben der Kapuzinermönche in Palermo eine würdige Etappe gefunden: Diese haben einige Leichen im Keller, genauer gesagt etwa 8000, und zwar in Form von Mumien, die von der Last der Jahre mehr oder weniger gebeugt an den Wänden Spalier stehen (siehe Seite 117). Man folge abermals dem wackeren Bartels, und zwar »ins Todtengewölbe der Kapuziner«. Dort

> finden Sie eine Gesellschaft von Todten, gut erhalten aufgestellet, und neben einander gesezet, wie Statuen in einer grossen [...] Gallerie. Das Grabgewölbe liget nicht tief unter der Erde, bestehet

> in verschidenen breiten Gängen mit Nischen, ist geräumig, luftig und hell, und nicht mit schrecklichem Todtengeruch angefüllet. In jeder Nische stehet ein Kadaver, mit gesenktem Haupte, holen, tief ligenden Augen, hervorstehendem Kinn und über einander geschlagenen Händen. Durchaus sind alle – wenn sie nicht gar zu lange gestanden haben – kennbar! – Ein jeder von ihnen hat sein Kreditiv in der Hand, einen Todtenschein [...]. Der Anblik ist schreklich, aber seiner Neuheit wegen sehr auffallend! Fast alle sind sie in Kapuzinerkleidung gehüllet, und Fürst, Graf und Markis representiren hier in dem Anzuge ihre Personen. Doch da es das Schicksal will, daß sie unter der schweren Kapuze ihren Nakken beugen, und in tifester Demut erscheinen sollen, so unterwerfen sie sich freilich, aber können doch selbst im Tode noch ihren vorigen Karakter nicht verleugenen; auf dem Zettel, den Jeder von ihnen dir mit verdorreter Hand reichet, stehet mit grosser Schrift, *Io sono il Signor Principe, Marchese, Conte* – gleich als wollete er selbst noch hier deine Huldigung erpressen. Aber [...] innigstes Mitleiden ist die einzige Empfindung die das arme Gerippe erwekket! [...] Einige von den Todten haben [...] schon zweihundert Jare auf ihren dürren Beinen gestanden; andere hingegen sind bereits des Stehens müde geworden, und ligen auf Brettern umher. Noch von anderen Kadavern sind bloß zerrissene Stükke, die zum Zierrate dinen.[33]

Noch grotesker liest sich Hagers Bericht über die Katakomben der Kapuziner, wo sich

> eine Gattung *Todtenmuseum* [...] befindet: Mönche sieht man da aufrecht stehend in ihrem Habite, mit aufgesetzter Kapuze, die den Bart haben, und noch ganz kenntlich sind. Die Wand ist mit Todtengebeinen symmetrisch geziert, die herabhangenden Lampen sind aus Todtenbeinen, und das Antependium des Hochaltars aus bloßen Todtenzähnen ungefähr so zusammengesetzt, wie die musivischen Fußböden in dem aus seinem Schutte wieder emporsteigenden Pompeji.[34]

Abermals wird die Erwartungshaltung des Lesers gebrochen: Die Katakomben sind weder dunkel noch modrig, sie ähneln vielmehr einem Museum. In diesem präsentiert sich die Kehrseite der *Tableaux Vivants* des 18. Jahrhunderts: Man sieht das drastische Bild einer Menge von ›Figuren‹, die abermals weder recht Kunst noch

Die Katakomben der Kapuziner in Palermo

recht Natur sind, sondern von Menschenhand transsubstantiierte Unnatur des Todes. Sowohl bei Hager, der vom »Todtenmuseum« spricht, als auch bei Bartels, der die Mumien mit »Statuen« im Repräsentationskontext ihrer »Nischen« vergleicht, erscheint die Diffusion von Kunst, Natur und Unnatur. Selbst wer nicht mehr zur Gänze konserviert ist und nicht mehr zur Gestalt taugt, darf doch als Ornament, als »Zierrat« am Tableau mitwirken. Hagers

Beschreibung dieses ›anderen‹ Pompeji evoziert greller als bei Bartels das makabre Interieur, das nun, aller Helligkeit zum Trotz, durchaus schauerhaft erscheint und jedem Fürsten der Finsternis zur Ehre gereichte. Was er schildert, ist das absolute Gegenbild zu den Bemühungen des 18. Jahrhunderts, die Art, *wie die Alten den Tod gebildet*, zu propagieren, nämlich als fackelsenkenden Genius und *nicht* als hohläugigen Totenschädel und Knochenmann. Die Zersetzung des Subjekts wird hier (freilich in alter, aber ungebrochen fortdauernder barocker Manier) radikalisiert: Der organische Zusammenhang der Gestalt ist bis auf die Zähne fragmentiert, die sodann in neue, rein ästhetizistische Ordnungen gefügt wurden. Steigt fern in Pompeji die antike Welt greifbar nah wieder aus dem Erdboden empor, so verkehren sich auf Sizilien Oberwelt und Unterwelt genau konträr auf frappierende Weise: Die Lebenden steigen zu den Toten hinab und wandeln unter ihnen, die so tot gar nicht scheinen. Während die Tempelruinen der einstigen Mächte an der Oberwelt ein kollektives Historizitätsbewusstsein wachrütteln, das sich im vorrevolutionären Donnergrollen umso stärker bemerkbar macht, wecken die Mumien die individuellen Zersetzungsängste des Subjekts, die notdürftig durch Sarkasmus und Ästhetisierung gebannt werden.

Hager berichtet denn auch geradezu obsessiv von Todesphänomenen – und hat sichtlich Angst davor, lebendig begraben zu werden, wenn er bestürzt die sizilianische Sitte bemerkt, Verstorbene mitunter eine Stunde nach dem Tod bereits zu verscharren oder in Särgen zu verschließen, »da wir doch nach den neuesten Versuchen wissen, dass, so lange die Fäulnis nicht eintritt, sich noch stets ein Lebensprinzip in dem Menschen befindet«.[35] So gibt sich Hager in einer gewaltigen Kompensationsbemühung der wissenschaftlichen Demonstration von Gelehrsamkeit zum Thema Verwesung hin. Über einige Seiten referiert er detailliert die Stufen des menschlichen Verwesungsprozesses, wie sich zunächst eine Art »Wolle« über die Haut ausbreite, dann grüne bis schließlich schwarze Flecken entstehen, die sich öffnen, so dass der Eiter herausfließe; wie endlich Gewürme im Fleisch entstehen und dieses Stück für Stück abfalle, wobei das Gesicht sich zuerst zersetze. Diese »stufenweise Auflösung« sei nirgends »herrlicher vorgestellt« als in einem Wachsgemälde in Florenz: »Man kann sich nichts natürlicheres, und vortrefflicheres in dieser Art denken. Die Feinheit der Ausarbeitung, die Auswahl der Farben, das vollkommene Verhältniß aller Theile machen dieses Bild [zu einem Meisterstück].«[36] Allein, die regelgeleitete Beurteilung nach den künstlerischen Darstellungsprinzipien der Behandlung, des Kolorits und der Proportion vermag nicht, über das zutiefst Ekelhafte der Passage hinwegzutäuschen. Dennoch ist bei Hager die Freude am Nervenkitzel nicht zu verkennen, der sich auch zeigt, wenn Bartels ausruft: »Der Anblik ist schreklich, aber seiner Neuheit wegen sehr auffallend!«

Die Motivation zu den umfänglichen und eindringlichen Auseinandersetzungen zumal mit den Palermitaner Mumien hat weitreichendere Gründe als das Anliegen, eine kontrastive Bestätigung des klassizistischen Geschmacks vor dem Hintergrund barocker Abgeschmacktheiten zu geben, wie es sich noch für die Schilderungen der Villa Palagonia beanspruchen lässt[37] – die bezeichnenderweise eben auch eine oberirdische Erfahrung in höfisch-repräsentativem Kontext darstellt, keine unterirdisch-religiöse. In den Ruinen und Katakomben voller Mumien tritt die Kehrseite des Vernunftoptimismus der Aufklärung hervor. Versinnbildlicht die Vanitas-Landschaft den Kollaps überkommener Ordnungen, so reißt der Anblick der Mumien dem stillen Genius des Todes den Schleier vom Antlitz. In den Katakomben wie in den Ruinen spuken die Ängste des Individuums, und diese Ängste sind äußerst epochencharakteristisch: Herder hatte, unter dem Primat des Haptischen, in der *Plastik* einzig die glatte, sanft gewellte Oberfläche für Statuen gelten lassen, da jede tastbare Andeutung einer marmornen Ader, in der ja kein lebendiger, warmer Pulsschlag zu spüren sei, an »kriechende Würme« erinnere und in ihr unweigerlich »der lebendige Tod« schleiche.[38] Man mag sich gar nicht vorstellen, was diesem Theoretiker des Haptischen zu den Palermitaner Mumien eingefallen wäre. Herders emphatische Konzentration auf die integre Kontur der Statue ist symptomatisch für die Sehnsucht der Epoche, die sich in einer Welt, in der alle Bezugssysteme und Welterklärungsmodelle – religiöse, politische, soziale – auseinanderzufallen drohen, auf die letztmögliche Grenze zurückzieht und diese wie eine Festung verteidigt: die körperlichen Umrisse des ›ganzen‹ Menschen. Diesen elementaren Instinkt des Subjekts, von klassizistischer Ästhetik sanft umhüllt, bedrohen die Bizarrerien der sizilianischen Todeserscheinungen, die Leben und Tod, Kunst und Natur programmatisch vermengen, auf fundamentale Weise.[39] Eine Möglichkeit, dieser Bedrohung zu begegnen, zeigen die vorgestellten Texte: Sie nehmen Zuflucht zu den Darstellungsprinzipien der *Gothic Novel*, die ihrerseits dieselben Epochenängste ästhetisierend (und mit schwarzem Humor) zu bannen versuchte, nicht zuletzt durch eine systematische Strukturierung des (nachgeahmten) Schrecklichen nach dem Burkeschen Konzept des Erhabenen.

Wie Weniges sonst bedienen Mumien die zeitgenössische Lust an der Angst im Zeitalter der Aufklärung, in der frühere Ängste vor der Macht der Natur wie des Übersinnlichen durch das Vertrauen in eine vernünftige Ordnung der Welt scheinbar gegenstandslos geworden sind. Nicht zufällig weist gerade Hager besorgt darauf hin, dass es auf Sizilien noch so wenige Blitzableiter gebe.[40] Um die prinzipiell im Wesen des Menschen verankerte, instinktbedingte Angst kathartisch aufzulösen – und von sehr realen Ängsten angesichts zeitgenössischer politischer und sozialer Umwälzungen abzulenken –, leisten Schauerromane oder schauerliche Reisenotizen hervorragende Dienste. Darüber kann weder die ironisch getönte noch die teils kompensatorisch wissenschaftliche, teils ästhetizistische Betrachtung von Mumien und Verwesung hinwegtäuschen. Denn auch zu den Gattungscharakteristika der *Gothic Novel* gehört der narrative Illusionsbruch an den schauerlichsten Stellen.

Wer daran keinen Geschmack findet, kann getrost zu Goethes *Italienischer Reise* greifen. Dort erfährt der Leser weder etwas über die zerschmetterten Ruinen Selinunts noch über die Katakomben des Kapuzinerklosters und ihre Mönchsmumien. Die Gründe sind hinreichend bekannt; sie erscheinen prägnant formuliert in Goethes Äußerungen aus dem Jahr 1825 im Gespräch mit Friedrich Förster. Goethe, in »schrecklich-großartigem Greisenstarrsinn«, wie Albrecht Schöne schreibt,[41] bemerkt vor einem Gemälde Carl Lessings, das eine Winterlandschaft zeigt, in welcher eine Prozession von Mönchen eine schwarzverhüllte Bahre in eine Klosterruine trägt:

> Das sind ja lauter Negationen des Lebens [...]. Zuerst also die erstorbene Natur, Winterlandschaft; den Winter statuiere ich nicht; dann Mönche, Flüchtlinge aus dem Leben, lebendig Begrabene; Mönche statuiere ich nicht; dann ein Kloster, zwar ein verfallenes, allein Klöster statuiere ich nicht; und nun zuletzt, nun vollends noch ein Toter, eine Leiche; den Tod aber statuiere ich nicht.[42]

Annette Hojer

»Ein Paradies bewohnt von Teufeln«. *Zur Wahrnehmung Neapels in Reiseberichten und politischen Korrespondenzen des frühen 18. Jahrhunderts*

»Es ist mir dieses Erdische mit lauter teüffeln bewohnete paradeis schon so zu wiedern«, klagte der aus Wien stammende Neapelreisende Paul Charlier in einem Brief vom 9. September 1730.[1] Er folgte damit einem Bild, das bereits seit dem 15. Jahrhundert als Topos der Neapelbeschreibung gelten kann. Als »paradiso abitato da diavoli«, von Teufeln bevölkertes Paradies, löste die Stadt am Vesuv Faszination und Schrecken zugleich aus: In den Berichten der Besucher steht die Begeisterung angesichts der fruchtbaren Natur und der Kunstschätze unmittelbar neben der Skepsis oder sogar offen ablehnenden Haltung gegenüber der einheimischen Bevölkerung.

Insbesondere im frühen 18. Jahrhundert wurde die ambivalente Wahrnehmung der Stadt zu einem zentralen Thema der Berichte und Beschreibungen, die Reisende auf *Grand Tour* aus Frankreich, Deutschland und England verfassten und die den Blick der europäischen Bildungselite auf Neapel und seine Bewohner widerspiegeln. Das Hauptinteresse richtete sich während des Aufenthalts im Königreich Neapel auf die antike Kunst oder historisch bedeutsame Stätten wie die Phlegräischen Felder, den Vesuv und die römischen Villensiedlungen am Golf von Baiae. Für die Besichtigung der Stadt selbst blieb im Rahmen des durchschnittlich drei Wochen dauernden Aufenthalts in der Region wenig Zeit; dies zeigt sich in der summarischen Behandlung der Sehenswürdigkeiten, die nach allgemeinen Rubriken wie Platzanlagen, Paläste oder Kirchenbauten abgehandelt, aber selten detailliert beschrieben werden. Ein herausragendes Ereignis allerdings kehrt in den Berichten immer wieder: das Blutwunder des Stadtheiligen Januarius. In der Bewertung Neapels spielten die fremdartig erscheinende Zeremonie und der damit verbundene Heiligenkult eine entscheidende Rolle.

Wie diese Konzentration der Reiseberichte auf die unbelebte Stadtkulisse einerseits und die anekdotisch geschilderte Januariusverehrung andererseits zu bewerten ist, zeigt sich, wenn man den Topos vom »paradiso abitato da diavoli« näher untersucht. Benedetto Croce (1866–1952) hat diese Redewendung bis ins Florenz der Frührenaissance zurückverfolgt, also in eine Zeit, in der Florentiner Kaufleute, aber auch Künstler rege Kontakte nach Neapel unterhielten.[2] Bei dem für seine Sprichwörter berühmt gewordenen Piovano Arlotto (1396–1484) findet sich das Diktum, Neapel wäre ein Paradies, wenn es die Neapolitaner nicht gäbe, und diese seien »wenig intelligent, böse und verräterisch« – »Teufel« eben.[3] Spätestens im 17. Jahrhundert ist das »von Dämonen bewohnte Paradies« als verbindliches Stichwort für die Beschreibung und Bewertung Neapels etabliert und findet Eingang in zahlreiche Nachschlagewerke, etwa den 1673 erschienenen *Grand dictionnaire historique* des französischen Gelehrten Louis Moréri.[4]

Bereits dieser frühe Bewertungstopos ist bezeichnend für das Bild, das die Reiseliteratur des 18. Jahrhunderts von Neapel entwirft: Zum einen erscheint das Gegeneinander-Ausspielen von paradiesischer Natur versus diabolische Bevölkerung typisch für den Blick des Nordländers, ob er nun aus Florenz oder Frankreich stammt. Zum zweiten liegt dieser antithetischen Bewertung ein Interessenkonflikt zugrunde, der ökonomischer oder kultureller Art sein kann: Die Florentiner Handlungsreisenden des 15. Jahrhunderts sahen sich mit den andersartigen Umgangsformen ihrer Verhandlungspartner konfrontiert. Die Reisenden des 17. und 18. Jahrhunderts hingegen, Aristokraten und über finanzielle Zwänge erhaben, verfolgten ideelle Ziele: An die Stelle der Kommunikation mit den Zeitgenossen trat die Evokation der mythischen und historischen Vergangenheit der Stadt.

Paolo De Matteis: *Allegorie Neapels*, ca. 1710.
Neapel, Fondazione Maurizio e Isabella Alisio

Was Neapel in den Augen des 18. Jahrhunderts als Paradies auszeichnete, zeigt ein Gemälde des neapolitanischen Malers Paolo De Matteis (1662–1728), das um 1710 entstanden ist und eine Allegorie auf Neapel darstellt.[5] Die Stadt selbst tritt in den Hintergrund; der Fokus liegt auf ihrer reizvollen Lage zwischen Meeresgolf und Gebirgszügen, unter denen der Vesuv als Wahrzeichen hervorgehoben ist. Zu erkennen sind weiter das auf einem Felsvorsprung erscheinende Castel dell'Ovo und die hoch über der Stadt gelegene Certosa di San Martino. Die weiteren Vorzüge Neapels lassen sich nur in allegorischer Form darstellen: Ceres und Bacchus personifizieren die Fruchtbarkeit des Landes, während die drei Sirenen links auf den Gründungsmythos der Stadt anspielen. Der Sage nach stürzte sich die Sirene Parthenope nach ihrer Begegnung mit Odysseus ins Meer und wurde an der Küste Neapels angespült. Auf dieses Ereignis führte sich die griechische Kolonie zurück; damit verbindet sich der Anspruch einer langen Geschichte und einer daraus resultierenden kulturellen Blüte. Auf die Exzellenz Neapels in Künsten und Wissenschaften spielen zahlreiche Symbole an, von Palette und Philosophenbüste bis zur Armillarsphäre, einem astronomischen Gerät zur Darstellung der Planetenbahnen.

Vor dem Hintergrund des Topos vom »paradiso abitato da diavoli« fällt am Gemälde De Matteis' eines auf: Es fehlt jeglicher Hinweis auf die Bewohner; lediglich Personifikationen bevölkern die Bildkomposition.[6] Eine ähnlich strikte Trennung zwischen Natur und unbelebter Stadtkulisse auf der einen Seite und der alltäglichen Begegnung mit den neapolitanischen Einwohnern auf der anderen Seite wird in der Reiseliteratur vorgenommen. Exemplarisch sei hier aus den Aufzeichnungen des deutschen Gelehrten Johann Georg Keyßler (1693–1743) zitiert. Auch Keyßler beginnt mit der Anspielung auf den Paradies-Topos, wenn er schreibt: »Das Königreich Neapolis ist in Ansehung seiner Fruchtbarkeit ein rechtes Paradis der Erden.«[7] Noch bevor er jedoch dazu kommt, die Stadt Neapel und ihre Gebäude näher zu charakterisieren, geht er in einem eigenen Kapitel auf die »Üble Lebensart der benachbarten Einwohner« ein. Die Naturphänomene hingegen, die das Leben in Neapel existentiell bedrohten, nämlich Vesuvausbrüche und Erdbeben, verzeichnet Keyßler lediglich in einem Absatz als »wichtige Beschwerlichkeiten«.[8]

So schuf die Reiseliteratur bis ins 18. Jahrhundert hinein einen Mechanismus, der einer Enttäuschung des Besuchers vorbeugen sollte: Die Erwartung, in Neapel zeitlose Schönheit zu erleben, konnte eingelöst werden, da sich alle individuellen negativen Erfahrungen vom überlieferten Idealbild abspalten und dem eigenwilligen Charakter der Bevölkerung zuschreiben ließen.

Im Zuge der Frühaufklärung und dem damit einhergehenden historisch-kritischen Bewusstsein versucht man auch in den Reiseberichten, den »diabolischen« Charakter der Neapolitaner auf objektiv-wissenschaftliche Weise vor dem Hintergrund ihrer politischen und sozialen Situation zu erklären.[9] Namentlich gilt dies für die Aufzeichnungen des französischen Rechtsgelehrten Charles de Montesquieu (1689–1755), der 1729 nach Neapel reiste. Montesquieu griff zwar die tradierte Einschätzung der Bewohner als »faul« und unbeherrscht auf; zugleich wies er jedoch darauf hin, dass die Ursache ihrer »misère« in der Landflucht der armen Bauern zu sehen sei. Diese habe eine Überbevölkerung der Stadt zur Folge und zwinge sie damit zur Bettelei. Zudem stellte er einen Zusammenhang mit den allgemeinen Machtverhältnissen in Neapel her: Die Stadt verfüge deshalb über so viele Kastelle und Festungen, weil es der Regierung – die nichts gegen die Missstände unternehme – nur so möglich sei, das, wie Montesquieu schreibt, »unglückliche« Volk »gehorsam« zu halten.[10]

Montesquieu war aufgrund seiner eigenen geschichtsphilosophischen Interessen, wie er sie in seinem 1748 erschienenen Hauptwerk *L'esprit des lois* artikulierte, besonders sensibilisiert für die Frage nach dem Zusammenhang zwischen der unterschiedlichen Verfasstheit von Staaten und ihren natürlichen, gesellschaftlichen oder religiösen Vorbedingungen. Ähnliche Analysen der neapolitanischen Verhältnisse finden sich jedoch auch bei anderen Reisenden, etwa dem Engländer Edward Wright, dessen *Observations made in travelling through France, Italy etc.* im Jahr 1730 erschienen. Sein Erklärungsmodell setzt die sozialen Probleme Neapels zu den Jahrhunderten der Fremdherrschaft in Bezug:

> Die Straße, die zu dieser großartigen und schönen Stadt führt, ist in beschämend schlechtem Zustand. Aber sie liegt weit entfernt von ihrem Herrscher und wird immer von Vizekönigen regiert, die möglicherweise den Zustand der Straßen als nicht so wichtig [für ihre Karriere] erachteten, als dass er ihre Aufmerksamkeit verdient hätte.[11]

Die Absicht der aufgeklärten Reisenden, die neapolitanischen Verhältnisse wissenschaftlich-objektiv und distanziert zu betrachten, wird an ihrer Darstellung des Januariuswunders besonders augenfällig. Als aktuelles und emotional aufgeladenes Ereignis zwang die Blutwunderzeremonie die Besucher aus dem Norden dazu, sich – entgegen dem imaginierten mythisch-historischen Neapelbild – mit der Lebenswelt ihrer Zeitgenossen, insbesondere aber der einfachen Bevölkerung auseinanderzusetzen. Die analytischen Schilderungen des Wunders führen zu einer besonderen Form der Italienkritik, die die Ernüchterung angesichts der sozialen Realität für individuelle Urteile fruchtbar macht.

Aus kulturhistorischer Perspektive lässt sich die Januariuslegende bis in die Zeit des frühen Christentums zurückverfolgen. Den Martyrologien zufolge wirkte der spätere Stadtpatron zur Zeit der Diokletianischen Christenverfolgungen als Bischof von Benevent, bevor er gefangengenommen und im Jahr 305 in Pozzuoli bei Neapel enthauptet wurde.[12] Schon im frühen Mittelalter entwickelte sich eine ausgeprägte Verehrung seiner Reliquien, wobei die berühmteste Zeremonie das auch heute noch dreimal jährlich zelebrierte Blutwunder darstellt: Im Dom von Neapel, in der eigens für Januarius errichteten Cappella del Tesoro, wird die Kopfreliquie mit den Ampullen zusammengebracht, in denen sich das eingetrocknete Blut befindet. Dieses muss sich daraufhin verflüssigen. Geschieht dies nicht, wird das als Vorbote nahender Katastrophen gedeutet, als Strafe für Häresie und Ketzerei. Die Folge sind tumultartige Zustände unter der verängstigten Bevölkerung.

In den Reiseberichten zählt das Blutwunder zu den kanonischen Sehenswürdigkeiten, die man entweder selbst erlebt haben oder doch zumindest Erzählungen folgend wiedergeben muss. Nicht nur die Besichtigung der Januariusreliquien war für den Neapel-Besucher des 18. Jahrhunderts obligatorisch: Ebenfalls topisch wurde die Mutmaßung darüber, wie das Wunder funktioniere. Die gängigste Erklärung, auf die sich Keyßler und Montesquieu beriefen, deutete die Blutreliquie als eine empfindliche Materie, die sich durch die Wärme der Kerzen und die Berührung der Ampullen mit Händen und Mündern verflüssige. Schon das Bemühen darum, eine naturwissenschaftliche Erklärung für ein – zumindest in der neapolitanischen Gesellschaft – religiös-metaphysisch gedeutetes Phänomen zu finden, zeugt von der rational-distanzierten Position der Besucher aus dem Norden: Geprägt durch Reformation und Frühaufklärung, standen sie der Kultur Neapels, die vom Klerus dominiert und entschieden gegenreformatorisch beeinflusst war, kritisch gegenüber.

So war den Reisenden schnell bewusst, dass der Januariuskult eine entscheidende Rolle für die Stabilität der neapolitanischen Gesellschaft spielte. Die Verehrung ließ sich instrumentalisieren, um den Unwillen der von Katastrophen geplagten Bevölkerung zu kanalisieren. Der Abbé de Saint-Non, berühmt geworden für seine seit 1781 erschienene *Voyage pittoresque ou description des Royaumes de Naples et de Sicile*, urteilte, die Regierung fördere die »superstition« der neapolitanischen Bevölkerung, um die öffentliche Ruhe zu erhalten und die Autorität des Machthabers, vor allem aber sein Leben nicht zu gefährden.[13] Montesquieu hingegen analysierte einen Fall, in dem der Klerus die Blutwunder-Zeremonie bewusst einsetzte, um liberale philosophische Tendenzen zu unterdrücken: das Schicksal des neapolitanischen Rechtsgelehrten Pietro Giannone (1676–1748), dessen *Storia civile del Regno di Napoli* 1723 erschienen war und der wegen seiner antiklerikalen Thesen weit über Neapel hinaus Aufsehen erregt hatte. Noch 1723 musste Giannone ins Exil nach Wien gehen. Konkreter Anlass war laut Montesquieu seine Anwesenheit beim Blutwunder, das der heilige Januarius dem neapolitanischen Volk prompt verweigerte, bis es den »eretico«, den Ketzer, Giannone aus der Stadt verjagt hatte.[14]

Die von Saint-Non und Montesquieu formulierten Bewertungen des Januariuswunders sind in mehrerlei Hinsicht von Bedeutung: Zum einen lassen sie erahnen, dass sich die »Teufel« der Paradies-Metapher je nach Perspektive des Reisenden wechselnd besetzen ließen: War der Topos ursprünglich auf die einfache Bevölkerung, die *lazzaroni*, gemünzt – eine Vorstellung, die bei Saint-Non nachklingt –, lässt Montesquieu eher vermuten, dass der manipulativ vorgehende neapolitanische Klerus diabolischer Natur sei. Zum zweiten zielen die Autoren auf eine sozialkritische Einordnung ihrer Erfahrungen, die über eine bloße Äußerung der Enttäuschung oder gar des Entsetzens hinausgehen. Beide weisen dem Kult des Stadtpatrons eine Schlüsselrolle für Frieden und Ordnung in der Stadt zu – eine Form der Rationalisierung, die sich zugleich als Strategie zur Bewältigung der Neapel-Enttäuschung verstehen lässt.[15]

Dem Typus des wissenschaftlich-kritisch analysierenden *Grand-Tour*-Reisenden lässt sich eine weitere Gruppe von Besuchern aus dem Norden gegenüberstellen, die unter ganz anderen Voraussetzungen in Neapel weilten: Zwischen 1707 und 1734 wurde der *Regno di Napoli* von österreichischen Vizekönigen regiert, die für mehrjährige Amtszeiten aus Wien nach Neapel entsandt wurden. Diese besondere politische Konstellation hat historische Hintergründe. Nachdem sich das Königreich Neapel im Mittelalter unter der Herrschaft der Dynastien Anjou und Aragon befunden hatte, übernahmen 1503 die spanischen Habsburger die Macht. Infolge des Spanischen Erbfolgekrieges wurden sie vom österreichischen Kaiserhaus abgelöst; der regierende Kaiser Karl VI. setzte dem Wiener Hofadel entstammende Vizekönige ein, die bis 1734 die Geschicke der Stadt bestimmten.[16]

Im Unterschied zu den Reisenden, die als nur kurz verweilende Besucher Distanz gegenüber den neapolitanischen Verhältnissen wahren konnten, trugen die Vizeregenten politische Verantwortung – eine Bürde, die gerade Vizekönig Aloys Thomas Graf Harrach, der vom 9. Dezember 1728 bis 11. Juni 1733 in Neapel amtierte, ausführlich thematisierte. Das Eingangszitat, das vom Widerwillen gegen das »Erdische mit lauter teüffeln bewohnete paradeis« zeugt, stammt aus einem Brief von Harrachs Sekretär Charlier und belegt die Präsenz, die der Paradies-Topos in der Wiener Gesellschaft des frühen 18. Jahrhunderts besaß. Hingegen dokumentiert die Korrespondenz, die Harrach selbst mit seinem in Wien verbliebenen Bruder führte, die besondere Perspektive, die sich dem fremden Regenten bot: Eine durch politische Verantwortung geschärfte Wahrnehmung verband sich mit dem Bewusstsein, den neapolitanischen Gesellschafts- und Machtstrukturen nur durch eine Adaption der dort vorgegebenen Konventionen und Rollenmodelle begegnen zu können.

Dies wird besonders anschaulich, wenn man Harrachs Verhältnis zum Januariuskult betrachtet – ein Thema, dessen politische Dimension schon die *Grand-Tour*-Reisenden fasziniert hatte, das aber für Harrach existentielle Bedeutung annahm. Von seiner beständigen Sorge um die Gunst des Januarius zeugen die Briefe, die sein Bruder Johann Joseph Philipp an ihn richtete.

Dieser vermutete, dass das Königreich Neapel ohne die »protection« des Stadtheiligen überhaupt nicht zu regieren sei; äußeres Zeichen seiner Gunst sei das sich immer wieder erneuernde Blutwunder.[17] Daher finden sich in den Briefen Harrachs regelmäßige Hinweise auf die Zeremonie: Nachdem sich das Blutwunder im September 1729 erfüllt hatte, beglückwünschte ihn sein Bruder: »Erfreÿe mich das S: Genaro sein miracle abermahlens gemacht. Der Allmächtige wollen unseren allerliebsten Vicekönig durch dieses Heÿl[igen] intercession während seiner Regierung Gliken und Segen, nach vollzogenen treÿen Jahren, uns wieder zu Trost anhero lifern.«[18] Mehrere Quellen berichten, dass Januarius sein Wunder im Dezember 1732 verweigerte. Daraufhin habe die Gemahlin Harrachs, Maria Ernestine, tränenreich um die Gnade des Heiligen gebetet. Die Nachrichten über diese problematische Situation gelangten bis nach Wien. Der Bruder Harrachs äußerte im Januar des folgenden Jahres Erleichterung darüber, dass das Wunder nach langem Zögern doch eingetreten sei: Er sei sicher, dass dies für den Vizekönig eine große Beruhigung gewesen sei; andernfalls hätte sich das Volk sehr erschreckt und, so implizieren seine Worte, einen Aufstand verursacht.[19]

Harrachs Umgang mit dem Januariuskult unterscheidet sich deutlich von der Bewertung, die der Ritus in den Augen der Reisenden erfuhr – obwohl der Wiener Graf den französischen und deutschen Kavalierreisenden in Stand und Bildungsgrad eigentlich vergleichbar ist. Charakteristisch für letztere ist allerdings ihre Position als Außenstehende, die ihnen einen ebenso arroganten wie auch objektiven Blick auf das Fremde ermöglicht: Ihre wissenschaftliche Distanz gewinnen sie zum einen aus ihrem historischen Vorwissen, zum anderen aber aus der Rolle des nur kurz verweilenden Besuchers. Hinzu tritt eine konfessionelle Dimension: Die meist protestantischen oder wie Montesquieu religiös neutral auftretenden Reisenden standen der Praxis der Heiligenverehrung skeptisch gegenüber.

Harrach hingegen war nicht nur katholisch, sondern bekleidete auch eine politische Position, die ihn gegenüber dem Kaiser ebenso verpflichtete wie gegenüber seinen neapolitanischen Untertanen. Die Amtshandlungen des Vizekönigs sahen eine besondere Verehrung des Stadtpatrons vor, etwa die Teilnahme an Prozessionen und an der Zurschaustellung des Blutwunders. Als Vertreter des österreichischen Kaiserhauses repräsentierte Harrach zudem ein besonderes Konzept von Religiosität, das sich mit politischem Machtanspruch verband: die Vorstellung der *Pietas Austriaca*. Den Herrschern des Hauses Habsburg, insbesondere Kaiser Karl VI., diente die Proklamation ihrer Frömmigkeit, die sie als dynastisches Erbe verstanden, als Legitimation ihrer hegemonialen Ansprüche in Europa. Dabei kam gerade dem Kult der Patrone aus den spanischen Erblanden, zu denen auch Neapel zählte, eine bedeutende Integrationsfunktion zu.[20]

Harrachs demonstrative Verehrung des Stadtpatrons spiegelt sich in seiner Bau- und Kunstpolitik: Er entschloss sich, den Kult des eigentlich typisch neapolitanischen Heiligen nach Wien zu übertragen und ihm die Kapelle seines neu erbauten Gartenpalais am Rennweg zu weihen. Zudem gab er mehrere Altar- und Andachtsbilder in Auftrag. Das bedeutendste unter ihnen stammt von Francesco Solimena (1657–1747), dem zu jener Zeit berühmtesten Maler in Neapel, und zeigt den heiligen Januarius im Gefängnis (siehe Seite 133).[21] In einzigartiger Weise pointiert Solimenas Bilderfindung die zentrale Rolle, die Januarius und sein Kult für das städtische Leben im Konflikt zwischen »Paradies« und »Teufeln« spielten.

Gezeigt ist der heilige Januarius im Kerker von Pozzuoli, umgeben von seinen sechs Gefährten, die ihm ihre Reverenz erweisen. Diese Ikonographie ist in der von Martyriums- und Fürbitteszenen geprägten Darstellungstradition einzigartig geblieben und deshalb bis heute nicht richtig identifiziert. Dabei ist die figurenreiche Komposition raffiniert hierarchisierend aufgebaut: Der Bischof Januarius thront in der Mitte des Bildes und bietet Festus, seinem ehemaligen Diakon, die Hand zum Kuss. In ähnlich unterwürfiger Haltung kniet ein weiterer Diakon, Prokulus, am rechten unteren Rand. Hinter Januarius steht sein enger Freund Sosius, dem Januarius schon vor langer Zeit das Martyrium prophezeit hatte, als er über dem Kopf des predigenden Diakons eine lodernde Flamme wahrnahm. Diese wird als Attribut von einem Engel herangetragen. Neben den vier Protagonisten lassen sich im verschatteten Mittel- und Hintergrund weitere Gefangene erkennen. Zur Rechten des Sosius beugt sich Desiderius nach vorne, der das Amt des Lektors bekleidet hatte, in der klerikalen Hierarchie also unterhalb der Diakone stand. Zwei Laienchristen sind in die letzte Bildebene gesetzt. Auf das bevorstehende Martyrium weisen lediglich die umherschleichenden Raubkatzen sowie Liktorenbündel und Schwert hin: Januarius sollte nämlich zunächst den wilden Tieren vorgeworfen und dann geköpft werden. Darauf spielt die Arkadenarchitektur im Hintergrund an, die den Schauplatz der Martern bezeichnet, das Amphitheater von Pozzuoli.

Die von Solimena gewählte Form der Darstellung widerspricht jeglichem *decorum* konventioneller Märtyrerikonographie – zumal die Januariusbilder in Neapel traditionell besonders drastisch ausfielen. Die detaillierte Wiedergabe derart grausiger Szenen verfolgte einen didaktischen Zweck: Im Sinne reformkatholischer Wirkungsästhetik war die Affekterregung und Belehrung des Betrachters intendiert, um diesen zur Festigung des Glaubens anzuleiten. Solimenas religiöse Werke hingegen weisen einen Mangel an Affekten auf – eine Tatsache, die schon seine Zeitgenossen kritisierten. Dieser kalkulierte Verstoß gegen die Normen der Kunsttheorie hängt mit der Orientierung Solimenas an empirischen Kategorien wie Zeitgeschmack und Lebenswelt seiner erfolgversprechendsten Auftraggeber – einem exklusiven höfischen Kreis – zusammen.[22] Seine Märtyrerdarstellung propagiert eine von Affektkontrolle geprägte und streng hierarchisierte Gesellschaftsordnung: Januarius und seine sechs Begleiter repräsentieren verschiedene Positionen innerhalb der Kirche, von den drei geistlichen Ämtern des Bischofs, Diakons und Lektors bis hin zum einfachen Volk der Gläubigen – und ihre Gewichtung in Komposition und Lichtführung spiegelt diese Rangfolge präzise wider.

Francesco Solimena: *Der hl. Januarius im Gefängnis*, ca. 1728/1733.
Rohrau, Graf Harrach'sche Familiensammlung

Diese Komposition ist um das Motiv des Handkusses zentriert, ein Sinnbild bischöflicher Würde. Der Betrachter des 18. Jahrhunderts verband jedoch mehr mit diesem symbolischen Akt: Anlässlich der Zelebrationen des Blutwunders wurden den Gläubigen die Blutampullen zum Kuss gereicht. Es ist kein Zufall, dass sich dieses Reliquiar in Solimenas Bild wiederfindet. Januarius weist mit seiner linken Hand sogar darauf hin und stellt so den direkten Bezug zum Akt des Handkusses her. Solimena setzte damit eine Symbolhandlung in den Fokus des Bildes, die für die fremden Vizekönige zentrale Bedeutung besaß: Bei den Festtagsprozessionen waren sie die Ersten, denen das Ampullenreliquiar zum Kuss gereicht wurde. Die Darstellung veranschaulicht die nicht zu unterschätzende Macht des Januarius: Nur die Verehrung durch alle Gesellschaftsschichten, vom einfachen Laienchristen bis zum hohen geistlichen (und natürlich auch weltlichen) Würdenträger, kann seine Gnade erhalten und den Frieden für Neapel sichern.

Solimenas Bilderfindung leistet zweierlei. Zum einen illustriert sie die Kontrollfunktion, die der Kult des Stadtheiligen innerhalb der Gesellschaftsordnung übernahm und die die Regierbarkeit des Königreiches sicherstellte. Die Heiligenverehrung offenbart sich damit zugleich als Strategie der Bewältigung negativer Erlebnisse, gleichgültig, ob es sich um die Konfrontation nordischer Besucher mit der neapolitanischen Bevölkerung handelte oder um die Katastrophenerfahrungen der regelmäßig unter Vesuvausbrüchen und Pestepidemien leidenden Einheimischen. Zum zweiten verbindet sich eine politisch-repräsentative Dimension mit dem Gemälde: Die anschauliche Illustration des Januariuskultes war auch geeignet, dem Hofadel in Wien nach der Rückkehr Harrachs die Bedeutung seiner Regentschaft in Neapel vor Augen zu führen. Im Gegensatz zu den Berichten der Reisenden dokumentiert das von Harrach erworbene Gemälde also nicht ein mit kultureller Abgrenzung verbundenes Bildungserlebnis, sondern vielmehr eine politisch-militärische Leistung: die Bewältigung der Regierungszeit durch die gezielte Aneignung lokaler Traditionen.

Harrachs Absicht, seine Tugenden als Vizekönig zu demonstrieren, spielte auch beim Patrozinium der Wiener Januariuskapelle und der damit verbundenen Kultübertragung eine Rolle. Das 1735 fertiggestellte Altarbild zeigt die *Enthauptung des hl. Januarius* und stammt von Martino Altomonte (1657–1745), einem schon lange am Kaiserhof ansässigen, aber in Neapel ausgebildeten Maler.[23] Harrach war nicht der Einzige, der durch die Anspielung auf den Lokalheiligen an seine Leistungen im entlegenen

Martino Altomonte: *Die Enthauptung des hl. Januarius*, 1735. Wien, Januariuskapelle, und *Der hl. Januarius in der Glorie*, 1714. Wien, Stephansdom

Neapel erinnerte. An prominenter Stelle im Wiener Stephansdom befindet sich ein Altargemälde, das ebenfalls von Martino Altomonte stammt und den *Hl. Januarius in der Glorie* zeigt. Es wurde 1714 von dem Hofkriegsrat Carl Locher Freiherr von Lindenheim gestiftet, der damit für den Erfolg seiner militärischen Mission dankte. Auf die Gefahren, die dieses Unternehmen mit sich gebracht hatte, spielt der feuerspeiende Vesuv an, den Altomonte als Wahrzeichen Neapels in seine Darstellung aufgenommen hat.[24]

Mit diesem Vedutentypus, der mit der charakteristischen Fernsicht die bevorzugte Lage Neapels inszeniert, wird zugleich an die ambivalente Wahrnehmung Neapels als »paradiso abitato da diavoli« erinnert. Bis heute halten diese Bilder den fremden Blick auf das neapolitanische Paradies – auf seine Teufel und auf seine Heiligen – in Wien präsent.

Golo Maurer

Deutschlandsehnsucht. ***Gustav Nicolais Reise von Berlin nach Berlin über Rom und Neapel (1833)***

> Es war am 1. Mai des Jahres 1833, als zum Potsdamer Thore Berlins ein Reisewagen hinausrollte, in dem vier heitere, glückliche Menschen ihrer Vaterstadt jauchzend ein Lebwohl zuriefen. Der Frühling hatte so eben begonnen; hier und da sproßte das erste, zarte Laub des Jahres. Die Reisenden achteten indessen nur wenig auf diese ersten Spenden des vaterländischen Bodens; denn sie eilten Italiens Gefilden entgegen. Es war, als fühlten sie sich über ihre Freunde und Bekannte, die im Vaterlande zurückbleiben mußten, erhaben, und mit einer Gleichgültigkeit, die fast Geringschätzung genannt werden konnte, überflog zuweilen ihr Blick die bescheidene Ebene, welche Berlin umgiebt. Sie hatten in tausend Büchern gelesen, daß Italien das schönste Land Europa's sei; ihnen sollte jetzt das Glück werden, es kennen zu lernen.[1]

Die Idylle von Ausfahrt und Wanderschaft, mit der Gustav Nicolai (1795–1868) sein 1834 erschienenes ›Reisetagebuch‹ *Italien, wie es wirklich ist* (siehe rechts), beginnen lässt, ist unschwer als eine trügerische zu erkennen.[2] Der herablassende Blick auf die Heimat erscheint ebenso verdächtig wie die Zuversicht gegenüber dem Reiseziel. Und tatsächlich: Was sich zunächst anlässt wie der Auszug von Eichendorffs *Taugenichts*, endet zwei Bände und siebenhundert Seiten später in Ernüchterung. Die Reise neigt sich ihrem Ende zu und die Reisenden können es kaum erwarten, »aus dem schmutzbespritzten Stiefel Europa's wieder in das Herz der Jungfrau zurückkehren [zu] können; wir freuen uns von ganzer Seele, daß Italien hinter uns liegt, früher das Land unserer Wünsche und Hoffnungen. Leb wohl denn, Italien, auf Nimmerwiedersehen!«[3]

Was war geschehen? Nicht eigentlich viel, nur dass man, wie Nicolai im Vorwort erklärt, »in Italien nicht gefunden, was wir gesucht.« Mit dem, was man fand, hatte man dagegen nicht gerechnet: »Die Zudringlichkeit der Bettler, das täglich sich mehrmals wiederholende Abfordern der Pässe und der Zahlungen dafür, die Habsucht der Menschen überhaupt, die scheußlichen Speisen, der Unflath, die Schaaren von Flöhen und anderem Ungeziefer, die schlechten Lagerstätten machen den Aufenthalt in Italien zur Pein.«[4]

Es ist also ein klassischer Fall von Italienenttäuschung,[5] wie er sich seit den Romzügen der mittelalterlichen Kaiser[6] regelmäßig und nach ähnlichem Muster wiederholt: Die vor der Reise durch schriftliche, bildliche und mündliche Quellen gebildete *Italienvorstellung* wird durch das *Italienerlebnis* enttäuscht. Nun ist damit das letzte Wort über Italien meistens nicht gesprochen, das *Italienbild* nicht vollendet, welches ich hier als das Zusammenwirken von *Italienvorstellung*, *Italienerlebnis* und *Italienerinnerung*

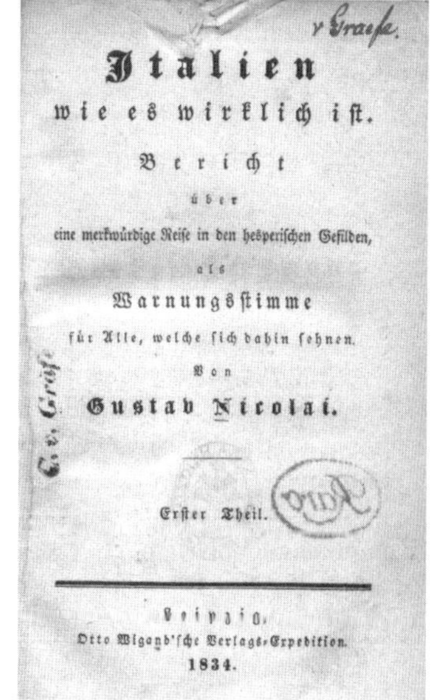

Italien
wie es wirklich ist.
Bericht
über
eine merkwürdige Reise in den hesperischen Gefilden,
als
Warnungsstimme
für Alle, welche sich dahin sehnen.
Von
Gustav Nicolai.

Erster Theil.

Leipzig,
Otto Wigand'sche Verlags-Expedition.
1834.

Gustav Nicolai (1795–1868), Titelvignette von 1835
und Titelblatt der Erstausgabe, 1834

definieren will.[7] Die *Erinnerung an Italien*, also die dritte und vielleicht wichtigste Rezeptionsphase, gibt dem enttäuschten Reisenden die Möglichkeit, nach der Rückkehr Vorstellung und Erlebnis *ex post* miteinander zu versöhnen. Dafür gibt es zahlreiche Beispiele. Schon Johann Gottfried Herder (1744–1803), dessen Italienreise von 1788/89 ein einziges Desaster gewesen war, bemerkte nach der Rückkehr erstaunt, daß der »schönste Genuß Italiens [...] in der Erinnerung« bestehe: »Diese Zauberin rückt Zeiten und Gegenstände nachher zusammen, läßt alle Mühe und Langeweile, kurz alle sich mit eindrängenden odiosa weg, und bereitet unsrer Phantasie, unsrem Gebrauch und Gespräch eine reine vollkommene Nahrung.«[8]

Auch Nicolai hätte sein Italienerlebnis dieser Erinnerungswerkstatt anvertrauen und so auch den Erwartungen des Publikums annähern können. Doch wäre dies in seinen Augen Betrug am Leser gewesen: »Wie leicht wäre es mir geworden, Euch ebenfalls zu täuschen! Ich hätte, wenn ich gewollt, meine Feder, um mit den Enthusiasten zu sprechen, in südliche Glut tauchen und ein neues Lügenbild mit den reizendsten Farben vor Euch ausrollen können; allein das sei fern von mir. Ich will Euch nützen, nicht schaden.«[9] Stattdessen verspricht er, auf jede retrospektive Idealisierung zu verzichten und die Dinge so zu schildern, wie sie »wirklich« gewesen seien. Am besten geeignet sei hierfür die Form des Tagebuchs:

> Auf diese Weise macht der Leser selbst die Reise in ihrer Entwicklung; er sieht, wie wir begeistert für Italien auszogen, wie wir stufenweise enttäuscht wurden, wie wir anfangs die Hoffnung, unsere Erwartungen dennoch endlich erfüllt zu sehen, von einem Tage auf den andern übertrugen, wie sich aber allmälig unsere Begeisterung abkühlte, und wie wir endlich, vollkommen nüchtern, überall die nackte Wahrheit erkannten. Bei dieser Art der Darstellung bin ich genöthigt gewesen, einzelne Wahrnehmungen zu wiederholen, um zu beweisen, daß die Verschiedenheit des Ortes den Charakter des Landes nicht geändert hatte. Ganz anders würde ich haben verfahren können, wenn ich blos das Resultat meiner Bemerkungen hätte zusammenfassen wollen.[10]

Hier nun freilich liegt der Hund begraben; denn einem Tagebuch, das offenbar nachträglich und dazu in bestimmter Absicht zusammengestellt wurde, fehlt gerade jene authentische Glaubwürdigkeit, mit der Nicolai die Wahl dieses Genres begründet. Nun ist es in der Reiseliteratur mehr als üblich, dass Erinnerungen und alte Notizen zu scheinbaren Erlebnisberichten verarbeitet werden. Goethe hat über drei Bände hinweg ungerührt als Gegenwart dargestellt, was dreißig und mehr Jahre zurücklag – Jahre, in denen sich Italien, Deutschland und Europa von Grund auf verändert hatten.[11] Doch verfolgte Goethe mit seiner *Italienischen Reise* auch nicht Ziele, wie sie Nicolai verkündet: »Ich habe nur eine Pflicht der Ehre erfüllt und leiste auf jeden Schriftstellerruhm bei diesem Werke gern Verzicht. Im Angesicht von ganz Europa sage ich die Wahrheit, wo seit Decennien nur die Lüge waltet«.[12] Mit einem solchen Anspruch schreibt man freilich kein Reisetagebuch, sondern eine Kampfschrift, ein Pamphlet. Dass es sich bei *Italien, wie es wirklich ist* um ein solches handelt, macht neben dem Titel vor allem der Untertitel deutlich: *Bericht über eine merkwürdige Reise in den hesperischen Gefilden, als Warnungsstimme für Alle, welche sich dahin sehnen*.

In einer Kampfschrift ist bekanntlich alles erlaubt, und so dürfte auch für Nicolai der Zweck die Mittel geheiligt haben. Die Tarnung als Reisetagebuch ist ein solches Mittel, und Nicolai kennt keine Hemmungen, das Generalthema – nämlich in Italien das Gesuchte nicht gefunden zu haben – durch spektakuläre Kollisionen zwischen Italienvorstellung und Italienerlebnis in alle nur denkbaren Richtungen auszureizen. Die arglosen Reisenden sind eben fest entschlossen, das, was man über Italien gehört und gelesen hat, in Italien auch anzutreffen, und zwar dem Wortlaut gemäß. Dieses Wörtlichnehmen ist freilich ein bewährtes Mittel der Satire, und so durfte die Komik keine ganz unfreiwillige sein, wenn sich Nicolai mit sturer Hartnäckigkeit auf die Suche nach den in der Literatur tatsächlich immer wieder erwähnten[13] »Orangen- und Palmen*wäldern*« begibt, um gereizt festzustellen, dass es die Palmen nur vereinzelt und Orangen allenfalls in künstlichen *Pflanzungen* gäbe: »Mit gleichem Rechte können wir Nordländer von Äpfel-, Birnen- und Pflaumenwäldern reden. Es ist eine kühne poetische Licenz, Gartenpflanzungen in Wälder umzuwandeln!«[14] Oder wenn er als ausgewiesener Opernkenner[15] allen Ernstes vorgibt, sich die südlichen Fischerhäfen so vorgestellt zu haben wie das Berliner Bühnenbild zu Aubers Oper »Die Stumme von Portici«. Auch diese Vorstellung wird enttäuscht:

> Nun bin ich hier; ach, Alles ist so nüchtern und gewöhnlich; statt der Kostüme sehen wir Lumpen; statt der duftigen Farben Koth und Ungeziefer; statt jener idealen Gesänge hören wir nur heiseres, wüstes Geschrei und Gebrüll; statt jener reizenden Mädchen der Bühne sehen wir schlumpige Weibsbilder! Und so fühle ich, daß ich Aubers liebliche Musik nie wieder ohne innigen Schmerz werde anhören können, daß künftige Dichterwerke, in denen Italien prunkt, mir keine süße Täuschung mehr bereiten, sondern mich nur mit Unwillen erfüllen werden. Ja Italien, Du hast in dem stillen, friedlichen Reiche meiner Phantasie mit rauher Hand gestört![16]

Spätestens bei solchen Passagen – im Grunde aber schon bei der Ausfahrt aus Berlin – wird deutlich, wogegen sich Nicolais Kampfschrift eigentlich richtet: nämlich weniger gegen Italien, welches Nicolai im Grunde gleichgültig ist, sondern gegen das in Deutschland verbreitete Italienbild. Nicolai – von Beruf übrigens Divisionsauditeur, also ein höherer Militärrichter – zerrt Italien also nur zum Schein auf die Anklagebank; in Wirklichkeit sitzen dort seine Landsleute, angeklagt der Urkundenfälschung sowie der Verleumdung der Heimat. Italien, so Nicolais im Kern ja nicht ganz unzutreffender Vorwurf, sei lediglich Projektionsfläche für verirrte Wünsche und Sehnsüchte. Es ist also ein innerdeutscher Konflikt, der hier auf Italiens bergigem Rücken ausgetragen wird. Als *advocatus patriae* hat Nicolai freilich einen schweren Stand, wird doch die Sache Italiens von mächtigen Kontrahenten vertreten, allen voran Goethe, dem Erzanstifter zu besagten Straftaten. Dieser habe »gegen Ende des vorigen Jahrhunderts«, als »besonders von Engländern, die Wahrheit [über Italien] schon ziemlich unverschleiert zu erkennen gegeben worden, [...] in Deutschland über

Italien seine Stimme« erhoben »und weniger die Wahrheit, als die Schönheit der darstellenden Farben vor Augen« gehabt. »Es konnte auch ihm, der überall nur an sich selbst dachte, nicht darauf ankommen, ob er im Interesse seiner Landsleute schrieb.«[17] In der Romantik dann sei Goethes üble Saat verhängnisvoll aufgegangen:

> Bald tummelten, durch Göthe angeregt, auch andere Dichter ihre Phantasie in den hesperischen Gefilden, wiewohl sie dieselben gewöhnlich nie gesehen hatten. In der Nebelschwebelperiode, durch Tieck, Novalis und Wackenroder begründet, entstand eine überspannte Verehrung für die Kunstsammlungen Italiens, Kunstschwärmerei und Kunstphilosophie; mit derselben aber die krankhafte Sehnsucht nach dem Süden, welche seit Jean Pauls Titan in Manie ausartete. Von dieser Manie sind jetzt alle Künstler angesteckt.[18]

Nicolai möchte die Heimat schützen gegen eine intellektuelle Verschwörung, welche danach trachtet, mit dem Blendwerk einer fehlgeleiteten Dichtung und Literatur den gesunden Menschenverstand der Deutschen außer Kraft zu setzen. Die wahren Tugenden der Nation wie Vernunft, Wahrhaftigkeit und Heimatliebe drohen im Strudel irrationaler Schwärmerei zu versinken. Diese Verschwörung ans Licht zu bringen, der Vernunft zu ihrem Recht und der Heimat zu ihrer Ehre zu verhelfen – das ist seine Mission, diesem Zweck dient seine Reise. Es gehört zur nicht ungeschickten Dramaturgie des ›Tagebuchs‹, dass Nicolai zu Beginn der Reise von dieser Aufgabe noch nichts weiß. Er selbst verlässt Deutschland als enthusiastischer Tor, dem in der Fremde dann so lange übel mitgespielt wird, bis er schließlich »den Glauben an mich selbst und die nöthige Haltung« wiederfindet: »Und ich war nicht mehr im Zweifel über das, was ich zu thun hätte.«[19]

Nicolai war in etwa das widerfahren, wovon schon der bereits erwähnte Johann Gottfried Herder spricht, wenn er seinem ernüchternden Italienerlebnis eine Bedeutung, einen positiven Ertrag für das künftige Leben abzugewinnen versucht.

> Wie ein getäuschter, einzelner Mensch sich unter Fremde gestoßen zu sehen, deren Sprache man nicht weiß, das größte Gut des Lebens, an dem ich vielleicht zu viel hing, Unabhängigkeit, sich entrissen zu fühlen, ohne daß einmal etwas an die Stelle träte, das im mindesten der Mühe wert wäre u.s.f., wenn das nicht die Augen öffnet, was soll sie denn öffnen? Italien u. in Specie Rom ist also freilich für mich eine hohe Schule gewesen, nicht sowohl aber der Kunst, als des Lebens. Ernster wirst Du mich gewiß finden, wenn ich wiederkomme.[20]

Auch Nicolai durchläuft in Italien eine hohe Schule des Lebens. Die Lektionen bestehen aus einem kunstvoll sich verdichtenden Crescendo an enttäuschter Italienvorstellung, das Gelernte in der langsam dämmernden Einsicht vom Wert der Heimat. Es ist ein langsamer, mühevoller Prozess, denn die Irrlehren sitzen tief. So begrüßt man Triest noch »sprachlos vor Entzücken«, bemerkt aber immerhin, dass »leider in der herrlichen Landschaft das üppige Grün der Vegetation« fehle und die Stadt »der Thurmzierde« ermangele.[21] In Bologna gab es dann zwar Türme, die der Stadt »ein eigenthümliches, fremdartiges Bild« verliehen: »Dennoch – vermißten wir in der Landschaft, die gewiß ächt italienisch war, den Zauber, der über die grünen Fluren unsers deutschen Vaterlandes verbreitet ist. Nirgend sahen wir das saftige Grün unserer Auen; vielmehr hatte die Gegend einen bräunlichen Anstrich; sie sah verbrannt aus.«[22] Sodann geht es über die Apenninen: »Noch lebten die unvergleichlich schönen Gegenden Steyermarks, die mächtigen Alpen und die in duftiges Grün gekleideten Berge unseres deutschen Vaterlandes in unserem Gedächtnisse. Wie ganz anders sind diese Apenninen! [...] Es sind gewaltige Riesengräber auf braunen, verbrannten Ebenen in dem Lande der Ruinen!«[23] Auf der südlichen Seite des Gebirges gab es dann zwar wieder Vegetation, doch eindeutig minderwertige: »Außer der immergrünen, richtiger *immer schwarzen*, Eiche [...] giebt es hier zwar auch die bei uns einheimischen Eichenarten [...]; allein welch ein klägliches Surrogat sind diese Bäume für die mächtigen, hohen Eichen Deutschlands! [...] Die gerühmte, außerordentliche Vegetation Italiens besteht also wohl nur in Hervorbringungen von Unkraut und Schmarotzerpflanzen? – Doch ich will nicht zu früh urtheilen.«[24]

In diese innere Handlung aus sinkender Hoffnung und wachsender Einsicht sind immer wieder retardierende Momente eingeflochten, wie etwa der berühmte Blick von Fiesole ins Tal, der zunächst so etwas wie eine nicht mehr erwartete Wendung zu bringen scheint. Doch die Wende kommt nicht. Zwar sei der Ausblick, Nicolai muss es zugeben, in der Tat »eigenthümlich, fremdartig, und, im italienischen Charakter, das heißt wenn man die Anforderung reiner, nicht nationell bedingter Schönheitsregeln aufgiebt, auch wohl schön«. Doch auch solche »nationell bedingten« Schönheiten bestätigen als Ausnahme die Regel:

> Allein was würdet Ihr sagen, Ihr Bewohner von Florenz, wenn Ihr Euch, um nur ein Beispiel aus unserm Vaterlande anzuführen, auf dem Lorenzberge bei Prag befändet und diese herrliche Kaiserstadt mit ihrem Walde von Thürmen, ihren rothen Dächern, ihren glänzenden Pallästen und ihren grünen Auen, die mächtig hinfluthende Moldau, mit ihren herrlichen Brücken und ihren belebten Inseln, und die fernen blauen Mittelgebirge, von der Abendsonne beleuchtet, zu schauen vermöchtet?[25]

Auch schien Rom bei der Ankunft in der Abenddämmerung zunächst »herrlich«, ja »jeder Erwartung entsprechend«[26] – bei Lichte besehen war es jedoch eine herbe Enttäuschung, zumindest verglichen mit Berlin: »Ein enthusiastischer Verehrer Italiens hatte mir einmal gesagt, die Leipziger Straße in Berlin erinnere fast an den Corso in Rom. Welch ein Bild schwebte mir daher vom Corso vor! Und was sah ich? Eine lange, schmale, schmutzige Gasse mit vielen hohen räucherigen Häusern!«[27]

Dennoch beschloss man, die Suche nach dem, was man suchte, noch nicht aufzugeben: »Also Muth! Vorwärts! Neapel soll ja doch so entzückend schön sein; vielleicht finden wir dort Entschädigung.«[28] Wenig später war man dort:

> Wir sind in Neapel! Mit welchen andern Empfindungen hatte ich geglaubt, dies hier ausrufen zu können. Wir sind am Ziel unserer Reise, und unsre Enttäuschung ist vollendet. Hier, wo

Rom, Via del Corso, Photographie vor 1900

> wir Palmen-, Orangen- und Myrthenwälder, Kaktus, Aloen und fast tropischen Blumenschmuck weithin über alle Gefilde verbreitet glaubten, sehen wir nichts als Rüster, Kiefern, Weinreben und, sorgfältig gehegt als Zierbaum, die bei uns ganz gewöhnliche Akazie! – Nun wahrlich, Alles das hätten wir bei uns zu Hause sehen können.[29]

Noch einmal – Nicolai, der Anwalt Germanias, ist auch ein gerechter Richter – wird die Gegenseite gehört, die sich empört zu Wort meldet: »Ich höre tausend Stimmen rufen: Wo findet man, du unempfindlicher Klotz, ein solches Ensemble? Wo giebt es, nimmt man Sicilien aus, in Europa noch eine Gegend, die gleichzeitig den Anblick einer großen Hauptstadt, einer fruchtbaren

Landschaft, eines südlichen Meeres und eines feuerspeienden Berges gewährt?« Wird Nicolai auf diese schwerwiegenden Einwände eine Erwiderung finden? Er wird:

> Mit Gunst, Ihr Enthusiasten, Ihr beweiset, daß Ihr befangen seid. Der feuerspeiende Berg ist zu dem Begriff einer schönen Landschaft durchaus unwesentlich; stellt Euch vor, der Vesuv wäre ein ganz gewöhnlicher Berg, der Golf, den man erblickt, ein großer Binnensee; Neapel überhaupt läge, ganz wie es ist, im Mittelpunkt von Deutschland; würdet Ihr noch so außer Euch gerathen? Also Ihr urtheilt befangen, indem Ihr Euch sagt: das dort ist der Vesuv, dies Wasser gehört zu einem südlichen Meere. Abstrahirt von diesen zufälligen Nebenumständen, und dahin ist der Zauber, der Neapel umgiebt.[30]

In Neapel, also ausgerechnet am Schauplatz der Erfüllung ungezählter Italienträume, erreicht Nicolai den Tiefpunkt seiner Reise. Doch ist dieser Tiefpunkt zugleich Wendepunkt und Katharsis; die Lektionen sind gelernt: Niemand sei »lächerlicher als der Deutsche, der wirklich das Fremde *anbetet*«,[31] der »immer nur auswärts das Bessere suchen und deshalb alles *Fremde schön* finden«[32] will. Für Nicolai hingegen hat das Italienerlebnis Erkenntnis, Veränderung, ja Heilung gebracht. Aus Italiensehnsucht ist Italienverachtung, aus Heimatverachtung ist Heimatliebe geworden. So haben zwei Leitmotive, welche die Reise von der Berliner Ausfahrtsszene an beherrschen, sich zwischen Berlin und Neapel nach und nach in ihre jeweiligen Gegenteile verkehrt. Auch Nicolai in Arkadien? Ja, nur dass sich dieses Arkadien nicht als Paradies, sondern als Purgatorium erwiesen hat. So ist Nicolais Reise durch die hesperischen Unterwelten eine Art Bußgang für die von den Landsleuten begangenen Torheiten, sie ist eine Umkehrung, ja Rückgängigmachung der goetheschen Pilgerfahrt – und ein Entwicklungsroman, welcher den Held nicht als Künstler oder als Griechen, sondern als Patrioten neugeboren entlässt.

Damit weist Nicolais Goethe-Gegenreise eine erstaunliche Parallele zu einer anderen, hier schon erwähnten Goethe-Gegenreise auf, der ersten ihrer Art, nämlich derjenigen Herders, unternommen 1788 unmittelbar nach Goethes eigener Heimkehr. Denn dem Ausruf »Ich bin nicht G[oethe]«,[33] mit dem Herder in einem Brief an seine Frau die gescheiterte Imitation einer goetheschen Reise offen einräumt, folgte bald darauf das selbstbewusst entwickelte Konzept einer Gegenreise. An Goethe gerichtet schreibt Herder: »Ich will nun dagegen kämpfen, daß ich nicht in Deine Fußstapfen trete«.[34] Stattdessen zog Herder aus Italien seine eigenen Schlüsse, etwa in Bezug auf Deutschland, »ein Land u. ein Volk, das ich jetzt noch mehr schätze und liebe, seit ich Italien kenne u. den Geist u. die Wirtschaft seiner Nation gesehen habe.«[35]

Herders Leiden und seine patriotische Läuterung hätten Nicolai sehr gefallen. Er konnte sie – da lediglich in damals unpublizierten Briefen dokumentiert – freilich noch nicht kennen und musste seine eigene Goethe-Gegenreise folglich auch für die erste halten.[36] Für diese benötigte er im Übrigen nicht annähernd so viel Zeit wie Goethe selbst. Nach Sizilien muss er nicht, der »Versicherung unterrichteter Personen« folgend, »daß Sicilien ein noch viel abscheulicheres Land als Italien sei«.[37] Auch die Fahrt nach Paestum kann er sich sparen, da man »diese Ruinen« aus Abbildungen »sehr genau« kenne. Vom Programm gestrichen ist auch Capri, da es sich bei der Blauen Grotte nur um »eine gewöhnliche Stalaktiten-Grotte« handele und man eine geologisch identische, aber viel größere, nämlich die Adelsberger Grotte, bereits gesehen hatte.[38] »O Glück! o Wonne, so werden wir denn morgen den Rückweg aus diesem trübseligen Lande antreten!«[39]

Knapp vier Wochen später – und weniger als zwei Monate nachdem er das erste Mal italienischen Boden betreten hatte – überquert Nicolai die Grenze zur Schweiz und kann befriedigt feststellen:

> Der schönste Erfolg unserer Reise ist die Überzeugung, daß unser deutsches Vaterland hoch über Italien steht, und das erhebende Gefühl, in einem Lande geboren zu sein, welches in Beziehung auf Kultur, intellektueller Bildung und wahrer Civilisation mit allen andern, die wir gesehen, unbesorgt in die Schranken treten darf. Ein Deutscher, der, von seinen

> Reisen zurückkommend, dies nicht freudig erkennt und nur das Fremde anbetet, ist seines herrlichen Vaterlandes unwerth und verdient, als ein enthusiastischer Thor, bemitleidet, wenn nicht – verachtet zu werden.[40]

In einem freilich steht Nicolais patriotische Italienkritik der klassischen Italienverehrung in der Tradition Goethes sehr nahe, und zwar in der Schlüsselrolle, die Italien als Schauplatz der persönlichen Wandlung spielt. *Wegen* Italien oder *gegen* Italien, *ohne* Italien scheint es nicht zu gehen. Durch Italien muss man hindurch, um als ein anderer zurückzukehren, sei es als Künstler oder als Patriot. Auch Gustav Nicolai musste durch Italien hindurch, um seine Heimatliebe zu entdecken. Mit dieser spezifisch deutschen Wallfahrt aber, so Nicolai, könne und müsse nun Schluss sein. Die Opfer, die er bei seiner Italienreise auf sich genommen habe, seien nur dann sinnvoll gewesen, wenn andere seinem Rat folgen und gar nicht erst nach Italien fahren würden. Sein Buch sollte die Deutschen von der Italiensehnsucht heilen, und zwar auf Dauer, weswegen er empfahl, es als prophylaktischen Impfstoff in die regulären Lehrpläne aufzunehmen: »Ich wünschte, daß mein Werk in den Gymnasien und Schulen eingeführt würde, um einen so nachtheiligen Irrthum, der selbst durch Jugendschriften verbreitet wird, im Keim zu ersticken.«[41]

Nun steht Nicolai mit dieser Ansicht freilich nicht ganz so allein, wie er dies – vielleicht wider besseres Wissen – behauptet, im Gegenteil: Das Lob der Heimat gehört zu den geradezu topischen Reaktionen auf ein enttäuschendes Italienerlebnis. Schon Johann Wilhelm von Archenholz rechtfertigte seine scharfe Italienkritik unter anderem mit dem Hinweis auf alle staatlichen Maßnahmen, die »man im Preußischen seit vierzig Jahren zur Verbesserung der Länder für Verfügungen getroffen hat«,[42] und auch Herder spricht von dem phantastischen Plan, »eine neue Irruption germanischer Völker in dies Land, zumal nach Rom [zu] veranlassen«,[43] damit Italien am deutschen Wesen genesen möge. Diesem Anliegen hätte Nicolai wohl ebenso zugestimmt wie dem Ausruf August von

Kotzebues im Jahr 1805, der, aus Italien kommend, sich »mit frohem Herzklopfen« wieder Berlin näherte als »der Residenz eines Landes [...], das zwar dem Gaumen keine Orangen liefert, aber der Zunge erlaubt zu sprechen, und dem Gehirn, zu denken, ohne jedes Wort durch einen Spion, jeden Gedanken durch einen Censor vergiften zu lassen.«[44] Im Anschluss muss sich Italien sogar eine krachende Niederlage im Ländervergleich mit Kotzebues zeitweiliger Wahlheimat Russland gefallen lassen.[45] Nun hat, worüber man wenig spricht, auch Goethe bei seiner zweiten, etwas missglückten Italienreise, die ihn im Frühjahr 1790 nach Venedig führte, einen wesentlich klareren Blick für die Kehrseiten des Landes als während seiner ersten Reise, und auch er misst diese an den heimischen Zuständen. So heißt es im fünften der Venezianischen Epigramme:

Deutsche Redlichkeit suchst du in allen Winkeln vergebens
Leben und Weben ist hier aber nicht Ordnung und Zucht
Jeder sorgt nur für sich, ist eitel mißtrauet dem andern
Und die Meister des Staats sorgen nur wieder für sich
Schön ist das Land doch ach Faustinen find ich nicht wieder
Dies ist Italien nicht mehr das ich mit Schmerzen verließ.[46]

Ja mehr noch: Es trat ein, was Goethe zwei Jahre zuvor, als er beim Abschied aus Rom wie ein Kind geweint haben soll,[47] wohl für kaum möglich gehalten haben dürfte:

Keine Sehnsucht fühlte mein Herz; es wendete rückwärts,
Nach dem Schnee des Gebirges, bald sich der schmachtende Blick.
Südwärts liegen der Schätze, wie viel! Doch einer im Norden
Zieht, ein großer Magnet, unwiderstehlich zurück.[48]

Deutschlandsehnsucht ist es, was Goethe in Venedig befällt. Doch scheint diese ganz den geordneten Sitten und Zuständen zu gelten – und freilich auch der neuerrungenen Liebe der Christiane Vulpius und dem neugeborenen Sohn. Zu einer anderen Kategorie gehört jener mit Stolz vorgetragene Patriotismus eines Archenholz oder Kotzebue. Beschränkt sich dieser vor und um 1800 noch auf die politische Heimat Preußen, so wird mit ›Vaterland‹ schon bald ein wie auch immer definiertes ganzes Deutschland gemeint. Nun ist es ein charakteristischer Zug von Vaterländern, dass sie kein anderes neben sich geliebt wissen wollen. Das neue deutsche Vaterland machte da keine Ausnahme, und die Söhne folgten. So erklärt, um nur ein Beispiel zu nennen, der Breslauer Historiker Friedrich Heinrich von der Hagen (1780–1856) anlässlich seiner Italienreise in den Jahren 1816/17, dass die Grundlage der klassischen Italiensehnsucht, nämlich der »Weltbürgersinn«, sich nicht mehr mit den neuen politischen Verhältnissen vertrage: Ein solcher »Weltbürgersinn«, so von der Hagen, »ziemt wenigstens jetzo nicht mehr dem Deutschen, da er wieder ein Vaterland errungen hat.«[49] Ein Sich-Entscheiden-Müssen wäre Weltbürgern wie von Archenholz oder Goethe nie in den Sinn gekommen, und doch musste sich bereits Letzterer von dem gar nicht so weltbürgerlichen Herder sagen lassen, er passe nicht mehr nach Deutschland, und zwar mit der interessanten Begründung, »weil Du ein artifex bist [...]. Denn wollen [wir] Dich in den Wagen setzen u. wieder nach Rom senden. Ich fürchte, Du taugst nicht mehr für Deutschland; ich aber bin nach Rom gereist, um ein echter Deutscher zu werden«.[50] Deutschland den echten Deutschen und die unechten, also die Künstler und ähnliches Gesindel, nach Italien? Was bei Herder als missratenes, da vergiftetes Lob an Goethe anklingt, gehört bei Nicolai zum Grundtenor: »Mein theures, zurückgesetztes deutsches Vaterland«, ruft er bei Velletri aus, »wie bist du so schön, so reizend, so gesund! Du bist das Abbild einer holden, mütterlichen Frau, Germania!«[51] Unwürdig dieser Mutter hingegen seien all »die Enthusiasten, die nebelschwebelnden Romantiker, die überspannten Künstler und Gott weiß, welche Klassen noch von Unsinnigen«,[52] die, so Nicolai, »das freundliche, farbige Haus mit der grünen Flur, welches Du [Germania] ihnen öffnest, verlassen, um sich in der Schmutzhöhle der Buhlerin Italia zu entnerven!«[53]

Das sind neue Töne, und sie waren es wohl, welche Nicolais Buch nach seinem Erscheinen in Deutschland zu einem Skandal werden ließen. Die Empörung schlug hohe Wellen und produzierte unzählige Rezensionen,[54] die Nicolai in der zweiten Auflage seines Werkes abdruckte und kommentierte. »Nicolai aber ist bei uns wahrhaft berüchtigt geworden«, urteilte 1839 Victor Hehn (1813–1890), »denn er wagte es, an den deutschen Tempelschatz zu rühren«. Hehn war einer der Pioniere der Kulturgeschichte, und es gehörte zu seinen frühen Leistungen, als einer der Ersten und zugleich Letzten die kulturgeschichtliche Tragweite des Pamphlets von Nicolai erkannt zu haben,[55] der bis in die jüngere Forschung als »klassisches Beispiel eines Banausen, Spießbürgers und Pedanten«[56] dargestellt wird. Gerade in Nicolais aggressiver Verneinung Italiens als deutsches Schicksalsland sah Hehn den »Ausbruch« einer »veränderten Stimmung«, die er die »Poesie des modernen Europa« nannte und die nun auch von Deutschland Besitz ergriffen habe. Die Themen dieser neuen Poesie seien die »Dampfungetüme und Eisenbahnen, [die] kolossalen, in gewaltigen Verhältnissen handelnden Hauptstädte, die den Geist vor seiner eigenen Größe mit Schauer erfüllende Wissenschaft, die unendlich bedeutungsreichen Weltereignisse und die Tragödien freiheitskämpfender Völker« – aber eben nicht Italien: »Kirchenfenster wie Ritternovelle, Unwissenheit wie Karneval, die erleuchtete Peterskuppel wie Mosaikarbeiten wurden [...] gleichgültig.«[57]

Das war freilich eine gewagte These, die durch die Fakten widerlegt zu werden schien: Der Strom derer, die nach Italien fuhren, schwoll, durch immer modernere Verkehrsmittel befördert, gerade in der zweiten Jahrhunderthälfte gewaltig an. Man konnte gar nicht genug haben an Goldorangen und Zephyrlüften.[58] Doch etwas hatte sich verändert, sodass Hehn im Nachhinein zumindest in Teilen Recht behält: Die Pilgerfahrt verwandelte sich nach und nach zur Urlaubsreise, von der man meist nach wenigen Wochen wieder zurück war. Eine Lebensfahrt im Sinne Goethes, von der man als ein anderer heimkehrte, konnte das nicht mehr sein. Wer länger in Italien bleiben wollte, der musste sich zunehmend dafür rechtfertigen, einen Zweck vorweisen, der den im Norden Verbliebenen zumindest halbwegs einleuchtete. Dies konnte eine wissenschaftliche Mission sein, sei sie archäologischer, historischer, soziologischer, kunst- oder naturhistorischer Art. Wie schwierig dies in einer der Hochzeiten dieser Wissenschaften, der wilhelminischen Epoche, bereits gewesen sein muss, illustriert eine Äußerung des Publizisten Siegmund Münz (1859–1934), der an der Schwelle zum 20. Jahrhundert vorhersagte, dass in diesem

> die deutsche Kolonie in Rom nicht mehr jene Bedeutung haben werde wie im alten. Der große Zug, der durch Deutschlands Gegenwart geht, wird zur Folge haben, daß die Deutschen nicht mehr Muße finden, in den Trümmern Roms zu träumen. [...] So werden nach und nach die meisten Deutschen, die noch in Rom sinnen und schwärmen, nach Hause geholt werden, um sich in politischer, militärischer, seemännischer, kommerzieller Mission der Größe Deutschlands zu verdingen.[59]

Ganz so schlimm kam es freilich nicht. Und auch heute ist es noch möglich, sich der unmittelbaren Teilnahme an den kommerziellen Missionen Deutschlands zu entziehen. Doch ist der Druck, sich rechtfertigen zu müssen, warum man eine Arbeit besser in Italien als in Deutschland erledigen könne, seitdem weiter gestiegen.

Die Hindernisse, auf die man dabei stößt, sind im Großen und Ganzen die gleichen, von denen schon Theodor Hetzer (1890–1946) aus den dreißiger Jahren berichtet:

> Ein Steuerbeamter in Leipzig hat sich einmal geweigert, eine meiner italienischen Reisen als wissenschaftlich anzuerkennen; Reisen nach Italien, zumal im Frühling, seien immer Vergnügungsreisen. Ich habe mich natürlich, mit Hilfe eines Rechtsanwaltes, zur Wehr gesetzt und auch gesiegt; der wissenschaftliche Ernst meiner Reise wurde mir geglaubt und bestätigt. Aber eigentlich hatte der Mann ja Recht. Reisen nach Italien sind ein Vergnügen, wenn auch noch in höherem Sinne, als jener Beamter es wahrscheinlich meinte.[60]

Joseph Imorde

Zur Konstitution kultureller Überlegenheit. *Das negative Italienurteil deutscher Reisender im 19. Jahrhundert*

Ein wichtiges Motiv der deutschen Italienreisenden des späten 19. und frühen 20. Jahrhunderts war, im Süden zu »verifizieren«,[1] ob denn überhaupt noch da sei, was den Büchern zufolge da sein sollte.[2] Man empfand es als herrlich, vor Originale zu treten, die einem schon aus Reproduktionen lieb und vertraut waren.[3] Die Reisenden fühlten sich dann in Italien zu Hause: »Man kam schon mit berauschter Seele nach Italien, fand, was man suchte, weil man es finden wollte, und hütete sich um so mehr, über Täuschung zu klagen, als man dann vor sich selbst und vor andern als unempfänglich, gefühllos, geistlos dastand.«[4] Im Normalfall wurden die verschiedenen, schon bekannten Attraktionen planmäßig abgehetzt[5] und dabei das Gesehene ordentlich mit dem Gelesenen verglichen.[6] Fritz Wichert sprach von touristischer »Konstatierungsfreude«.[7]

Die deutschen Touristen fielen über die Sehenswürdigkeiten her »wie die Gäste über das Büffet«.[8] Bewaffnet mit ausgebildeter Voreingenommenheit und »dem diskreten Lächeln innerer Überlegenheit«,[9] das heißt im Vollgefühl seiner kulturgeschichtlichen Wichtigkeit und in der unumstößlichen Sicherheit überschauenden Verständnisses,[10] begab sich der – auch schon mal so genannte – »Reisepöbel«[11] auf die Suche nach vergangener und deshalb vertrauter Größe, suchte in Rom nach dem Kolossalen der Ruinen und konnte sich etwa mit Wilhelm von Humboldt wünschen, dass ein gütiges Schicksal der Stadt die »abgelegene Zerfallenheit bewahren möge«.[12] Die »Stadt der Trümmer« war – wie eigentlich das ganze Land – nicht Realität, sondern Bild.

Das scheinbar Unveränderte der Monumente, oder auch »die schöne Patina«,[13] erleichterte es den zahllosen Kunstreisenden, sich die Antike lebendig herbeizuphantasieren oder auch die skrupellose Macht der Renaissance gewaltsam heraufzubeschwören.[14] Das Leitkriterium gelungener Italienwahrnehmung war das Pittoreske oder Bildhafte. Die Einheimischen bezog der gemeine Tourist in sein Geschichtserleben mit ein: So schien es manchem auf der Piazza San Marco in Venedig, als seien die Männer, Frauen und Kinder, ja selbst die streunenden Tiere den Gemälden Tizians, Tintorettos oder Veroneses entsprungen. Andere sahen in der Menge einen wuchernden Shylock oder glaubten plötzlich Jago oder Desdemona[15] zu erblicken. Auch Rom war »voll von den herrlichsten malerischen Figuren«,[16] »die schönsten Typen der Bildner und Maler keine Seltenheit«.[17] Man sichtete »moderne Abbilder der antiken Statuen«[18] oder sah auf »raffaelitische Madonnen«.[19] Alte Frauen in Neapel ließen »an gewisse Zeichnungen von Leonardo da Vinci oder Raffael, ja sogar an die Sibyllen der Sixtinischen Kapelle« denken.[20] Wohin der Enthusiast auch schaute, überall sah er Wiedergänger heimatlicher Phantasiearbeit.[21] Erlesenes Wissen kalibrierte die Seherfahrung in der Fremde.[22] Dabei machten die Menschen der jeweiligen Gegenwart auf die Ausländer nur zu häufig den Eindruck, als gehörten sie einer vermeintlichen besseren Vergangenheit an.[23] Wenn man sie nicht gänzlich übersah, verkamen die Einheimischen zu malerischen Staffagefiguren, die je nach mitgebrachtem Geschmack den monumentalen Historien- oder eben intimen Genrebildern eingepasst wurden.

Gelang solch eine artige Übertragungsleistung nicht oder ging die ästhetische Betrachtung des Alltags ins Leere, wandte man sich vom modernen Italien mit befremdetem Schauder ab, oder empfand Mitleid – Mitleid mit dem »lazzaronesken Proletariat«, das »als Schneckenhändler, Seifensieder, Brotkuchenbäcker, Streichhölzchenverkäufer, Wasserträger, Händler mit zweifelhaften Nahrungsmitteln, [...] Färber, Köhler, Flickschuster, Verfertiger von Schilfpfeifenrohren, Lehmkneter, Lumpenhändler,

Straßenkehrer, Cigarrenendchensammler, Strohstuhlflechterinnen, Latrinenwächter« Geld verdiente.[24]

Mit »disgust« sahen gutbestallte Archäologen auf die menschliche Verwahrlosung Roms und glaubten, dass der Anblick der Ruinen »für das Volk von übler Wirkung« gewesen sei.[25] Der reisende Deutsche war in Italien auf der Suche nach »Selbstvollendung«[26] und versuchte sich gerade aus diesem Grund das Volk so gut es ging vom Leibe zu halten. Die politisch-soziale Wirklichkeit Italiens galt als Störfaktor, und der Bildungsbeflissene vermied es, mit dem »handeltreibenden Gesindel«[27] oder gar dem »Ungeziefer«[28] der als allgegenwärtig beschriebenen Bettler in Kontakt zu kommen. Nicht nur wurde das Herumlungern der vielen Müßiggänger mit ängstlicher Herablassung betrachtet, sondern oft wurden auch »die aufdringlichen Anerbietungen« mit Abscheu fortgeschoben.[29] So flohen Richard und Cosima Wagner vor »der häßlichen verkrüppelten Bevölkerung«[30] in paradiesische Gärten und versuchten, wo immer sie in Italien waren, sich gegen die profane Wirklichkeit nach Möglichkeit abzuschotten. Man wollte außer der Welt sein,[31] unbehelligt die Gegenwart des Vergangenen genießen – gleichsam poetisch. Die »fürchterliche Prosa« der italienischen Gegenwart wurde geflissentlich übersehen.

Das war die Kehrseite des deutschen »Idealismus«: Schon Wilhelm von Humboldt hatte sich in Rom dermaßen von der Natur, dem Lande, der Kunst und den Erinnerungen absorbieren lassen, dass er darüber die Menschen gänzlich vergaß. Ihm war noch nach Monaten in der Stadt kaum bewusst geworden, dass es dort überhaupt Italiener gab.[32] Die genüsslich entfremdende Beschäftigung mit der Vergangenheit musste – von den alltäglichen Bedürfnissen einmal abgesehen – »eine Gleichgültigkeit gegen die Umwelt der Gegenwart« zur Folge haben.[33] Und so lebte der Gast bestenfalls »unberührt von den politischen Zuständen, ganz in der Welt der Kunst, des Alterthums und seines abgeschlossenen Cirkels«.[34] Man ehrte die Toten und verachtete die Lebenden. Als Ideal wurde empfunden, wenn die melancholische Poetik vergangener Kunst den Blick auf die Realität verstellte. »Allüberall paarte sich da Liebe und Bewunderung des Italiens von Anno dazumal mit einer nahezu kränkenden Missachtung und Verkennung des Italiens des Ottocento.«[35]

In den Kreisen der Ausländer, die sich das Italien des späten 19. Jahrhunderts zur geistigen Heimat erwählten, galt es als ausgemacht, dass die Kultur der alten romanischen Völker im Niedergang begriffen sei. Das war nichts weniger als topische Rede. Die gebildeten Italiener erschienen bereits dem hart urteilenden Schriftsteller Bogumil Goltz wie die Würmer im verwesenden Leichnam alter Herrlichkeit und Kunst.[36] Von solch pointierten Einschätzungen ausgehend, wurde die Frage, ob die italienische Kultur und Rasse nun untergehen müsse, um »den lebenskräftigen modernen Völkern Raum« zu geben,[37] von nicht wenigen Nordländern mit Ja beantwortet.[38] Diese gebärdeten sich in Italien dann auch als »Herrennaturen«.[39] Den eingebildeten Machtmenschen bot der Süden vor allem »den Anblick der Decrescenz«.[40] Das gegenwärtige Italien – so lautete der Gemeinplatz – gehörte in Europa zu den kulturell Nachhinkenden, weil es noch nicht zur modernen Zivilisation aufgestiegen war. Man konstatierte eine Ablösung des Nordens vom Süden und einen »Uebergang der Welt- und Kulturführung an Engländer, Deutsche, an die angelsächsisch verschmelzenden Nordamerikaner«.[41]

Nach Meinung der monarchistisch-konservativen Zeitschrift *Die Grenzboten* gab die Entfremdung des italienischen Volkes von der eigenen Geschichte den Grund dafür ab, dass das Feld der Kunst dort »so gut wie ganz« von Fremden beackert werde.[42] Der Feuilletonist der *Frankfurter Zeitung*, Hermann Scherer, bemerkte, dass Italien aufgrund des Desinteresses an der eigenen Geschichte »deutschem Fleiss und Studium den grössten Teil der Kenntnis seiner Vergangenheit zu danken« habe.[43] Wilhelm Bode hatte für die Berliner Museen »eine Provinz des Sammelns nach der anderen« erobert.[44] Seine Beutezüge durch Italien rechtfertigte er unter anderem damit, dass dort die verschiedensten Artefakte vor der ignoranten und unwissenden italienischen Bevölkerung in Sicherheit zu bringen seien. Diese Schutzmaßnahme war mit dem Versprechen verbunden, die Artefakte blühenden Bildungsansprüchen und fruchtbringenden Bildungszwecken zugänglich zu machen. Nicht nur in Berlin legte die dermaßen »in Schutz genommene« und zum Genuss ausgestellte Kunst[45] beredtes Zeugnis davon ab, wie mächtig sich in jenen Tagen politische Motive in kunstwissenschaftlicher Arbeit verwirklichen konnten. Die Aufteilung der Welt wie auch die Neuordnung Europas fanden in den Sammlungen der jeweiligen Hauptstädte ihren symbolischen Niederschlag.[46] Das Hegemoniestreben des Reiches nahm in den neuen Berliner Museen eine eigene Form an. Man lebte in der zweiten Hälfte des 19. Jahrhunderts – um es mit Herman Grimm zu sagen – »in einer Zeit der Völkerconcurrenz«.[47] Und diese wurde von dem zu spät gekommenen Deutschland vor allem auf dem Gebiet der Kultur und der Wissenschaft ausgetragen. Die Kunstgeschichte entwickelte sich dabei zu einem der »schönen« Arme des in die Welt ausgreifenden deutschen Imperialismus.

Deutsche Nationalisten und Pangermanen begannen nach der Reichsgründung damit, den Süden für sich und das eigene Volk zu okkupieren und an solchen Orten auf Heimrecht zu pochen, wo das sonnengeliebte Italien einstmals von »Deutschen« beherrscht worden war. Wo immer sich Spuren der Ahnen fanden, behauptete man, auf eigenem Boden zu stehen, in Verona nicht weniger als in Palermo. Dort kam den nordischen Besuchern zu Bewusstsein, dass die Deutschen vor allen anderen Nationen ein gewisses geistiges Heimatrecht in Italien beanspruchen dürften.[48] Das hatte ab einer bestimmten Zeit auch eine unangenehm rassische Komponente:

> Was dem Italienfahrer aber besonders auffällt ist die Tatsache, daß deutsches Blut noch heute in vielen Bewohnern des Landes kreist. Die Namen verleugnen vielfach trotz der Italienisierung den deutschen Ursprung nicht, aber selbst das Aussehen des Menschen verrät noch heute sehr oft den nordischen Charakter. Das überrascht am wenigsten in der Lombardei, wo Menschen blauäugig und blond und von hohem Wuchs gar nicht so selten sind. Haben doch hier auch deutsche Stämme am längsten gesessen. Aber selbst in den Städten Toscanas, in Florenz, vor allem in

> Siena, Arezzo, in dem umbrischen Perugia, in Spoleto und weiter südlich bis nach Rom findet man charakteristisch deutsche Bestandteile, nicht rein, aber doch erkennbar im Volkskörper.[49]

Solche Ansichten waren nicht etwa irgendeiner individuellen Verschrobenheit entsprungen, sondern gehörten schon vor 1900 zur nationalistischen Allgemeinbildung und kulturimperialistischen Ausrichtung der Geschichtswissenschaften. Die kollektive Zwangseingemeindung der größten Männer der Renaissance vollzog neben anderen[50] der als Kulturanthropologe firmierende Ludwig Woltmann. Der glaubte, in der »Renaissance« »eine letzte große Erhebung des germanischen Italiens« gegenüber der degenerierten Rasse des Südens erkennen zu können. »Die herrschenden Dynasten und Patrizier in Florenz, Genua, Venedig, Mailand sind Abkömmlinge ›germanischer Barbaren‹, ebenso die großen künstlerischen Genies, welche die geistige Wiedergeburt der Menschheit schufen.«[51] In seiner Schrift *Die Germanen und die Renaissance in Italien* aus dem Jahr 1905 wollte Woltmann anhand der blonden Haare Leonardos und der blauen Augen Raffaels nachweisen, dass die Renaissance in ihrer Ganzheit eine »eigenartige Leistung der eingewanderten germanischen Rasse« gewesen sei.[52] Woltmann ließ nun nahezu alle italienischen Genies aus germanischem Mutterboden erwachsen, Arnolfo di Cambio[53] nicht weniger als Giuseppe Verdi.[54] Die Blüten des Landes entsprossen »germanischem Stamme«[55] und trugen deshalb auch Namen, die etymologisch auf »deutsche« Wurzeln zurückzuführen waren: »Giotto (Jotte), Dante Alighieri (Aigler), Ghiberti (Wilbert), Brunelleschi (Brünell), Donatello Bardi (Barth), Masaccio Guidi (Wiede), Boccaccio (Buchatz), Leonardo Vinci (Winke), Raffael Santi (Sandt), Tiziano Vecellio (Wetzell), Michelangelo Buonarroti (Bohnrodt), Guicciardini (Wichert), Jordano Bruno (Braun), Tasso (Dasse), L. B. Alberti, Raimundi, Raibolini, und von den neueren zum Beispiel Leopardi (Leipert, Lippert), Benzo di Cavour (Benz), Manzoni (Mantz), Garibaldi (Kerpolt), Donizetti (Dönitz), Verdi (Werth), Gioberti (Hubert), Aleardi (Allert), Alfieri (Elfer).«[56] Die gesamte nachrömische Kulturentwicklung Italiens bis hinein in die damalige Gegenwart war für das rassische Denken, und besonders für Ludwig Woltmann,[57] das Werk eingewanderter germanischer Individuen und ihrer Nachkommen.

Die Renaissance – »das Aufflammen bürgerlicher Unabhängigkeit, industriellen Fleisses, wissenschaftlichen Ernstes und künstlerischer Schöpferkraft« – galt dem völkischen Denken um 1900 als ganz und gar »germanische That«.[58] Florenz war erst durch den Unternehmungsgeist der Nordländer entstanden,[59] Genies in Italien überhaupt nur da hervorgesprossen, wo »Kelten, Deutsche und Normannen das Land besonders reich besetzt hielten«.[60] Für das Verblühen der »wahren Renaissance«, für das Verschwinden der Genialität, kurz »alles Germanischen« aus der italienischen Kultur, konnte Houston Stewart Chamberlain den Niedergang der nordischen Rasse verantwortlich machen, besser noch das Blutchaos und die daraus folgende Bastardisierung der Bevölkerung.[61]

> Wer könnte heute in Italien weilen, und mit seinen liebenswürdigen, reich begabten Bewohnern verkehren, ohne mit Schmerz zu empfinden, daß hier eine Nation verloren ist und zwar rettungslos verloren, weil ihr die innere treibende Kraft, die Seelengrösse, welche ihrem Talent entspräche, mangelt? Diese Kraft verleiht eben nur Rasse. Italien hatte sie, so lange es Germanen besass.[62]

Der Verleger Eugen Diederichs schaute in der Po-Ebene auf »Bewohner von echt germanischem Typus, blond und mit blauen Augen«.[63] Im Apennin wechselte der Menschenschlag und machte den Zivilisationsunterschied deutlich: Gaunergesichter, schlanke, dunkle Menschen mit krummen Nasen, zerlumpt, schmutzig und mit kriechender Höflichkeit – die Häuser zerfallen, die Fenster ohne Glas, mit Papier überklebt, die Kinder schmutzig – alles ärmlich und heruntergekommen.[64] Diederichs fand das italienische Volk altersschwach und kraftlos und konstatierte eine gleichgültige Haltung gegenüber den Kunstschätzen der Vergangenheit.[65] Die Italiener waren in seinen Augen ein geistig apathisches und oberflächliches Volk ohne jeden Charakter. Die Gegenwart wurde verachtet, dafür begeistert auf die Selbstherrlichkeit des in der Historie aufgefundenen Übermenschen germanisch-romanischen Mischbluts hingewiesen.[66] Mit Nietzsche im Kopf lud »die natürliche Machtvollkommenheit des zweckbewußten, willensfreien, schöpferischen Individuums« zur Identifikation ein.[67]

Doch war die Renaissance auch für Eugen Diederichs nichts anderes als das Erbteil des germanischen Bluts, ein Erbteil, das sich durch die vielen Völkerzüge in Oberitalien festgesetzt hatte: »Dante war nach seinem Familiennamen deutscher Abkunft und Michelangelos tiefe Innerlichkeit, die ganze Schwere seines Gemütes ist nicht italienische, sondern deutsche Art.«[68] Sein Verlag wurde in Florenz gegründet, da sich der Verleger mit den großen Individuen der Renaissance identifizierte. Er wählte den »Marzocco« zum Verlagssymbol, weil er die Stadt am Arno als zweite Heimat betrachtete. Dort glaubte er in der Mediceerzeit schon einmal gelebt zu haben.[69]

Das war die vereinnahmende Selbstthematisierung deutscher Kultur im Spiegel italienischer Kunst. In der Kultur des Cinquecento wollte man das Persönlich-Gewaltige[70] auffinden und suchte in der Geschichte, um es mit Julius Hart zu sagen, nach dem »Indianer-Egoismus der Renaissance«.[71] Wer als Deutscher die Heldenfiguren der Hochrenaissance erforschte, sprach oft über sich selbst und bemäntelte mit der Arbeit am Schönen nur mühsam seinen imperialen Aneignungswillen.[72] Bis in den letzten Winkel hinein maß man Italien ästhetisch aus, doch blieb das Land, das jahrein, jahraus Tausende deutsche Besucher sah, dessen Kunstschätze, Landschaften und Geschichte den Gegenstand einer lawinenartig wachsenden gelehrten und populären Literatur bildeten, als politischer und nationaler Faktor »absolute *terra incognita*«,[73] wie Rudolf Borchardt meinte.

Die These von der Superiorität deutscher Kultur und Wissenschaft fand sich in der zweiten Hälfte des 19. Jahrhunderts selbst im Conversationslexikon[74] und wurde auch von vermeintlich liberalen Persönlichkeiten deutlich ausgesprochen. Schon 1876 hatte

Theodor Mommsen während eines Diners im Hotel Quirinal zu Rom – die Accademia dei Lincei[75] hatte zu Ehren des Generalfeldmarschalls Helmuth Graf von Moltke geladen – seine Überzeugung zum Ausdruck gebracht, dass »der Primat der Wissenschaften jetzt den Deutschen gehöre, da Frankreich und Italien im Verfall seien«.[76] Das war herablassend gemeint und wurde zu dem Zeitpunkt auch als skandalös empfunden, doch sprach Mommsen wohl genau das aus, was die meisten deutschen Wissenschaftler in Italien im Geheimen dachten. 1909 klang dies folgendermaßen:

> Das heutige Deutschland ist dem heutigen Italien – um nur von diesen beiden Völkern zu sprechen – überlegen an politischer Macht, an militärischer Zucht, an Reichtum, an Schulbildung usw., vor allem an Wirksamkeit und Leistungskraft der staatlichen Organe. Das hieraus stammende, gewiss berechtigte Gefühl der Überlegenheit lässt sich aber an dem allen nicht genügen, sondern wird zur Geringschätzung der gesamten modernen Kultur Italiens und stempelt das Volk zu einem Volk vergangener Grösse und gegenwärtiger Dekadenz.[77]

Wohin der Pangermane in Italien auch blickte, er sah die Höchstleistungen eigener Geschichte in »welthistorischem Schmutz«[78] liegen, verwaltet von Schurken, die ihren Lebensunterhalt damit bestritten, Reisenden das Geld aus der Tasche zu ziehen. Man trat in Italien mit einer »gönnerhaften Überlegenheit«, nicht selten »gar mit der Anmaßung eines Weltbezwingers« auf[79] und benutzte die Kunst, so formulierte es Paul Clemen, als Mittel der Selbstvergrößerung: »Der Deutsche sucht in Italien sich selbst im Spiegel Italiens; denn wer bewundernd vor einem Kunstwerk steht, spiegelt sich in dem Kunstwerk: der Eindruck, den er empfängt, ist nur ein Widerschein seines eigenen Ichs.«[80]

Die Einfühlung in das Andere wurde systematisch dazu instrumentalisiert, das Mitgebrachte und an die Kunst Herangetragene als Eigentliches zu genießen. Das Ergebnis waren nationalistische Herablassung und bildungsbürgerliche Überheblichkeit. Die elitäre Identifikation mit dem Höchsten, das heißt der objektive Selbstgenuss vor der Kunst, brauchte die chauvinistische Abgrenzung von der italienischen Wirklichkeit, um sich der eigenen Außerordentlichkeit zu versichern. Die italienische Kunst wurde dabei als Medium »der nationalkulturellen Integration und als Bestätigung der eigenen kulturellen Hegemonie« in Anspruch genommen. Die »Kulturheilande« der Renaissance wurden nach Deutschland eingebürgert.[81]

Alma-Elisa Kittner

Bilder vom Ende der Welt. ***Hannah Höchs und Rolf Dieter Brinkmanns Italienreisen***

Italiens Laken sind in der modernen und zeitgenössischen Kunst immer dreckig. Und dies auf ganz verschiedene Weise: Entweder rückt das Alltägliche, das Banale und Abseitige in den Vordergrund, wie es etwa in den Texten und Bildern der Italienreise von Hannah Höch deutlich wird. Manchmal wird es zugespitzt auf das Hässliche, Obszöne, das Pornographische oder Gewalttätige. Mit einer wüsten Rombeschimpfung hat beispielsweise Rolf Dieter Brinkmann in den 1970er Jahren die Stipendiatenstätte des deutschen Staats, die Villa Massimo in Rom, mit einem Schlag wieder ins bundesdeutsche Bewusstsein gerückt. Dabei reiht er sich in eine Form der historischen Italienablehnung ein, wie sie unter anderem mit Gustav Nicolais Anti-Reiseführer *Italien, wie es wirklich ist* (1834) bekannt geworden war – dessen *Bericht über eine merkwürdige Reise in den hesperischen Gefilden, als Warnungsstimme für Alle, welche sich dahin sehnen.* »Die Schattenseiten aufzudecken« war das Ziel dieser Beschreibung der »verfaulten Herrlichkeit« Italiens. Während sich Johann Gottfried Seume in seinem *Spaziergang nach Syrakus* (1802) für die politische und soziale Wirklichkeit des Landes interessierte und dabei auch die Armut in Rom drastisch schilderte, ist Nicolais Schrift in erster Linie eine Abrechnung mit der Verklärung Italiens. Die »Wirklichkeit« und »Wahrheit« des vorgeblich idealisierten Italien zu ergründen wird dabei zu einem Topos in Literatur und bildender Kunst. In der Kunst kommt noch hinzu, dass bereits im 17. Jahrhundert »eine immer größere Ablehnung der zeitgenössischen Kunst Italiens« entsteht und sich das Interesse der Künstler vor allem auf die vergangene Kunst Italiens richtet.[1] Mit der Avantgarde in der

Moderne verschwindet auch das vom Klassizismus motivierte Interesse der Künstler an der Antike, die sich damit von Italien als
Studier- und Ausbildungsstätte weitgehend verabschieden. Daher ist das ehemalige Arkadien im 20. und 21. Jahrhundert längst
nicht mehr der zentrale Sehnsuchts- und Ausbildungsort europäischer Künstler und Künstlerinnen. Im Gegenteil – Italien ruft
bei zeitgenössischen Künstlern mitunter ambivalente Reaktionen
hervor: Desinteresse, Abwehr, Überwältigung oder vorsichtige
Annäherung. Doch erstaunlicherweise schwillt der Strom in den
Süden nicht ab. Nach wie vor führen zahlreiche Reisestipendien
oder individuell motivierte Reisen die Künstler nach Italien. Das
renommierteste Stipendium für in Deutschland lebende Künstler ist bis heute das der Villa Massimo in Rom. Gerade die ambivalente Haltung der zeitgenössischen Künstler gegenüber Rom
wird häufig zu einem produktiven Ausgangspunkt. Sie sehen sich
vor die Herausforderung gestellt, sich angesichts der traditions-
reichen Topoi – sowohl im Sinne definierter Orte als auch Raum-
imaginationen – zu positionieren: als Reisende und als Künstler.
Zu diesen Topoi gehört auch die Italienverweigerung und das
entmythologisierte Italienerlebnis. Auffällig ist die Tatsache, dass
sich etliche Künstler für das Abseitige, das Periphere und Dreckige der Stadt Rom interessieren: Die dreckigen Laken werden
zum Programm.

Anhand zweier Beispiele sollen unterschiedliche künstlerische
Sichtweisen auf die ›dreckigen‹ Seiten Roms analysiert werden.
Zunächst geht es um Hannah Höchs Italienreise im Jahr 1920.
In einer Art Dada-Groteske zeichnet sie in dem Text *Italienreise*
(1921) ihre Reisebewegung vom immer noch kriegsgeschädigten
Deutschland in die vergleichsweise ›satten‹ Städte Italiens nach.
Fünf Jahre nach der Reise greift sie in dem in Collagemanier ge-
malten Bild *Roma* ihre Wahrnehmung der Ewigen Stadt erneut
auf; sie kommentiert und ironisiert dabei insbesondere die Ideo-
logie des Faschismus. Mehr als fünfzig Jahre später ist Rolf Dieter
Brinkmann einer der wenigen visuell arbeitenden Literaten seiner
Zeit, der in der archivalischen Collage *Rom, Blicke* (entstanden

1972/73, posthum herausgegeben 1979)[2] mit Hilfe umfangreicher Photosammlungen, Postkarten und kartographischer Mapping-Zeichnungen das Soziotop Rom untersucht. Das ruinöse Rom ist für ihn Sinnbild für das Ende der Welt – »*World's End*«, wie der Titel des Collagenbuchs lautet, das Brinkmann im Gegensatz zu *Rom, Blicke* noch zu Lebzeiten gestaltet und autorisiert hat.[3] Der Blick auf das vermeintlich Banale und Abseitige verbindet ihn mit Höch, wenn dieser auch mit einem Pathos aufgeladen ist, das der Berliner Künstlerin zeitlebens fremd war.

Italien und Dada: Hannah Höch

»salutationi, maccaroni, dada«, diesen Gruß schickte Richard Huelsenbeck in einem Brief an Hannah Höch nach Italien.[4] Kaum jemand weiß, dass die im Jahr 1889 geborene Höch, die insbesondere als einzige Künstlerin im Herrenzirkel der Berliner Dadaisten bekannt geworden war, im Jahr 1920 erstmals – mit dem Ziel Rom – nach Italien reiste. Sie hatte die Reise selbst organisiert, und im Gegensatz zu der biographistisch reduzierten Deutung, dass Höch spontan aus der problematischen Beziehung mit dem cholerischen Raoul Hausmann fliehen wollte, war dies nur ein willkommener Nebeneffekt. Die Reise war langfristig vorbereitet, und das musste sie auch sein: Ludwig Mies van der Rohe verhalf Höch durch seine Beziehungen zum Nuntius Pacelli, dem späteren Papst Pius XII., zu einem Visum.[5] Im Jahr 1920 war das kein leichtes Unterfangen, da die Grenzen zu dieser Zeit nur beschränkt geöffnet waren. Diese Großzügigkeit der katholischen Kirche gegenüber der aus Gotha stammenden Protestantin hat die Künstlerin später mehrfach anerkennend erwähnt, zumal sie nach vergeblicher Zimmersuche in Rom nur in dem Kloster St. Elisabeth Quartier fand.

Die wirtschaftlich und politisch instabilen Verhältnisse der Weimarer Republik zwangen Höch zum Sparen. So fährt sie nicht nur Zug, sondern überquert – begleitet von ihrer Schwester Grete Höch und der Schriftstellerin Regina Ullmann – etwa den Brenner zu Fuß und trampt zwischendurch. Teils fährt, teils wandert sie über Trient bis Verona. Mit dem Zug reist sie nach Venedig und – nur mit der Schwester – weiter bis Bologna. Von dort aus geht es allein weiter nach Florenz, bis sie einen Monat nach ihrer Abfahrt in Rom ankommt. Ihr Reisetagebuch gibt genauestens Auskunft über die Stationen, die Landschaft, das Essen sowie die Ausgaben und sozialen Kontakte mit Freunden und Künstlern während ihrer knapp sechswöchigen Reise.[6] Höchs finanzielle Mittel sind zwar bescheiden, doch hat sie einige Kontaktpersonen: In Rom etwa trifft sie den Futuristen und späteren Faschisten Enrico Prampolini. Er ist Mitglied der Novembergruppe und kuratiert zum Zeitpunkt des Höch-Besuchs in Rom eine Ausstellung dieser recht heterogenen Künstlervereinigung. Die Gruppe, 1918 in Berlin gegründet, bestand sowohl aus Mitgliedern des expressionistischen Sturm-Kreises als auch aus Dadaisten. Hannah Höch war von Anfang an Teil dieser Gruppe und gestaltete im Mai 1921 auch das Cover der einzigen Ausgabe ihrer Zeitschrift *NG*. Darin veröffentlichte sie einen Text, den sie anlässlich ihrer Reise geschrieben hatte und auf einem Dada-Groteskenabend am 8. Februar 1921 in der Secession am Kurfürstendamm vortrug: *Italienreise*.[7] Dass Höch sich auch schreibend betätigte, ist für die Dadaistin, die mit verschiedensten Medien experimentierte, nicht ungewöhnlich. Dass sie jedoch eine Reise in die Form eines mehrseitigen satirischen Berichts bringt, den sie veröffentlicht und auf einer Lesung vorträgt, ist bisher von keiner anderen Reise Höchs bekannt.

»Mit wem es irgendein Gott gut meint«, so beginnt Höchs Text, »den lässt er auf die Höhe der sogenannten Alpen gelangen – auch bei den ungünstigsten deutschen Valutaverhältnissen – und dann, von der heutigen Station Brennero, bis vor kurzem noch österreichisch Brenner, diese schneezipfliche, sich mordsüberheblich benehmende Völkerscheide Alpen, von der sich auch so überheblich benehmenden Kreatur Mensch genannt, abwärts laufen, direkt in dieses Land Italia hinein.«[8] In diesem sarkastischen Ton geht es weiter; er nimmt direkten Bezug auf die politischen Verhältnisse – in diesem Fall auf den kurz zuvor in Kraft getretenen Vertrag von Saint-Germain, nach dem der Brenner nun Italien zufiel. Im Folgenden macht sich Hannah Höch über den deutschen Patriotismus und Nationalismus lustig, und auch die deutsche Italiensehnsucht wird ironisiert: »Aber sie meinen das Bild ›Goethe in der Campania‹ sei doch sehr ergreifend; gewiss, wie er so das Dichterbein hineinstreckt – parallel der Via Appia – es ist um das Fieber zu kriegen schön. Ich aber will sehr harmlose Dinge erzählen« – die deutsche Italiensehnsucht ist es offensichtlich nicht, zumindest wird sie konterkariert von der Deutschlandsehnsucht der nun italienischen Südtiroler – »von der Rosteria in der es in Oel gesottenen Blumenkohl für sehr geringes Geld gibt und so – während doch ein deutscher Magen hauptsächlich voll Kartoffeln gestopft wird – und dabei soll dann mein armes Vater- und Mutterland nicht schwermütig und -blütig werden und – Kriege verlieren.« Höchs Sicht auf Italien und indirekt auf Deutschland ist von ihrer Erfahrung des erst zwei Jahre zurückliegenden Krieges geprägt: »Ja, ja, die Kultur ist eine schöne Sache, und wenn man die Granateinschläge mitten hinein in die Dolomiten sieht, so denkt man an diese Filigranstadt Venedig und dass die Menschheit doch sehr zivilisiert ist, da sie zufällig nicht hineingefunkt hat – und also der Markusplatz bis auf weiteres von Scharen von Hochzeitsreisenden aller fünf Erdteile heimgesucht werden kann. Dagegen legt Riva am Gardasee beredtes Zeugnis von der Kulturarbeit dieser herrlichen Erfindung ›Mörser‹ ab« – ein Geschütz, von dem eine Variante als ›Die dicke Bertha‹ bekannt geworden ist. Zu Höchs kriegsgeprägter Wahrnehmung gehört auch die Tatsache des gelegentlich leeren Magens, so dass die sogenannten »himmlischen Dinge« häufig erwähnt werden: »gesottene Birnen, Kastanien, Kakis und große, o freue dich deutsches Gemüt, Kartoffeln, aber süsse, und nur mal so, zum Pläsier – nicht von wegen – einziges Volksnahrungsmittel«. Der Vergleich Deutschland–Italien wird durchdekliniert, fast immer zuungunsten des Ersteren: »Unvergleichlich schöne Hände nähen die Venise-Spitzen – Deutschland hat Ullsteinmuster zum Aufplätten.« Diese entwirft wohlgemerkt auch Höch selbst, da sie sich seit 1916 beim Ullstein Verlag als Textildesignerin und Modezeichnerin ihren Lebensunterhalt verdient. Auf diese Weise verspottet sie sich indirekt selbst. Schon beim Anblick der Arena in Verona bemerkt Höch, was für »armselige Gebausel man in Deutschland fabriziert und wie stolz man auf sie ist«; in Rom jedoch beobachtet sie andersherum: »und hinein [in den Tiber] schaut die Engelsburg und nicht weit davon ist das kitschige Denkmal Vittorio Emanuele, welches hier gar arg stört – aber Berlin komplett machen würde; weshalb ich es für eine Aufgabe der Dadaisten halte, es nach dort zu überführen.« Auch Rom wird also zur Folie, um den überspitzten Patriotismus der Deutschen zu persiflieren – ist doch das Nationaldenkmal mit dem »Vaterlandsaltar« und dem »Grab des unbekannten Soldaten« in seiner übersteigerten Monumentalität äußerst umstritten. Um Italien, so wird deutlich, geht es in dem Text *Italienreise* nur am Rande. Reisebeschreibungen sagen in erster Linie etwas über den Reisenden aus und weniger über den bereisten Ort, und dies gilt auch für Hannah Höch.

In einer zu Lebzeiten unveröffentlichten Nachschrift zu dem Text erklärt Höch ihre Auswahl folgendermaßen: »Aber, wo bleibt die Kunst, fragen Sie, novembergrüpplerisch angehauchter Leser, die hat doch in Italien die Hauptrolle zu spielen. Das hat doch der Deutsche mit dem Engländer gemein, dass er soviele Bilder Gallerien geniesst, bis er etwas angedummt zurückkommt«.[9] Hier setzt die Künstlerin den Typ des Touristen als Distinktionsfolie ein – eine geradezu klassische rhetorische Figur innerhalb des Tourismusdiskurses ist die Touristenverachtung, die etwa auch bei Rolf Dieter Brinkmann eine Rolle spielt. »Ja«, so geht es weiter, »die Kunst ist noch immer vorhanden – und auch mir liefen die Michel-Angelos, die Botticellis, die Signorellis, die Tizians und viele viele andere über den Weg, aber das Leben, meine Herrschaften, das Leben ist so wichtig.« Höch benennt eine Dichotomie, die ein Italien-Topos geworden ist, wie etwa in einem satirischen Gedicht Jacob Burckhardts aus dem Jahr 1878:

Hannah Höch: *Roma*, 1925

> Denn neben Dir ist alles Tand,
> O Du, Halb Dreck-, halb Götter-Land
> wo alles hoch und luftig
> Der Mensch bisweilen schuftig.[10]

Das Leben, der Dreck, der Alltag sind Höch wichtiger als die Götter, die historische Kunst, die mit der zeitgenössischen Kunst kontrastiert wird.

Höch schreibt weiter: »Interessant ist eine Reproduktion des Lebens zu sehen – wichtiger aber ist mir das Stück Geschehen selbst – durch das ich tappe.«[11] Fünf Jahre nach ihrem Italienaufenthalt greift Höch das Stück Geschehen, durch das sie 1920 tappte, in ihrem Gemälde *Roma* erneut auf. Es handelt sich um eines von vier Gemälden Höchs, die wie eine Collage erscheinen, tatsächlich aber ein in Öl gemaltes Bild (90 × 106 Zentimeter) darstellen. In einem typisch dadaistischen Verfahren hat die Künstlerin disparate Elemente miteinander kombiniert: (gemalte) Ansichtskarten, (gemalte) Photographien und (gemalte) Zeitungsausschnitte mit je unterschiedlichen Perspektiven und Größenverhältnissen, die auf der Bildfläche aufeinanderstoßen. In der Kombination entstehen auf diese Weise groteske Verzerrungen, insbesondere des Kopf-Körper-Verhältnisses oder des Geschlechterverhältnisses. Farblich dominiert als Hintergrund und Rahmung der zentralen Figuren ein kräftiges Orange, das Höch bereits in dem Text *Italienreise* erwähnt: »Die Lieblingsfarbe dieser Romano bleibt bis auf weiteres orange«.

In den beiden Hauptfiguren treffen Politik, Schauspiel und Sport aufeinander: Asta Nielsen, 1921 in ihrer Hosenrolle als Hamlet gefeiert, weist einem durch das Kippen des Kopfes und die gesenkten Augen fast schmollend wirkenden Benito Mussolini den Weg aus der Stadt Rom: Der sogenannte Marsch auf Rom, im Jahr darauf vom späteren *Duce* in Szene gesetzt, wird in dem Gemälde zu einem Marsch aus Rom.[12] Die Körper gehören ursprünglich zu Photographien zweier amerikanischer Schwimmerinnen, die Höch in der *Berliner Illustrierten Zeitung* gefunden hat: Ethel McGay bei Asta Nielsen, Gertrud Ederle bei der Mussolini-Figur.[13] Letztere ist auch als Silhouette links zu sehen. Das umgekehrte Geschlechterverhältnis in *Roma* ist Programm: Nielsen hat als männlicher Hamlet einen Frauenkörper; Mussolini wird verweiblicht und seine Vorliebe für athletische Körper ironisch konterkariert. Die rechte Figur mit dem Koffer in der Hand und einem grotesk kleinen Schwimmerinnenkopf könnte eine Anspielung auf die Künstlerin und deren Reise fünf Jahre zuvor sein.

Im Gegensatz zum Text *Italienreise*, in dem Rom eher unter dem Aspekt von Alltagspraktiken betrachtet wird, steht hier die räumliche Struktur der Stadt im Mittelpunkt. Zwei Ebenen sind dabei zu unterscheiden: Rom wird als Stadt des Faschismus dargestellt, dessen Rolle in Italien Höch auch schon 1920 klar gewesen sein kann. Denn dass sie eine aufmerksame Beobachterin der politischen Situation in Italien ist, beweisen unter anderem die Flugblätter für die anstehende Wahl im Mai 1921 und die Partei *il Blocco*, die sie in ihrem Reisenotizbuch sammelt. Höchstwahrscheinlich handelt es sich um den faschistischen Block, der als *Blocchi nazionali* vierzehn Prozent der Stimmen gewann und unter dessen Mandatsträgern sich auch Benito Mussolini befand.

Eine weitere wichtige Ebene ist die des Tourismus: Höch bezog sich mit der Darstellung des urbanen Raums, der die Figuren gleichsam rahmt, wahrscheinlich auf eine Postkarte, die sie wie in einer Collage ›zerschneidet‹ und neu zusammensetzt. Bisher wurde die Kirche mit der Kuppel auf der rechten Seite des Bildes als Peterskirche gedeutet,[14] vor allem weil sie neben dem Forum Romanum als Symbol des antiken Rom häufig das christliche Rom repräsentiert. Doch handelt es sich bei genauerem Hinsehen nicht um San Pietro, sondern um die Kirche Santi Luca e Martina auf dem Forum Romanum, und zwar in einer recht häufig gewählten Ansicht vom Kapitol aus, bei der der Saturntempel und die drei Säulen des Dioskuren-tempels die Kirche in ihre Mitte nehmen.

Der Sakralbau wurde 1588 von Papst Sixtus V. der *Accademia dei Pittori di San Luca*, der Akademie der Maler, übergeben. Wenn es sich bei der nebenstehenden Figur im Mantel mit dem Koffer tatsächlich um Höch handelt, die sich im Übrigen stets als Malerin bezeichnet hat, reiht sie sich als reisende Künstlerin damit indirekt in die Genealogie der Maler Roms ein – in Form einer gemalten Collage.

Das photographische, touristische Bild von Rom baut Höch demnach sowohl in ihre Selbstdarstellung als Malerin und Collagekünstlerin als auch in die Kulisse der fiktiven Ausweisung Mussolinis aus Rom ein. Die Stadt bildet zum einen den topographisch bestimmbaren Rahmen und ist somit der maßgebliche Ort für Höchs politische Kritik an der Gegenwart des Faschismus in Italien, die sicherlich auch Deutschland im Blick hat, wo sich die NSDAP 1925 neu gründet. Doch darüber hinaus sind die Figuren gleichzeitig untrennbar mit der Stadt verknüpft, nämlich in ihrer Negativform der schwarzen Silhouette, die sowohl Figuren als auch Stadtsilhouette miteinander verschleift. Rom steht kopf und scheint von der Präsenz Mussolinis ausgehöhlt zu sein. Die Silhouette der Stadt dient buchstäblich als Folie für die theatrale Selbstinszenierung Mussolinis, der – neben Asta Nielsen stehend – schauspielerische Fähigkeiten beweist und sie zu propagandistischen Zwecken missbraucht. Mussolini ließ ab 1924 umfangreiche und planlose Ausgrabungen, Abrisse und *sventramenti* (Zerstörungen) durchführen, weshalb er *il piccone* genannt wurde, die Spitzhacke. Die Abrisse dienten einerseits dem Straßenbau und damit der notwendigen Modernisierung der Stadt, die schon seit 1911 in Planung war; andererseits führten sie zur Beseitigung ganzer Stadtviertel und antiker Bauwerke. Repräsentative antike Großbauten wie etwa das Kolosseum wurden isoliert und zu ahistorischen Symbolen der *romanità*, deren Konstruktion und Inszenierung ein Kernpunkt faschistischer Ideologie war. Die isolierten Monumente jedoch leisteten der ahistorischen touristischen Wahrnehmung von Geschichte Vorschub. Sie werden zu kontextlosen Bildern der »Stadt im Zeitalter ihrer touristischen Reproduzierbarkeit«,[15] da sie so wirken, als seien sie immer schon in dieser Form da gewesen und würden sich auch in Zukunft nicht verändern. Sie werden durch Andenken vervielfältigt, durch Film und Photographie – wie die touristische Postkarte, die Höch in *Roma* als Vorlage verwendet hat. Diese Verbindung zwischen Tourismus und Faschismus transparent zu machen ist ein Kernthema des komplexen Collage-Gemäldes. Zugleich schreibt sich Höch als doppelte Autorin in das Bild ein: Als Reisende konsumiert und reproduziert sie die touristischen Bilder der Stadt, sie bewegt sich in ihnen und ist in den Kreislauf der Bilder eingebunden. Als Künstlerin werden sie zu ihrem Material, das sie transformiert und ironisiert. Sie zeigt sich in ihrer Selbstdarstellung als moderne *tramontana*, die zusammen mit Asta Nielsen den hilflosen *Duce* kompositorisch einkeilt, ihn aus der Stadt weist und damit das (Blick-) Regime im modernen, barocken und antiken Rom übernimmt. Die dreckige Seite Italiens, der Faschismus, wird der Ewigen Stadt durch die nordeuropäischen Künstlerinnen ausgetrieben.

Rolf Dieter Brinkmann: Rom ersammeln

In anderer Weise verknüpft auch der als einer der ersten deutschen Pop-Literaten bekannt gewordene Rolf Dieter Brinkmann das Bild Roms, wie es auf Postkarten zu sehen ist, mit einer Selbstinszenierung als Künstler und als Reisender. Brinkmann, 1940 im niedersächsischen Vechta geboren, war ab Oktober 1972 für zehn Monate Stipendiat in der Villa Massimo. Die Reise und der Aufenthalt wurden durch das Stipendium finanziert, doch Brinkmann listet seine Ausgaben ebenso penibel auf wie Hannah Höch. Im Unterschied zu Höchs Notizbuch, das nur ein solches bleibt, fließen bei Rolf Dieter Brinkmann die exzessiven Auflistungen der Ausgaben und Rechnungen, die alltäglichen Notizen in die künstlerischen Arbeiten mit ein. Obwohl bis heute nicht endgültig geklärt ist, ob die posthume Herausgabe seiner Materialbücher in der vorliegenden Form von Brinkmann autorisiert worden wäre, zeigen etliche Blätter durchkomponierte Collagen, in denen er Fundstücke und Aufzeichnungen des Alltags verwendet.

Im Zusammenhang mit der Reise entstehen etliche Werke, die sowohl seinen Aufenthalt in Italien thematisieren als auch den Prozess des Reisens selbst. So beziehen sich Gedichte wie *Roma di Notte*, *Hymne auf einen italienischen Platz* oder *Canneloni in Olevano* auf italienische Plätze und Erlebnisse. Noch während seines Aufenthalts gestaltet er ein Künstlerbuch: *Aus dem Notizbuch, Rom 1972/73, »World's End«, Text und Bilder*. Schließlich existieren auditive Notizen, denn Brinkmann hat außer mit Text und Bild auch mit Ton experimentiert. Der Titel einer Aufzeichnung lautet etwa *Was mich in Rom angewidert hat*, und auch in weiteren Tonaufzeichnungen taucht die Romerfahrung immer wieder auf.[16]

Brinkmanns mediale Vielseitigkeit und Experimentierfreude sind durchaus mit denen Hannah Höchs zu vergleichen. Er wird in erster Linie als – multimedial arbeitender – Schriftsteller und Poet rezipiert. Dabei ist auch er dem Prinzip Collage eng verbunden: *»World's End«* ist ein 21-seitiges Collagenbuch,[17] *Rom, Blicke* eine 448 Seiten umfassende Text- und Bildcollage. Beide

Rolf Dieter Brinkmann:
Rom, Blicke, 1972/73. Collagenbuch
(Detail: *What are you waiting for?*)

bestehen aus maschinenschriftlichen Durchschlägen von Briefen, Tagebuchnotizen, Postkarten, eigenen Photos, Kopien von Stadtplänen, Quittungen, Fundstücken und Lektüreauszügen – eine Mixtur aus verschiedenen medialen Formen, die im Medium Buch zusammengefasst worden sind.

Immer wieder tauchen zwischen touristischen Photographien und Postkarten Pin-Up-Girls und pornographische Bilder auf, von denen sich der Massimo-Stipendiat umringt sah. Er kontrastiert und kombiniert sie mit Kitsch, Todessymbolik oder ebenso vulgären Symbolen strotzender Männlichkeit. Diesbezüglich taucht im Text immer wieder die Figur des verachtenswerten Italieners auf, der sich penetrant am Hoden kratzt – was im Übrigen seit Kurzem in Italien als obszöne Geste tatsächlich gerichtlich verboten worden ist. Brinkmann stellt die Italiener im Gegensatz zu Höch fast ausnahmslos als dumpfes Volk dar. Der Blick auf die Alltäglichkeiten der *Grand Tour* wirft hier nicht wie bei Höchs Text *Italienreise* einen Schatten auf den Herkunftsort – im Gegenteil, Norddeutschland und allgemeiner noch »der Norden« scheinen wiederholt als Gegen-Utopie zum Süden auf. In Rom beobachtet Brinkmann vor allem Tod, Prostitution, Gewalt und Verwahrlosung.

Zu einer Abbildung des kariös wirkenden Innenlebens des Kolosseums und einem Bild aus dem Kapuzinerfriedhof in der Unterkirche von Santa Maria della Concezione schreibt Brinkmann:

> Die Landschaft vor Rom, die ich jetzt 3 Mal lange durchfahren habe, ist kaputt und abgewrackt. Sie ist total zerteilt, hier ein Baum und da ein Baum, kahle, wahrscheinlich früher abgeholzte Hügel, Bruchbuden von Häusern, Schrott, Todesmelodien. Nachts in Rom kommt der verstaubte Charakter der Straßen, der Häuser des Lebens stark hervor, die Straßenlampen sind niedrig, so daß sich die Kästen der Häuser nach oben im Dunkeln verlieren, auch die Leuchtkraft der Lampen ist gering, so tappt man durch düstere Straßenschluchten. [...] Tatsächlich, das Abendland [...] geht nicht nur unter – es ist bereits untergegangen, und nur einer dieser kulturellen Fabrikanten taumelt noch gefräßig und unbedarft herum, berauscht sich an dem Schrott – was ist das für ein Bewußtsein, das das vermag![18]

Brinkmann nimmt die Landschaft vor Rom als eine fragmentierte wahr, der jeglicher Zusammenhang verlorengegangen ist. Die Stadt selbst ist Ausdruck des apokalyptischen Zusammenbruchs europäischer Kultur. Dabei ist der Künstler in anderer Weise als Höch von Kriegserfahrung geprägt. Sein Geburtsjahr 1940 wird für ihn zum Ausgangspunkt eines destruktiven Entstehungsmythos, bei dem Brinkmann sich von Beginn seiner Existenz an, dem Jahr seiner Zeugung 1939, mit dem Krieg verbunden sieht. Als Kind folgen Erlebnisse von Fliegeralarm, Panik und Schutzsuche; nach dem Krieg werden Bombenkrater zum Spielplatz – genau an diese Bilder erinnert sich Brinkmann beim Anblick der Ruinen Roms: Roms »Schrott« lässt ihn an »aufgerissene Rollbahnen eines Flugplatzes in Vechta, Bombentrichter voller Wasser, Metallwracks von Flugzeugen« denken. Den Topos vom apokalyptischen »Ende der Welt«, der in Film und Literatur häufig mit Rom verbunden wird, überblendet Brinkmann in *»World's End«* mit einem anderen Ort.[19] Auf der Rückseite des Künstlerbuchs ist zu lesen, wie der Titel entstanden ist:

> Anmerkung: Als ich im Frühjahr 1965 zum 1. Mal in London war, kam ich am Ende eines längeren Spaziergangs eine lange Geschäftsstrasse entlang in eine immer schäbiger werdende und zerfallenere Gegend und stand schliesslich auf einer verödeten platzähnlichen Verbreiterung vor einem Gebäude, das

> mit viel Raum um sich isoliert in einem bleichen Londonfrühjahrnachmittagslicht stand. Eine verblasste bröckelige Fassade, ausgefahrenes Steinpflaster, rostende Karosserien, Gras, das zwischen den Steinfugen hervorspross – das Gebäude war eine Wirtschaft, die Worlds End hiess. Während meines Aufenthaltes in Rom, am Ende längerer Busfahrten und Gänge dachte ich manchmal an das verblichene Schild mit der Aufschrift Worlds End und jenes im Leeren stehende verfallende Gebäude. Das ist die Geschichte des Titels dieser fragmentarischen Zusammenstellung aus meinem Notizbuch.[20]

Verfall, Isolation, bleiches Licht sind die Koordinaten dieser modernen Rom-Vision, die wie ein verblasster Stich von Giovanni Battista Piranesi wirkt. Zu Fuß erkundet Brinkmann, immer den Photoapparat bei sich, die Stadt; doch dabei geht es ihm nicht um ein Verständnis von Kultur und Land, sondern er forciert eine visuelle Oberflächenerkundung. »Kein Bild verlieren – photographieren!«, so lautet eine Anzeige in einem QUICK-Heft von 1955, das Anweisungen gibt, wie das Urlaubsbild in Italien zu fixieren sei.[21] Diesem touristischen Motto folgt Brinkmann, doch gerät seine Reise in das Sehnsuchtsland Italien zur Demontage, zu einer veritablen Rombeschimpfung, die Tourismus- und Kapitalismuskritik in einem ist. Dabei überflutet er uns selbst mit Reizen. Der Romreisende wider Willen dreht gewissermaßen die Vorzeichen des touristischen Blicks um und konstruiert nicht Ideal und Schönheit, sondern Schmutz und Hässlichkeit einer Stadt, die in seiner Wahrnehmung aus barocker monströser Fassadentäuschung[22] und ruinösen Resten der Antike besteht: »der Schrotthaufen des Kolosseums, lehmig-gelb angeleuchtet«, »Säulen-Reste, Bogen-Stümpfe, Stein-Klötze – wüst durcheinander – Auch ich in Arkadien. Göthe. Dieses Arkadien ist die reinste Lumpenschau.« Und weiter fragt Brinkmann: »Was soll man empfinden angesichts des Zerfalls, der wüsten Stapelungen von Bedeutungen, der Kulisse? Totale Vergänglichkeitsgefühle samt Steigerung des Augenblicks an jeder Ecke?« Den »wüsten Stapelungen von Bedeutungen« begegnet Brinkmann mit exzessivem Photographieren, Beschreiben und Dokumentieren und schließlich selber mit einer

Rolf Dieter Brinkmann: *»World's End«*, 1972/73 (Detail)

Form des Stapelns: dem Sammeln. Denn die archivalische und in diesem Fall auch photographische Collage ist von sammlerischen Strukturen geprägt. Sie verdoppelt sowohl medial durch die Photographie als auch strukturell die von Brinkmann konstatierten Stillstellungen und Todesmomente, indem sie die beobachteten Phänomene des Verfalls aufzeichnet, ordnet, verdichtet und erneut präsentiert: Sammeln heißt stillstellen, was durch das Medium der Photographie noch einmal verdoppelt wird. Auf diese Weise produziert Brinkmann selbst die Steigerung des Ruinösen.

»World's End« ist deutlich ausgearbeiteter als *Rom, Blicke.* Teile der Collage wurden etwa in dem Buch *Schnitte* (ebenfalls posthum, 1988) publiziert. Im Gegensatz zu Höchs dadaistischer Collagenform wirken die Dokumente unbeschnitten und wenig montiert. An die Prinzipien Dadas wiederum anknüpfend, bilden Fundstücke und Alltagsgegenstände wie Fahrkarten, Quittungen oder touristische Postkarten, die Spuren einer konkreten Lebenswirklichkeit und Reisebewegung sind, das Material der Collagen. Hinzu kommen bei Brinkmann etliche Photos, die er mit seiner Instamatic-Kamera in Schwarz-Weiß aufgenommen hat.

Die Fundstücke, Zeitungsausschnitte und Photographien bringen eine dokumentarische Ebene in die beiden Collagearbeiten. Auf diese Weise entsteht eine Art Karte der Stadt; Brinkmann bedient sich neben der Methode des Sammelns auch des Mapping, einer künstlerischen Aneignung des Raums, in der geographische und ethnographische Aufzeichnungsformen aufgegriffen werden. Dies gilt insbesondere für das Collagenbuch *Rom, Blicke*, in dem Brinkmann verschiedene Formen von Kartographierung benutzt: Zum einen zeichnet er etwa seine Wege in kopierte Stadtkarten ein und dokumentiert auf diese Weise seine Bewegungen in der Stadt. Vermessen werden zum anderen auch einzelne Orte wie etwa die Villa Massimo selbst, in deren Plan er detailliert sein Atelier, den Garten der Villa mit den Skulpturen, die Tiere und Pflanzen markiert und beschreibt. Zum dritten tauchen reproduzierte Fragmente von Stadtkarten als schlichter Verweis auf ihre Funktion der Raumrepräsentation und Raumordnung auf. Die Karte vermittelt überdies zwischen dargestelltem Raum und realem Raum. Das Medium selbst ist

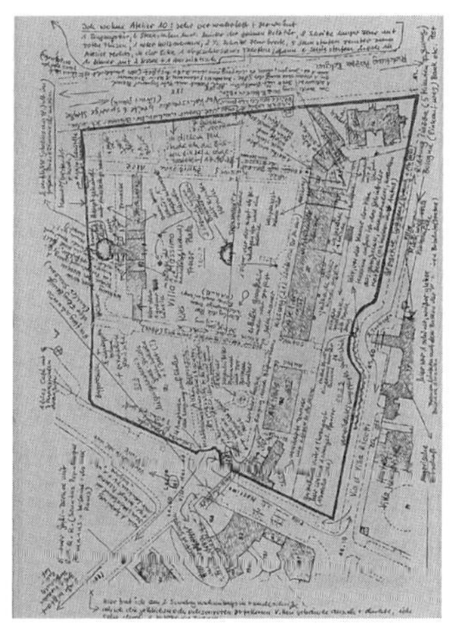

Rolf Dieter Brinkmann: *Rom, Blicke*, 1972/73. Collagenbuch.
Links: Karte als Dokumentation von Bewegung; rechts: Karte als Instrument subjektiver Vermessung

eine Form von Aneignung, auf der Brinkmann nun die Spuren seiner Aneignung einträgt. Diese kartographischen Elemente bilden einerseits einen Gegensatz zum radikal subjektiven Text des Künstlers. Andererseits authentifizieren sie Brinkmanns Fundstücke und Photographien, die sich meist auf die dreckigen und schäbigen Ecken Roms beziehen, wie etwa auf den Straßenstrich in der Nähe der Villa Massimo: »Sex, Tod, Geld, alles in eins, zu 1 Zeit, an 1 Ort.«[23] Für Brinkmann bilden beispielsweise Prostitution und Pornographie die unvermeidliche Kehrseite des Katholizismus, da durch die Vorstellung der Unbefleckten Empfängnis die »Befleckung« durch Sexualität erst entsteht. Die Kehrseite wird zur vermeintlich authentischen, wahren Seite Roms, die durch Photographie, Sammlung und Mapping hergestellt wird.

Suche nach Gegenwart – Bezug zur Vergangenheit

Dennoch ist diese Seite nicht völlig abgekoppelt vom klassischen Italienbild. Die »Verschränkung von Eros und Tod« ist ein Motiv der Italiendichtung, das Brinkmann hier allerdings »ins Profane verkehrt und durchs Geld pervertiert«. »Nicht länger mehr ist Arkadien als amouröses Idyll in Szene gesetzt; vielmehr erweist es sich [...] als Ort schrankenloser Promiskuität.«[24] Auch Brinkmanns Verweis auf »Göthe« ist ein Rückbezug zur traditionellen bildungsbürgerlichen Italienreise, an deren Ende ein verwandeltes Subjekt steht. Dabei spottet er nicht nur wie Höch über Goethe als Symbol für die deutsche Italiensehnsucht, sondern arbeitet sich als Anti-Goethe an seinem Negativvorbild ab und greift dessen Topoi auf: So ist das Collagenbuch etwa durch die autobiographische Perspektive und die Detailfülle der Beobachtungen geprägt.[25] Brinkmann stellt sich dezidiert in die Nachfolge des berühmten Italienreisenden, wenn auch in einem Anti-Gestus, der jedoch gleichfalls identitätsstrukturierend wirkt. Umkehrung und Pervertierung brauchen die bekannten Topoi, um sie zu zerschlagen.

Das setzt jedoch auch eine Erwartungshaltung voraus, die eine mögliche Enttäuschung impliziert. Brinkmann ist sich des-

Rolf Dieter Brinkmann: *Rom, Blicke*, 1972/73. Collagenbuch
(Detail: Karte als Repräsentation)

sen bewusst und schreibt in den ersten Tagebuchaufzeichnungen von *Rom, Blicke*: »und vielleicht hatte ich immer noch Reste einer alten Vorstellung in mir, dass eine Weltstadt wie Rom funkelnd sein würde, bizarr, blendend und auch gefährlich für die Sinne – eben ein wirbelnder Tagtraum und voll rasanter Betriebsamkeit«. Seiner Enttäuschung begegnet er mit der Suche nach Gegenwart. Sie ist für ihn der einzige Ausweg aus der künstlichen Aufbereitung von Geschichte in das Jetzt: »Und was nützen mir historische Ruinen? Ich möchte mehr Gegenwart!« Einzelne Momente einer Epiphanie des Augenblicks findet Brinkmann jedoch auch in Rom – ausgerechnet in einem Nachtspaziergang auf dem Forum Romanum wie einst Goethe.

Die Suche nach »lebendiger Gegenwart« wird in Rom auf die Spitze getrieben, doch sie durchzieht Brinkmanns Werk schon geraume Zeit. Bereits in Köln streift Brinkmann herum, auf der Suche nach Gegenwart und nach einem Ort, der sich ständig zu verändern scheint und an dem doch alles immer bereits vorhanden ist. Dies ist genau das Problem für den Stipendiaten in der Villa Massimo – denn auch dort ist Brinkmann zufolge schon alles da und verhärtet. In den kurzen Audio-Notizen *Was mich in Rom angewidert hat* benennt er es: »Die Rituale des Staates, die Rituale der Verwaltung, die Rituale der Architektur und dazu die Rituale der Künstler [...] überall diese miesen Künstler mit ihren miesen Omas, ihren miesen Staatsgästen«. Die erstarrten Rituale sind das Gegenbild zu der von Brinkmann ersehnten Verlebendigung der Zeit. Sie sind in den Audio-Notizen zwar der Bundesrepublik, also seinem Herkunftsort zugeordnet, doch Rom und die Italiener als Staffage einer toten Hochkultur sind davon nicht ausgenommen.

Insofern ist Brinkmanns Italienverweigerung Teil seines Gesamtwerks und seiner Künstlerrolle. Sie gehört zum Gestus des vormaligen Pop-Literaten, so wie Höchs antikünstlerischer Gestus der einer Dadaistin ist. Brinkmann stellt sich in eine Tradition der Italienverweigerung, die eben aus dieser negativen Kraft – und eine Kraft ist es! – ihre identitätsstiftende Wirkung zieht. Dazu gehört die Tatsache, dass Brinkmanns Rombeschimpfung auch immer eine Touristen- und Tourismusbeschimpfung ist, die ihm letztlich ebenso wie Hannah Höch als Distinktionsfolie dient.

Nicht nur als klassische textuelle Form, die sich in *Rom, Blicke* findet, sondern auch durch die Kontextualisierung der Postkarten mit Bildern von Gewalt, Tod und Zerfall entwirft Brinkmann eine visuelle Tourismusbeschimpfung. Aus seiner Enttäuschung über die entleerten Formen der Gegenwart entwickelt er den Wunsch nach lebendiger Gegenwart, der letztlich eine radikale Suche nach gesteigerter Sinnlichkeit und sensibler Zeitgenossenschaft bedeutet. Die Dominanz des Photographischen in den Bild-Text-Collagen Brinkmanns reflektiert genau die Spannung zwischen den beiden Zeitformen. Eine ähnliche zeitliche Doppelstrukur durchzieht die archivalische Collage: Brinkmanns exzessives Dokumentieren via Sammeln und Mapping vergegenwärtigt ebenso seine Bewegungen in Raum und Zeit, wie es sie stillstellt und gleichsam mumifiziert. Höch dagegen wählt in *Roma* die Form der dadaistischen Montage, wenn auch als Fake. Die ahistorischen Bilder des Tourismus werden von ihr auseinandergenommen und neu zusammengesetzt. Sie geraten in Bewegung und zeigen auf diese Weise neue Verknüpfungen: Die touristischen und entleerten Zeichen der Stadt Rom werden zur Bühne des Faschismus.

Auch in *Italienreise* bezieht sich Höch auf ihre unmittelbare Gegenwart, die sie der historischen Kunst vorzieht. Sie steigert ihre sinnlichen Wahrnehmungen durch süße Kartoffeln und andere kulinarische Genüsse, die im Nachkriegsdeutschland nicht zu finden sind. Zugleich sind der Überfluss und die Fruchtbarkeit des milden Klimas ein klassischer Italien-Topos, der bis heute in der zeitgenössischen Kunst aufgegriffen wird.[26] Höch verbindet das scheinbar Banale zugleich mit scharfsichtigen Beobachtungen; sie zeigt sich in ihrer Italienreise als politisch sensible Zeitgenossin, die die Gegenwart von Faschismus, Nationalismus und Nationalsozialismus ironisch kommentiert. Während bei Brinkmann die Ruinen Kindheitserinnerungen an Bombennächte oder Spiele in Bombenkratern evozieren, zeigt für Höch auch die italienische Landschaft die lebendige Gegenwart eines Krieges, der erst kurz zuvor zu Ende gegangen war.

Anmerkungen

Einführung

1 Hirsemenzel, Lebrecht: *Briefe aus und über Italien.* Leipzig 1823, S. 313f. [Rom, den 12. Februar 1822].
2 Zu den prominenten Ausnahmen in der Forschung vgl. Anm. 5 im Beitrag von Golo Maurer.
3 *Spiegel*-Titel vom 25. Juli 1977: ›Entführung, Erpressung, Straßenraub – Urlaubsland Italien‹ sowie ›Den Barbaren widerstanden, vom Regen gestürzt: Mark Aurels Stadtmauer‹, in: *Frankfurter Allgemeine Zeitung*, 18. April 2001, Feuilleton, S. 49.

Emslander Italiens Ciceroni

1 Brosses, Charles de: *Vertrauliche Briefe aus Italien an seine Freunde in Dijon 1739–1740* [*Lettres familières sur l'Italie* (...), dt.], hg. u. übers. v. Schwartzkopf, Werner. 2 Bde. [Paris 1799] München 1918–1922, II, S. 204.
2 In der Reiseliteratur taucht der Begriff »Cicerone« wohl erstmals in Johann Caspar Goethes *Viaggio per Italia* von 1740 auf. Schon Diderots und d'Alemberts *Encyclopédie* (1745–1765) kennt den Cicerone als denjenigen, der die kuriosen Dinge einer italienischen Stadt kennt und die Fremden zu ihnen führt. Die *Allgemeine Encyklopädie* von 1828 differenziert: »Gegenwärtig nennen sich alle unwissende Platzbediente Ciceroni, und die Abbaten, welche in Rom und andern bedeutenden Städten Italiens den Fremden führen, würden diesen Namen als einen Schimpf aufnehmen«; *Allgemeine Enzyclopädie der Wissenschaften und Künste* [...]. Leipzig 1828, XVII, S. 243.
3 Seume, Johann Gottfried: *Spaziergang nach Syrakus im Jahre 1802*, hg. v. Meier, Albert. [Braunschweig/Leipzig, 1803, ^{2}1805] München ^{3}1994, S. 114.
4 Montaigne, Michel de: *Tagebuch einer Badereise* [*Journal de voyage en Italie par la Suisse et l'Allemagne en 1580 et 1581*, dt.], übers. v. Otto Flake, bearb. v. Irma Bühler. [Paris 1774] Frankfurt a.M. o.J., S. 179.
5 Zum Phänomen der »Touristenbeschimpfung«: Hennig, Christoph: *Reiselust. Touristen, Tourismus und Urlaubskultur.* Frankfurt a.M. 1999, S. 13–19.
6 Mayer, Karl August: *Neapel und die Neapolitaner oder Briefe aus Neapel in die Heimat*, 2 Bde. Oldenburg 1840, II, S. 487.
7 Richter, Ludwig: *Lebenserinnerungen eines deutschen Malers*, hg. v. Knapp, Gottfried. Frankfurt a.M. 1980, S. 167.
8 Auch Goethe beschrieb diese Prozedur: »Am Fuße des steilen Hanges empfingen uns zwei Führer, ein älterer und ein jüngerer, beides tüchtige Leute. Der erste schleppte mich, der zweite Tischbein den Berg hinauf. [...] ein solcher Führer umgürtet sich mit einem ledernen Riemen,

in welchen der Reisende greift und, hinaufwärts gezogen, sich an einem Stabe auf seinen eignen Füßen desto leichter emporhilft.« Goethe, Johann Wolfgang von: *Italienische Reise* [Neapel, den 6. März 1787], hg. v. Michel, Christoph. Frankfurt a.M. 1976, S. 253.

9 Hebbel, Friedrich: *Historisch-kritische Ausgabe*, hg. v. Werner, R.M. Berlin 1901–1907, 3. Abt., III, S. 244.

10 Balzo, Carlo del: *Napoli e i Napoletani*. Mailand 1885, S. 305.

11 So etwa bei Goethe: »Der betagte Führer wußte genau die Jahrgänge [der Laven] zu bezeichnen.« *Italienische Reise*, s. Anm. 8, S. 255.

12 Vgl. Karl Philipp Moritz' Brief an Frau Bergrat Standtke aus Neapel vom 5.5.1787: Haufe, Eberhard (Hg.): *Deutsche Briefe aus Italien. Von Winckelmann bis Gregorovius*. Hamburg 1965, S. 70–74.

13 Humoristische Anekdoten von Hunden, die sich flüchtend dem wiederholten Experiment entziehen wollen, wechseln in den Berichten mit haarsträubenden Geschichten von Tieren und auch Menschen ab, die hier auf höheren Befehl oder aus Unvorsichtigkeit und übertriebener Neugierde ihr Leben lassen mussten; vgl. Horn-Oncken, Alste: *Ausflug in elysische Gefilde. Das europäische Campanienbild des 16. und 17. Jahrhunderts und die Aufzeichnungen J. F. A. von Uffenbachs*. Göttingen 1978, S. 42.

14 Vgl. Emslander, Fritz: *Unter klassischem Boden. Bilder von Italiens Grotten im späten 18. Jahrhundert*. Berlin 2007, S. 104–111, Abb. 22.

15 Lalande, Joseph Jerôme: *Voyage d'un François en Italie, fait dans les années 1765 & 1766* [...], 8 Bde. Venedig/Paris 1769, VII, S. 16–22; Spallanzani, Lazzaro: *Viaggi alle due Sicilie e in alcune parti dell'Appennino*, 6 Bde. Pavia 1792–1797, I, S. 83–114.

16 Benkowitz, Karl Friedrich: *Reisen von Neapel in die umliegenden Gegenden* [...]. Berlin 1806, S. 102f.

17 Sanchez, Giuseppe: *La Campania sotterranea, ossia le Catacombe nei tempi del Paganesimo, ed in quelli del Cristianesimo* [...], 2 Bde. Neapel 1833, I, S. 143, erscheint sein Führer wie »Charon oder ein anderer Dämon«.

18 Hoüel, Jean: *Voyage pittoresque des isles de Sicile, de Malte et de Lipari, où l'on traite des Antiquités qui s'y trouvent encore, des principaux Phénomènes qui la Nature y offre* [...], 4 Bde. Paris 1782–1787, I, S. 34.

19 Vgl. Denon, Dominique Vivant: *Voyage en Sicile*. Paris 1788, S. 35f.

20 Vgl. hierzu Rehfues, P. J.: *Briefe aus Italien während der Jahre 1801–1805*, 4 Bde. Zürich 1810, IV, S. 161.

21 Forsyth, Joseph: *Remarks on Antiquities, Arts, and Letters during an Excursion in Italy in the Years 1802 and 1803*. London 1813, S. 274.

22 Brief an Goethe, 23. August 1804; zit. nach: Mahr, Johannes (Hg.): *Rom – die Gelobte Stadt. Texte aus fünf Jahrhunderten*. Stuttgart 1996, S. 187.

23 *Mercure de France* vom 17.2.1787, 114, zur Darstellung Herculaneums; vgl. Emslander 2007, s. Anm. 14, S. 199f.

24 Saint-Non, Jean-Claude Richard Abbé de: *Voyage pittoresque ou description des Royaumes de Naples et de Sicile*, 4 Bde. Paris 1781–1786, II, S. 117.

25 Vgl. hierzu Stärk, Ekkehard: *Kampanien als geistige Landschaft: Interpretationen zum antiken Bild des Golfes von Neapel*. München 1995, S. 27–33.

26 Goethe, Johann Caspar: *Reise durch Italien im Jahre 1740 (Viaggio per l'Italia)*, übers. u. komm. v. Albert Meier. München 1986, S. 191.
27 Kotzebue, August von: *Erinnerungen von einer Reise aus Liefland nach Rom und Neapel*, 3 Bde. Berlin 1805, I, S. 357.
28 Ebd., I, S. 350.
29 Brosses 1799, s. Anm. 1, I, S. 327.
30 Ebd., S. 331.
31 Meyer, Friedrich J. L.: *Darstellungen aus Italien*. Berlin 1792, S. 472.
32 Mayer 1840, s. Anm. 6, I, S. 56.
33 Ebd., II, S. 487.
34 Moore, John: *Abriß des gesellschaftlichen Lebens und der Sitten in Italien. In Briefen entworfen von Johann Moore*, 2 Bde. Leipzig 1781, II, S. 163f.
35 Mayer 1840, s. Anm. 6, II, S. 485–493, hier S. 486, 485.
36 William Beckford wünschte sich, von einem wortkargen Bauern durch das Amphitheater von Verona geleitet zu werden. Er geriet dennoch an den unumgehbaren Antiquar. Erst als dessen nicht enden wollender Redestrom versiegt und das Trinkgeld ausgezahlt ist, kommt Beckford zu einer Anschauung des Bauwerks, hingerissen von der Stille und Einsamkeit, in die er sich nun versetzt sieht, und von der pittoresken Erscheinung dieser Ruine; vgl. Stärk, Ekkehard: ›Die Überwindung der Phlegräischen Felder: Vom träumerischen Umgang mit der Antike am Ausgang des 18. Jahrhunderts‹, in: *Antike und Abendland* 40 (1994), S. 137–152, hier S. 144.
37 Goethe: *Italienische Reise*, s. Anm. 8, S. 305 (4. April 1787).
38 Gregorovius, Ferdinand: *Römische Tagebücher 1852–1889*, zit. nach: Mahr 1996, s. Anm. 22, S. 281.
39 Zit. nach Hennig 1999, s. Anm. 5, S. 15f.
40 Die Wahl des Titels ist – mit einer Ausnahme, wohl der Übersetzung eines italienischen Neapel-Führers von 1829 (*CICERONE/ in und um/ NEAPEL/ (...) An Ort und Stelle (im Jahre 1824), bereichert und berichtiget von J.K./ Kais. östr. Armee-Beamten*, 3 Bde. Leipzig 1829) – m. W. ohne Vorläufer.
41 Parthey, G[ustav]: *Wanderungen durch Sicilien und die Levante*, 2 Bde. Berlin 1834–1840, I, S. 17.

Baum Vorbild – Abbild – Zerrbild

1 Heine, Heinrich: *Reise von München nach Genua* (*Reisebilder*, Dritter Theil). Hamburg [2]1834, Kap. 27, S. 159.
2 Ebd.
3 Gerning, Johann Isaac: *Reise durch Oestreich und Italien*, in drei Theilen, Erster Theil. Frankfurt a. M. 1802, S. 173.
4 Zum Campo Vaccino siehe den Beitrag von Erik Wegerhoff in diesem Band.
5 Meyer, Friedrich J. L.: *Darstellungen aus Italien*. Berlin 1792, S. 168.
6 Volkmann, Johann Jacob: *Historisch-kritische Nachrichten aus Italien, welche eine Beschreibung dieses Landes, der Sitten, Regierungsform, Handlung, des Zustandes der Wissenschaften und insonderheit der Werke der Kunst enthalten*, 3 Bde., Bd. III. Leipzig [2]1778 (zuerst 1770), S. 243.

7 Siehe hierzu auch den Beitrag von Fritz Emslander in diesem Band.
8 Seume, Johann Gottfried: *Spaziergang nach Syrakus im Jahre 1802*. Braunschweig/Leipzig 1803, S. 191.
9 Zum Beispiel De Jorio, Andrea: *Viaggio di Enea all' Inferno, ed agli Elisii secondo Virgilio*. Neapel 1823, oder Johanet, Henri: *Une descente aux enfers. Le golfe de Naples. Virgile et le Tasse. Avec une Carte des Enfers*. Paris 1874.
10 *Des Präsidenten de Brosses vertrauliche Briefe aus Italien an seine Freunde in Dijon 1739–1740*, übers. v. Werner und Maja Schwartzkopff, 2 Bde. München 1918/1922, Bd. I, S. 330 (32. Brief an Hrn. von Neuilly, datiert Rom, den 26. November).
11 Vgl. Seume, s. Anm. 8, S. 335f.: »Die Wasservögel schwimmen recht lustig auf dem Avernus herum [...]; so dass der Ort nunmehr die Antiphrase seines Namens ist.«
12 De Brosses, s. Anm. 10, Bd. I, S. 330f.
13 Addison, Joseph: *Remarks on several parts of Italy &c. in the years 1701, 1702, 1703*. London ²1718 (zuerst 1705), S. 146.
14 *The Works of Horatio Walpole in five volumes*, Bd. IV. London 1798, S. 453 (Brief 23 an Richard West, datiert Florenz, den 2. Oktober 1740).
15 Volkmann, s. Anm. 6, *Vorrede*, Bd. I, S. VII.
16 Ebd., Bd. 3, S. 246.
17 Ebd., S. 274.
18 Ebd., S. 276.
19 Forsyth, Joseph: *Remarks on Antiquities, Arts, and Letters during an Excursion in Italy in the Years 1802 and 1803*. London ⁴1835.
20 Ebd., S. 286.
21 Ebd.
22 Ebd., S. 290.
23 Ebd.
24 *Tage-Buch einer Reise nach Italien im Jahre 1794, gedruckt zum Besten der Armen*. [Mannheim] 1802.
25 Ebd., S. 180.
26 Ebd., S. 194.
27 Creuzé de Lesser, Augustin-François: *Voyage en Italie et en Sicile, fait en MDCCCI et MDCCCII*. Paris 1806, S. 73.
28 Ebd., S. VII.
29 Kleist, Heinrich von: *Sämtliche Werke und Briefe*, Bd. II. München ⁸1985, S. 634 (Kleist an Wilhelmine von Zenge, Berlin, den 22. März 1801).
30 Wolfzettel, Friedrich: *Ce désir de vagabondage cosmopolite. Wege und Entwicklung des französischen Reiseberichts im 19. Jahrhundert*. Tübingen 1986, S. 21, charakterisiert die Position Creuzé de Lessers in diesem Zusammenhang als bewusst national-aufklärerisch.
31 Vor allem am Ende des 18. und zu Beginn des 19. Jahrhunderts brechen die alten Wahrnehmungsmuster auf und werden abgelöst durch einen kritischen Blick aus der Gegenwart. Nach 1800 lassen sich in den Reiseschriften immer mehr sozialkritische Töne ausmachen. Die Bettler und Lazzaroni werden nicht länger nur als Müßiggänger beschimpft oder als Staffagefiguren

einer überzeichneten Genreszene dargestellt, sondern geben Anlass zu einer Kritik am Staatsapparat. Die sozialen Missstände des bereisten Landes werden zunehmend wahrgenommen. Siehe dazu beispielsweise die Reisebeschreibungen von Brydone, Dickens, Benkowitz, von der Recke und Seume.

32 Creuzé de Lesser, s. Anm. 27, S. 75.

33 Volkmann, s. Anm. 6, Bd. III, S. 213.

34 Creuzé de Lesser, s. Anm. 27, S. 163.

35 Ebd., S. 156.

36 Nicolai, Gustav: *Italien, wie es wirklich ist. Bericht über eine merkwürdige Reise in den hesperischen Gefilden, als Warnungsstimme für Alle, welche sich dahin sehnen*. Leipzig [2]1835.

37 Ebd., 2. Teil, S. 52.

38 Oswald, Stefan: *Italienbilder. Beiträge zur Wandlung der deutschen Italienauffassung 1770–1840*. Heidelberg 1985, S. 145: »Diese Desillusionierung wird methodisch betrieben«, vermerkt Oswald zu Nicolais Tiraden gegen Italien. »Die Irritation des Beobachters führt nie zu einer Relativierung der eigenen Vorstellungen, sondern der Widerspruch zwischen Erwartungen und Wirklichkeit wird zur ständig neuen Bestätigung der eigenen Überlegenheit.«

39 Nicolai, s. Anm. 36, 1. Teil, S. 1f.

40 Ebd., S. 5.

41 Vgl. Battafarano, Michele: ›Der Weimarer Italienmythos und seine Negation: Traum-Verweigerung bei Archenholz und Nicolai‹, in: *Italienbeziehungen des klassischen Weimar*, hg. v. Manger, Klaus. Tübingen 1997, S. 39–60.

42 Siehe den Beitrag von Golo Maurer in diesem Band.

43 Kotzebue, August von: *Erinnerungen von einer Reise aus Liefland nach Rom und Neapel*, 3 Bde. Berlin 1805.

44 Ebd., Bd. I, S. III–IV.

45 Ebd., S. 358.

Schürmann Mrs. Davis geht ins Museum

1 Dickens, Charles: *Italienische Reisebilder von Boz*, Erster Theil, aus dem Englischen von Julius Seybt. Leipzig 1846, S. 39.

2 Ebd., S. 2.

3 Ebd., S. 1.

4 Vgl. Krebs, Ulrich C. A.: ›Nachwort des Herausgebers‹, in: Dickens, Charles: *Bilder aus Italien*, hg. u. übers v. Krebs, Ulrich C. A. München 1981, S. 325.

5 Dickens, Charles: *Italienische Reisebilder von Boz*, Zweiter Theil, aus dem Englischen von Julius Seybt. Leipzig 1846, S. 6f.

6 Ebd., S. 7.

7 Ebd., S. 18.

8 Ebd., S. 22.

9 Ebd., S. 21.

10 Ebd., S. 25.
11 Ebd., S. 23.
12 Ebd., S. 24.
13 Ebd., S. 23.
14 Goethe, Johann Wolfgang von: *Italienische Reise*, in: *Goethes Werke*. Hamburger Ausgabe in 14 Bänden, hg. v. Trunz, Erich. Band XI: Autobiographische Schriften, Dritter Band. München 1978, S. 122.
15 Dickens, s. Anm. 5, S. 25.
16 Vgl. Goethe, s. Anm. 14, S. 122.
17 Dickens, Charles: *Pictures from Italy*. Milton Keynes 2010, S. 113.
18 Dickens, s. Anm. 5, S. 45f.
19 Betrachtet wurden etwa sechshundert Photographien. Vgl. *Die virtuelle Galerie: 5000 Photographien des 19. Jahrhunderts*. Frankfurt a.M. 2004, DVD.
20 Es gibt natürlich eine Tradition der zeigenden Assistenzfiguren; neu ist die Tatsache, dass diese Figuren eben nicht Teil eines größeren Staffagearsenals, sondern schlicht die einzigen abgebildeten Figuren sind.
21 Flaiano, Ennio: ›Welcome in Rome‹, in: *Italienische Reise. Literarischer Reiseführer durch das heutige Italien*, zusammengestellt von Alice Vollenweider. Berlin 1985, S. 18–19.
22 Murray, John: *Handbook for Travellers in Central Italy, including the Papal States, Rome and the Cities of Etruria, With a Travelling Map*. London 1843, S. III.
23 Vgl. Hinrichsen, Alex W.: *Baedeker-Katalog. Verzeichnis aller Baedeker-Reiseführer von 1832–1987 mit einem Abriß der Verlagsgeschichte*. Holzminden 1988, S. 76. Der Begriff des »Erbsenzählers« beruht angeblich auf einer Anekdote um Karl Baedeker, der mit Hilfe von Erbsen die Treppenstufen des Mailänder Doms gezählt haben soll, vgl. Schiller, Bernd: ›Baedeker geliftet. Kneipen neben Kathedralen‹, in: *Deutsches Ärzteblatt* 103 (April 2006), S. 27. Außerdem heißt es in der englischen Übersetzung von Jacques Offenbachs Operette *La Vie Parisienne*: »Kings and governments may err, but never Mr. Baedeker.«
24 Baedeker, Karl: *Mittel-Italien und Rom. Handbuch für Reisende* [1866]. *Mit einem Panorama von Rom, einer Ansicht des Forum Romanum, einer Wappentafel der Päpste von 1417 an, 14 Karten und 49 Plänen und Grundrissen*, Leipzig [13]1903, S. 333.
25 Ebd., S. 277.
26 Dickens, s. Anm. 1, S. 19.
27 Ebd., S. 100.
28 Ebd., S. 79.
29 Einen vergleichbaren Zustand beschreibt übrigens an anderer Stelle Peter Sloterdijk, als das aufdringliche Gestikulieren eines Mannes am Telefon plötzlich sinnlos wirkt, weil man nicht versteht, worum es geht – diesen Zustand bezeichnet Sloterdijk wiederum als »museal«. Vgl. Sloterdijk, Peter: ›Museum – Schule des Befremdens‹, in: ders.: *Der ästhetische Imperativ*, hg. v. Weibel, Peter. Hamburg 2007, S. 355: »Wenn nach der absurden Pause die Sprache zurückkehrt, ist die Wahrscheinlichkeit hoch, dass über

einen solchen Zustand gesagt wird, die Welt habe ausgesehen, als sei sie im Ganzen museal geworden.«

30 Dickens, s. Anm. 5, S. 83.
31 Ebd., S. 84.
32 Ebd., S. 85.
33 Ebd., S. 26.
34 Ebd., S. 97.
35 Ebd., S. 29.
36 Interessant in diesem Zusammenhang ist sicherlich das Titelblatt der deutschen Ausgabe von 1846, das zunächst »Boz« und dann erst in Klammern »Dickens« als Autor nennt.
37 Dickens, s. Anm. 5, S. 52.
38 Hier gibt es eine Parallele zu Heinrich Heines Schriften über den Pariser Salon von 1831. Heine schildert die verständnislosen Dialoge, die sich vor Delacroix' Gemälde *Die Freiheit führt das Volk* entspinnen und verzichtet weitgehend auf eine Beschreibung des Bildes. Vgl. Heine, Heinrich: *Werke*, Dritter Band: Schriften über Frankreich, hg. v. Galley, Eberhard. Frankfurt a.M. 1968, S. 16f.
39 Einen weiteren Bruch mit der Bildbeschreibung vollzieht Dickens, indem er die Modelle schildert, die auf der Spanischen Treppe versammelt sind und dort darauf warten, von den ansässigen Malern engagiert zu werden. Besonders fasziniert ihn dabei ein alter Mann, der nach seiner Aussage in jedem Katalog der Royal Academy zu finden ist. Die Episode löst sich von den Kunstwerken und dreht sich um die absurde Tatsache, dass deren Figuren hier in Fleisch und Blut sitzen; an dieser Stelle wird auch ein gewisse Stereotypie der zeitgenössischen Malerei offengelegt, die immer wieder dieselben Modelle in verschiedenen Rollen abbildet.
40 Dickens, s. Anm. 5, S. 56.
41 Ebd., S. 71f.
42 Dickens, s. Anm. 17, S. 27.
43 Dickens, s. Anm. 5, S. 119f.
44 Kotzebue, August von: *Bemerkungen auf einer Reise von Liefland nach Rom und Neapel*, Dritter und letzter Theil. Köln 1810, S. 211: »Nur glaube ich, die wichtige Bemerkung dabey gemacht zu haben, daß die weit vorzueglichere Augensprache dabey verloren geht, oder wenigstens in der Kindheit bleibt. Die Roemerinnen verlassen sich bloß auf ihre Zeichen, die deutschen Schoenen auf ihre Augen, und mich duenkt, sie haben es so weit darinnen gebracht, daß ihnen der Mangel einer Zeichensprache gar nicht fuehlbar wird.«
45 Dickens, s. Anm. 1, S. 111.
46 Dickens, s. Anm. 17, S. 66.

von Brevern Griechenland, eine Enttäuschung

1 Pückler-Muskau, Hermann von: *Südöstlicher Bildersaal.* Zweiter Band: *Griechische Leiden*, erster Theil. Stuttgart 1840, S. 7 und S. 11. Zum Status des Erzählers im *Südöstlichen Bildersaal* siehe Böhmer, Sebastian: *Fingierte Au-*

thentizität. Literarische Welt- und Selbstdarstellung im Werk des Fürsten Pückler-Muskau am Beispiel seines »Südöstlichen Bildersaals«. Hildesheim 2007.

2 Hier zitiert nach Bertsch, Daniel: *Anton Prokesch von Osten (1795–1876). Ein Diplomat Österreichs in Athen und an der Heiligen Pforte.* München 2005, S. 82.

3 Pückler-Muskau, Hermann von: *Südöstlicher Bildersaal.* Dritter Band: *Griechische Leiden,* zweiter Theil. Stuttgart 1841, S. 1.

4 Siehe dazu etwa die Beiträge in Heydenreuter, Reinhard (Hg.): *Die erträumte Nation. Griechenlands Wiedergeburt im 19. Jahrhundert.* München 1993. Eine typische zeitgenössische Einschätzung des Verhältnisses zwischen Griechenland und der Türkei findet sich etwa im Anhang des zwölften Bandes von Brockhaus' *Allgemeiner deutscher Real-Encyclopädie.* Leipzig [7]1827. Zur Geschichte des Philhellenismus siehe auch Heß, Gilbert (Hg.): *Graecomania. Der europäische Philhellenismus.* Berlin 2009.

5 Twain, Mark: *The Innocents Abroad.* New York 1866, S. 247 und S. 254.

6 Baedeker, Karl: *Griechenland. Handbuch für Reisende.* Leipzig 1883, S. XIII.

7 Ebd., S. XI.

8 Pückler-Muskau 1840, s. Anm. 1, S. 248.

9 Heidegger, Martin: *Aufenthalte.* Frankfurt a. M. 1989. Siehe dazu Geimer, Peter: ›Frühjahr 1962. Ein Touristenschicksal‹, in: Ullrich, Wolfgang (Hg.): *Verwindungen. Arbeit an Heidegger.* Frankfurt a. M. 2003, S. 44–61.

10 Zu den Myrioramen siehe Hyde, Ralph: ›Myrioramas, Endless Landscapes. The Story of a Craze‹, in: *Print Quarterly* 21 (2004), Heft 4, S. 403–421.

11 Siehe etwa Creasy, Edward Shepherd: *Die fünfzehn entscheidenden Schlachten der Welt von Marathon bis Waterloo.* Stuttgart 1865.

12 Nora, Pierre: *Les lieux de mémoire,* 3 Bände. Paris 1984–1992.

13 Siehe zum Beispiel Hoffmann, Samuel Friedrich Wilhelm (Hg.): *Finlay's historisch-topographische Abhandlungen über Attika.* Leipzig 1842. Zu Marathon als Erinnerungsort siehe zuletzt Jung, Michael: *Marathon und Plataiai: Zwei Perserschlachten als »lieux de mémoire« im antiken Griechenland.* Göttingen 2006.

14 Brief Rottmanns an General von Heideck, 12. März 1834, hier nach Bierhaus-Rödiger, Erika: *Carl Rottmann 1797–1850. Monographie und kritischer Werkkatalog.* München 1978, S. 124 (Dok. 144).

15 Lange, Ludwig: *Die griechischen Landschaftsgemälde von Karl Rottmann in der neuen königlichen Pinakothek zu München.* München 1854, S. 7. Zu Rottmanns Griechenland-Zyklus siehe auch Rott, Herbert W./Stürmer, Elisabeth/Poggendorf, Renate: *Carl Rottmann. Die Landschaften Griechenlands* (Ausst.-Kat. Neue Pinakothek München). Ostfildern 2007.

16 Brief Rottmanns an seine Frau, Corfu, 26. August 1834, hier nach Bierhaus-Rödiger 1978, s. Anm. 14, S. 124 (Dok. 146).

17 Zur Gattung der Historischen Landschaft siehe etwa Busch, Werner: *Die notwendige Arabeske. Wirklichkeitsaneignung und Stilisierung in der deutschen Kunst des 19. Jahrhunderts.* Berlin 1985, S. 298f.; Eschenburg, Barbara: ›Die historische Landschaft. Überlegungen zu Form und Inhalt der Landschaftsmalerei im späten 18. und frühen 19. Jahrhundert‹, in: Heil-

mann, Christopher/Rödiger-Diruf, Erika (Hg.): *Landschaft als Geschichte.* München 1998, S. 63–74. Zum Berliner *Marathon*-Gemälde siehe Brevern, Jan von: ›Bild und Erinnerungsort. Carl Rottmanns Schlachtfeld von Marathon‹, in: *Zeitschrift für Kunstgeschichte* 71 (2008), Heft 4, S. 2527–2542.

18 Zur Kritik an Rottmann siehe Gurlitt, Cornelius: *Die deutsche Kunst des neunzehnten Jahrhunderts. Ihre Ziele und Taten.* Berlin 1899; Krauß, Fritz: *Carl Rottmann.* Heidelberg 1930.

19 Hausenstein, Wilhelm: *Das Land der Griechen. Fahrten in Hellas* [1934]. München 1946, S. 12.

20 Ebd., S. 13f.

21 Ebd., S. 79.

Wegerhoff Kühe versus Cicero

1 Brosses, Charles de: *Lettres familières,* hg. v. Cafasso, Giuseppina/Norci Cagiano de Azevodo, Letizia. Neapel 1991, Bd. II, S. 230 (lettre XLVI).

2 Archenholz, Johann Wilhelm von: *Italien.* Brünn 1786, Bd. II, S. 200 (Achter Abschnitt).

3 Smith, James Edward: *A sketch of a tour on the continent in the years 1786 and 1787.* London 1793, Bd. II, S. 280 (chapter XXX).

4 Creuzé de Lesser, Augustin-François: *Voyage en Italie et en Sicile, fait en MDCCCI et MDCCCII.* Paris 1806, S. 69.

5 Ebd., S. 68.

6 Ebd., S. 69.

7 Blainville, J[oseph?] de: *Travels through Holland, Germany, Switzerland, and other parts of Europe; but especially Italy.* London 1743 [–1745], Bd. II, S. 488 (24. September 1707).

8 Alle Zitate in diesem Absatz ebd., S. 502 (26. September 1707).

9 Horace Walpole in einem Brief an Richard West. *The correspondence of Gray, Walpole, West and Ashton,* hg. v. Toynbee, Paget. Oxford 1915, Bd. I, S. 342 (2. Oktober 1740).

10 Breval, John Durant: *Remarks on several parts of Europe [...].* London 1726, Bd. II, S. 243.

11 Duclos, Charles Pinot: *Voyage en Italie ou considerations sur l'Italie.* Paris 1791, S. 61.

12 Moritz, Karl Philipp: *Reisen eines Deutschen in Italien in den Jahren 1786 bis 1788, in Briefen.* Berlin 1792/93, Bd. I, S. 219.

13 Anonym [Dupaty, Charles Marguerite Jean Baptiste Mercier]: *Lettres sur l'Italie, en 1785.* Rom/Paris 1788, Bd. I, S. 171.

14 Vgl. Blainville 1743, s. Anm. 7, Bd. II, S. 490 (St. Peter in Carcere; St. Joseph, the Virgin Mary's Spouse), S. 491 (St. Martina; S. Luca), S. 493 (S. Adrian; St. Laurence), S. 494 (S. Cosmo and S. Damian), S. 495 (S. Maria Nova).

15 Moritz 1792, s. Anm. 12, Bd. I, S. 218.

16 Anonym [Waldie (= Eaton), Charlotte Ann]: *Rome in the nineteenth century, containing a complete account of the ruins of the ancient city [...] in a series*

of letters, written [...] 1817 and 1818. Edinburgh 1820, Bd. I, S. 130.

17 Sharp, Samuel: *Letters from Italy, describing the customs and manners of that country, in the years 1765 and 1766 [...]. The third edition*. London [1767], S. 53 (letter XIII, Oktober 1765).

18 Owen, John: *Travels into different parts of Europe, in the years 1791 and 1792*. London 1796, Bd. II, S. 5f. (17. Dezember 1791).

19 Volkmann, J. J. [Johann Jacob]: *Historisch-kritische Nachrichten aus Italien [...]*. Leipzig 1770/71, Bd. II, S. 515f.

20 Stolberg-Stolberg, Friedrich Leopold Graf zu: *Reise in Deutschland, der Schweiz, Italien und Sicilien*. Königsberg/Leipzig 1794, Bd. II, S. 105f. (31. Dezember 1791).

21 Vergil: *Aeneis* 8, 359–361, übers. v. Johannes Götte in Zusammenarbeit mit Maria Götte. München 1971. Vgl. Stolberg: »Als ich auf dem römischen Forum Rinder brüllen hörte, fiel mir lebhaft ein, daß, nach Virgils Erzählung, hier über vierhundert Jahre vor der Zeit in welche Roms Erbauung gesetzet wird, Evander; den Aeneas in seine ärmliche Hütte führte, und daß sie auf dem nachmaligen Forum Rinder brüllen hörten. / Talibus inter se dictis ad tecta subibant / Pauperis Evandri, passimque armenta videbant / Romanoque foro et lautis mugire Carinis.« Stolberg-Stolberg 1794, s. Anm. 20, Bd. II, S. 106 (47. Brief, 31. Dezember 1791).

22 Vgl. neben Stolberg, ebd., etwa auch Kephalides, August Wilhelm: *Reise durch Italien und Sicilien*. Leipzig 1818, Bd. I, S. 56 (Zehntes Kapitel). Auch Matthews, Henry: *The diary of an invalid, being the journal of a tour in pursuit of health in Portugal, Italy, Switzerland and France in the years 1817 1818 and 1819*. London [4]1824, Bd. I, S. 69 (13.–25. Dezember 1817).

23 Brosses 1991, s. Anm. 1, Bd. II, S. 230 (lettre XLVI).

24 Außer Volkmann und Owen erwähnen Cicero beim Besuch des Forums: Blainville 1743, s. Anm. 7, Bd. II, S. 488 (24. September 1707) und S. 502; Dupaty 1788, s. Anm. 13, Bd. I, S. 171; Moritz 1792/93, s. Anm. 12, Bd. I, S. 222; de Lesser 1806, s. Anm. 4, S. 244; Matthews [4]1824, s. Anm. 22, Bd. I, S. 69 (13.–25. Dezember 1817); auch Schlegel, Philipp Christian Benedikt: *Italiens reizendste Gefilde. Empfindsam durchwandert von P. C. B. Schlegel*. Nördlingen [1814], Bd. I, S. 224.

25 Vgl. etwa Blainville 1743, s. Anm. 7, Bd. II, S. 502 (26. September 1707).

26 Zum Einfluss Ciceros auf politische Reden etwa in Großbritannien siehe Rawson, Elizabeth: *Cicero. A portrait*. Ithaca 1975, S. 304; Lacey, Walter K.: *Cicero and the end of the Roman republic*. London u. a. 1978, S. 174f.; Highet, Gilbert: *The classical tradition. Greek and Roman influences on Western literature*. New York u. a. [5]1964, S. 397. Zu Cicero im Lateinunterricht dieser Zeit Waquet, Françoise: *Le latin ou l'empire d'un signe, XVIe–XXe siècle*. Paris 1998, S. 17

27 Vgl. Blainville 1743, s. Anm. 7, Bd. II, S. 502 (26. September 1707). Auch Archenholz 1786, s. Anm. 2, Bd. II, S. 200: »der Plaz selbst zum gemeinen Viehmarkt herabgewürdigt, [...] wo die berühmten Rednerbühnen standen«. Ebenso Meyer, Friedrich Johann Lorenz: *Darstellungen aus Italien*. Berlin 1792, S. 168f.: »An der Stelle der Rostra, wo einst die mächtigen

Stimmen der Feldherren und Redner erschollen, um mit überwiegender Allgewalt die Volksversammlungen [169:] zu lenken, ist eine Marienkirche erbaut«. Auch Schlegel 1814, s. Anm. 24, Bd. I, S. 223: »So möchte man auch unter dieser Versammlung gern die Rednerbühne erblicken; möchte die ganze ungeänderte Form dieses wichtigen Forums erkennen.«

28 Meyer 1792, s. Anm. 27, S. 168.

29 Ebd., S. 169.

30 *The auto-biography of Edward Gibbon, Esq., illustrated from his letters, with occasional notes and narratives*, hg. v. John, Lord Sheffield. New York 1846, S. 169. Der vermeintliche »Jupitertempel« war freilich auch im 18. Jahrhundert schon seit einem halben Jahrtausend die Kirche S. Maria in Aracoeli.

31 Dupaty 1788, s. Anm. 13, Bd. I, S. 172.

32 Zusammengefasst in Gilpin, William: *Three Essays: On picturesque beauty; on picturesque travel; and on sketching landscape: to which is added a poem, on landscape painting*. London 1792.

33 Beckford, William: *Dreams, waking thoughts, and incidents, in a series of letters, from various parts of Europe*. London 1783, S. 204 (31. Oktober 1780).

34 Moritz 1792/93, s. Anm. 12, Bd. I, S. 129 und S. 222.

35 Ebd., Bd. I, S. 224.

36 Ebd., Bd. III, S. 152 (12. Februar 1788).

37 Matthews [4]1824, s. Anm. 22, Bd. I, S. 70 (13.–25. Dezember 1817).

38 Vgl. dazu die Unterlagen der *Commission des Embellissements* im Archivio di Stato, Rom, 146, Comm. Abb. Zum Garten siehe Pinon, Pierre: ›Le 'Jardin du Capitole'. Un premier projet d'intégration du Forum‹, in: *Archéologie et projet urbain*, hg v. Scheid, John. Rom 1985, S. 31–34.

39 Vgl. Hülsen, Christian: *Il Foro Romano. Storia e monumenti*. Rom 1905. Nachdruck, hg. v. Coarelli, Filippo. Rom 1982, S. 38–40.

40 Vasi, Mariano: *Itinerario istruttivo di Roma antica e moderna [...]*. Rom 1816, Bd. I, S. 65.

41 Quandt, Johann Gottlob von: *Streifereien im Gebiete der Kunst auf einer Reise von Leipzig nach Italien im Jahr 1815*. Leipzig 1819, Bd. II, S. 115.

42 Alle Zitate aus Müller, Wilhelm: *Rom, Römer und Römerinnen. Eine Sammlung vertrauter Briefe aus Rom und Albano [...]*. Berlin 1820, Bd. II, S. 164f. (30. Januar 1818).

43 Matthews [4]1824, s. Anm. 22, Bd. I, S. 77 (13.–25. Dezember 1817). Diese Feststellung findet sich auch schon in der Edition London 1820 (Bd. I, S. 68).

44 Wiedergegeben in Goethe, Johann Wolfgang: *Winckelmann und sein Jahrhundert*, hg. v. Lange, Victor, unter Mitarbeit v. Zehm, Edith, in: *Sämtliche Werke nach Epochen seines Schaffens. Münchner Ausgabe*, hg. v. Richter, Karl, in Zusammenarbeit mit Göpfert, Herbert G./Miller, Norbert/Sauder, Gerhard/Zehm, Edith, Bd. VI.2. München 1988, S. 195–401, hier S. 361.

45 »Viele Reste von Tempeln mußten abgetragen und wieder von neuem aufgerichtet werden, weil man zu spät bemerkte, das die Anbaue und Anfüllungen ihnen zu Stützen gedient hatten.« Quandt 1819, s. Anm. 41, Bd. II, S. 115.

1 [Johann Hermann von Riedesel zu Eisenbach:] *Reise durch Sicilien und Großgriechenland*, Zürich 1771. Zur Bedeutung Riedesels als Gründerfigur der deutschsprachigen Sizilien-Literatur sowie zu seiner Prägung durch Winckelmann vgl. Osterkamp, Ernst: ›Johann Hermann von Riedesels Sizilienreise: die Winckelmannsche Perspektive und ihre Folgen‹, in: *Europäisches Reisen im Zeitalter der Aufklärung*, hg. v. Jäger, Hans-Wolf. Heidelberg 1992, S. 93–106, bes. S. 96ff., und ders.: *Sizilien. Reisebilder aus drei Jahrhunderten*. München 1986, S. 363ff.

2 Osterkamp 1986, s. Anm. 1, S. 383 (Nachwort).

3 Ebd., S. 377 (Nachwort).

4 Bartels, Johann Heinrich: *Briefe über Kalabrien und Sizilien*, 3 Bände. Göttingen 1787–1792. Die Bände 2 und 3 zu Sizilien erschienen 1789 und 1792. Zur Einordnung von Bartels großem Kompendium im Kontext der Sizilien-Literatur vgl. Osterkamp 1986, s. Anm. 1, S. 320.

5 Hager, Joseph: *Gemälde von Palermo*. Berlin 1799. Der Aufenthalt fiel in die Jahre 1794/96. Dem Fall des Abate Vella hat Leonardo Sciascia 1963 einen Roman gewidmet (*Il consiglio d'Egitto*, dt. *Der Abbé als Fälscher*), in dem auch Hager kurz erscheint.

6 Kephalides, August Wilhelm: *Reise durch Italien und Sicilien,* 2 Bände. Leipzig 1818.

7 Ebd., I, S. 271.

8 Ebd., I, S. 259.

9 Ebd., I, S. 260.

10 Zu den ästhetischen Implikationen dieses Prinzips und zur »Illusion des Erhabenen« bei Piranesi vgl. die Studie von Miller, Norbert: *Archäologie des Traums. Versuch über Giovanni Battista Piranesi*. München 1978.

11 Burke, Edmund: *Philosophische Untersuchung über den Ursprung unserer Ideen vom Erhabenen und Schönen. [A Philosophical enquiry into the origin of our ideas of the sublime and beautiful]*, übers. v. Bassenge, Friedrich, neu eingeleitet u. hg. v. Strube, Werner. Hamburg [2]1989. Nach Burke ist dasjenige, »was für den Gesichtssinn schrecklich ist, [...] auch erhaben«. Als Beispiele nennt er Wesen, »die durchaus nicht groß sind und doch Ideen von Erhabenem erwecken können, weil sie als Objekte des Schreckens angesehen werden, wie etwa Schlangen und fast alle Arten giftiger Tiere. Und wenn wir mit Dingen von großen Dimensionen« – wie sie ja in Selinunt durchaus zu betrachten sind – »zufällig noch die Idee des Schrecklichen verknüpfen, so werden sie unvergleichlich erhabener« (ebd., S. 91f.). Im Abschnitt über »Riesigkeit« hebt Burke hervor, dass die »Tiefe« eines »Abgrund[es]« besonders geeignet sei, Erhabenheitsgefühle zu generieren (ebd., S. 108f.); bereits in der schieren »Größe der Dimensionen bei Gebäuden« sieht er eine wichtige Voraussetzung, damit sich die »Einbildungskraft [...] zur Idee der Unendlichkeit erheben« könne, die wiederum Erhabenheitsgefühle auslöse (ebd., S. 113; zur [Illusion von] »Unendlichkeit« als Faktor siehe ebd., S. 110).

12 Kephalides 1818, s. Anm. 6, I, S. 260. Kephalides bezieht sich hier auf das Ge-

schichtswerk des sizilianischen Dominikaners Tommaso Fazello, der nicht zuletzt auch die Ruinen des antiken Selinunt wiederentdeckt und identifiziert hatte (Fazello, T.: *De rebus Siculis decades duae*. Palermo 1558). Philipp Clüvers (Cluverius') *Siciliae Antiquae libri duo* erschienen 1619 in Leiden.

13 Kephalides 1818, s. Anm. 6, I, S. 227.

14 Ebd., S. 228f.

15 Goethe, Johann Wolfgang: *Italienische Reise*, Teil I, hg. v. Michel, Christoph/Dewitz, Hans-Georg. Frankfurt a.M. 1993 (J. W. G.: *Sämtliche Werke. Briefe, Tagebücher und Gespräche*, I. Abteilung, Bd. 15/1). Die Beschreibung der »pallagonischen [sic] Raserei« findet sich unter dem Eintrag zum 9. April 1787, S. 260ff.

16 Kephalides 1818, s. Anm. 6, I, S. 234f.

17 Bartels 1792, s. Anm. 4, III, S. 538f.

18 Rehm, Walther: *Götterstille und Göttertrauer. Aufsätze zur deutsch-antiken Begegnung* [1931]. Bern 1951.

19 Bartels 1792, s. Anm. 4, III, S. 538f.

20 Ebd., S. 653f.; alle vorigen Zitate ebd.

21 Ebd., S. 656.

22 Ebd., S. 656f.

23 Der Vorwurf der Bigotterie erscheint auch in Goethes oben erwähnter Schilderung der Villa Palagonia; hier wird der »Kapelle« des Fürsten besondere Aufmerksamkeit gezollt, da man in ihr »Aufschluss über den ganzen Wahnsinn« finde, »der nur in einem bigotten Geiste bis auf diesen Grad wuchern konnte. Wie manches Fratzenbild einer irregeleiteten Devotion sich hier befinden mag geb' ich zu vermuten, das Beste jedoch will ich nicht vorenthalten. Flach an der Decke nämlich ist ein geschnitztes Kruzifix von ziemlicher Größe befestigt, nach der Natur angemalt, lackiert mit untermischter Vergoldung. Dem Gekreuzigten in den Nabel ist ein Haken eingeschraubt, eine Kette aber die davon herabhängt befestigt sich in den Kopf eines kniend-betenden in der Luft schwebenden Mannes der, angemalt und lackiert wie alle übrigen Bilder der Kirche, wohl ein Sinnbild der ununterbrochenen Andacht des Besitzers darstellen soll.« (Goethe 1993, s. Anm. 15, S. 264f.) Unter all diesen Irritationsmomenten – deren harsche Verurteilung auch im Kontext von Goethes ablehnender Haltung gegenüber dem Katholizismus der Romantiker zu lesen ist – wird auch hier zweimal die besondere *Lackierung*, die farbige und vergoldete Fassung der Bizarrerien betont, die sich somit auch in die oben bereits hervorgehobene Irritation der Reisenden durch die überbordende sizilianische Farbigkeit einfügt; zur Vorliebe für Vergoldungen siehe Abschnitt II. Andere Autoren lassen sich umständlicher über die Bigotterie des Fürsten Palagonia aus: In seiner Schlosskapelle stellte er neben dem grotesken Leuchter, Reliquien und allerlei liturgischem Gerät auch diverse Geißeln, Stricke und dergleichen aus, die zum Beispiel von einem anonymen Verfasser im *Teutschen Merkur* 1785 mit dem Augenzwinkern des Libertins bedacht werden. Weitere Hinweise dazu in der materialreichen Studie von Achim Aurnhammer: ›Das Ärgernis der Villa Palago-

nia: zum Bedeutungswandel der Antiklassik im deutschen Sizilien-Bild (1770–1820)‹, in: *»Italien in Germanien«: deutsche Italien-Rezeption von 1750–1850*, hg. v. Hausmann, Frank-Rutger/Knoche, Michael/Stammerjohann, Harro. Tübingen 1996, S. 17–36, vor allem S. 28ff.; zu Berichten über das »angebliche Flagellantentum« des Fürsten Palagonia ebd., S. 29f.

24 Bartels 1792, s. Anm. 4, III, S. 582f.

25 Ebd., S. 583f.

26 Hager 1799, s. Anm. 5, S. 118f.

27 Bartels 1792, s. Anm. 4, III, S. 627.

28 Ebd., S. 628ff.

29 Vgl. dazu auch Osterkamp 1986, s. Anm. 1, S. 365 (Nachwort).

30 Bartels 1792, s. Anm. 4, III, S. 628.

31 Ebd., S. 630.

32 Beckford, William: *Vathek. Eine orientalische Erzählung,* übersetzt und mit einem Nachwort von Helnwein, Gottfried. München 1985, S. 65.

33 Bartels 1792, s. Anm. 4, III, S. 630f.

34 Hager 1799, s. Anm. 5, S. 168f.

35 Ebd., S. 126f.

36 Ebd., S. 171ff.

37 Vgl. dazu Aurnhammer 1996, s. Anm. 23.

38 Wird durch plastische Ausgestaltung von Adern und Knorpeln die für Herder unbedingt notwendige »ununterbrochene schöne Form« missachtet, sind die Folgen nicht nur ästhetisch verheerend: »Nicht ganze Fülle *Eines* Körpers mehr, sondern Abtrennungen, losgelöste Stücke des Körpers, die seine Zerstörung weissagen«. Herder, Johann Gottfried: ›Plastik (1778)‹, in: *Herders sämmtliche Werke*, hg. v. Suphan, Bernhard, Bd. VIII. Berlin 1892, S. 27f. Vgl. dazu auch Mülder-Bach, Inka: *Im Zeichen Pygmalions: das Modell der Statue und die Entdeckung der »Darstellung« im 18. Jahrhundert*. München 1998, S. 100.

39 Bemerkenswert scheint, dass auch Wim Wenders im Jahre 2008 Sizilien als Setting für seinen Film *Palermo Shooting* gewählt hat, dessen primäres Thema der Tod ist. Der Photograph Finn wird dort auf unterschiedliche Weise mit dem Tod konfrontiert: Er trägt in düsteren Traumsequenzen seine verstorbene Mutter auf dem Rücken durch die Gänge der Kapuzinerkatakomben in Palermo; die Restauratorin Flavia arbeitet an dem Fresko *Trionfo della Morte* aus dem 15. Jahrhundert im Palermitaner Palazzo Abatellis; Finn wird mehrfach von einem obskuren Bogenschützen mit Pfeilen beschossen, der sich letztlich als personifizierter Tod zu erkennen gibt. Zudem erscheint in Wenders' Film eine weitere Photographin (Letizia Battaglia), die erzählt, dass sie die Gesichter von Toten photographiere, um sie vor dem Vergessen zu bewahren. Somit zeigt sich auch in *Palermo Shooting* die Verknüpfung der Todesthematik mit der medialen Repräsentation des menschlichen Antlitzes in der Kunst im Verhältnis zur Individualität des Subjekts und seiner Sterblichkeit. Dabei bereichert in *Palermo Shooting* die seit jeher mitreflektierte zeitliche Komponente des photographischen Mediums die Reflexionen um eine zusätzliche Facette, die durch die filmische Bannung

und gewissermaßen ›Mumifizierung‹ selbst noch des personifizierten Todes nochmals potenziert wird.

40 Hager 1799, s. Anm. 5, S. 128.

41 Schöne, Albrecht: *»Regenbogen auf schwarzgrauem Grunde« – Goethes Dornburger Brief an Zelter zum Tod seines Großherzogs.* Rede anläßlich des Symposions zu Ehren von Gerhard Joppich am 5. 11. 1978, unveränd. Nachdr. der 1. Aufl. Göttingen 1981, S. 8.

42 *Goethes Gespräche. Eine Sammlung zeitgenössischer Berichte aus seinem Umgang.* Auf Grund der Ausgabe von Flodoard Freiherrn von Biedermann, ergänzt u. hg. v. Wolfgang Herwig, Bd. 3: Zweiter Teil, 1825–1832. München 1998, S. 289.

Hojer »Ein Paradies bewohnt von Teufeln«

1 Wien, Österreichisches Staatsarchiv, Allgemeines Verwaltungsarchiv, Familienarchiv Harrach, K 62, Paul Charlier an Christian Cron, 9.9.1730.

2 Croce, Benedetto: *Un paradiso abitato da diavoli.* Mailand 2006.

3 Zitiert in Croce 2006, s. Anm. 2, S. 13.

4 Croce 2006, s. Anm. 2, S. 11f.

5 *Capolavori in festa. Effimero barocco a Largo di Palazzo (1683–1759),* Ausst.-kat., hg. v. Lattuada, Riccardo. Neapel 1997, Nr. 1.24, S. 180ff.

6 Dies ist besonders auffallend, da im Neapel des 17. Jahrhunderts eine zweite Vedutentradition existiert. Hier wird die Bevölkerung in Form von Staffagefiguren dargestellt, aber entschieden negativ charakterisiert. Zu den um 1656 entstandenen Katastrophenbildern von Domenico Gargiulo vgl. Hojer, Annette: ›Neapel zwischen Vesuv und Pest. Zur Bilderwelt des Ausnahmezustandes im 17. und 18. Jahrhundert‹, in: *Ästhetik der Ausschließung. Ausnahmezustände in Geschichte, Theorie, Medien und literarischer Fiktion,* hg. v. Ruf, Oliver. Würzburg 2009, S. 95–108.

7 Keyßler, Johann Georg: *Neueste Reisen durch Teutschland, Böhmen, Ungarn, die Schweitz, Italien, und Lothringen.* Hannover 1741, Bd. II, S. 209.

8 Ebd., S. 230.

9 Vgl. Siebers, Winfried: *Johann Georg Keyßler und die Reisebeschreibung der Frühaufklärung.* Würzburg 2009.

10 Montesquieu, Charles Louis de Secondat de: *Voyages de Montesquieu. Publiés par le Baron Albert de Montesquieu.* Bordeaux 1896, Bd. II, S. 18–23.

11 Wright, Edward: *Some observations made in travelling through France, Italy, &c. in the years 1720, 1721, and 1722.* London 1730, Bd. I, S. 149.

12 Vgl. *San Gennaro tra Fede Arte e Mito,* Ausst.-Kat., hg. v. Leone De Castris, Pierluigi. Neapel 1997.

13 Saint-Non, Jean-Claude Richard de: *Voyage pittoresque ou description des Royaumes de Naples et de Sicile.* Paris 1781, Bd. I, S. 226.

14 Montesquieu 1896, s. Anm. 10, S. 22f.

15 Vgl. der Beitrag von Constanze Baum in diesem Band.

16 Vgl. *Barock in Neapel. Kunst zur Zeit der österreichischen Vizekönige,* Ausst.-Kat., hg. v. Prohaska, Wolfgang/Spinosa, Nicola. Wien 1993.

17 Wien, Familienarchiv Harrach, s. Anm. 1, K 78/79, Johann Joseph Philipp an Aloys Thomas Raimund Graf Harrach, 14.12.1730.
18 Ebd., 8.10.1729.
19 Ebd., 3.1.1733.
20 Einführend Polleroß, Friedrich: ›Monumenta Virtutis Austriae. Addenda zur Kunstpolitik Kaiser Karls VI.‹, in: *Kunst – Politik – Religion. Studien zur Kunst in Süddeutschland, Österreich, Tschechien und der Slowakei. Festschrift für Franz Matsche zum 60. Geburtstag*, hg. v. Hörsch, Markus/Oy-Marra, Elisabeth. Petersberg 2000, S. 99–122.
21 *Barock in Neapel* 1993, s. Anm. 16, Nr. 65, S. 270f.
22 Pisani, Salvatore: ›'Ce peintre étant un peu délicat ...'. Zur europäischen Erfolgsgeschichte von Francesco Solimena‹, in: *Zeitschrift für Kunstgeschichte* 65 (2002), S. 43–72.
23 Prohaska, Wolfgang: ›Gemälde‹, in: *Geschichte der Bildenden Kunst in Österreich 4: Barock*, hg. v. Lorenz, Hellmut. München u.a. 1999, Nr. 168, S. 431f.
24 Aurenhammer, Hans: *Martino Altomonte*. Wien 1965, Nr. 66, S. 132.

Maurer Deutschlandsehnsucht

1 Nicolai, Gustav: *Italien, wie es wirklich ist. Bericht über eine merkwürdige Reise in den hesperischen Gefilden, als Warnungsstimme für Alle, welche sich dahin sehnen*, 2 Teile. Leipzig 1834, 1. Teil, S. 15f.
2 Zu Gustav Nicolai siehe auch: Wieder, Joachim: ›Italien, wie es wirklich ist, eine Polemik von 1833‹, in: *Festschrift Luitpold Dussler – 28 Studien zur Archäologie und Kunstgeschichte*, hg. von Schmoll, Josef Adolf. München 1972, S. 317–331; Beyer, Andreas: ›'Poussinische Vorderteile' – Oder von den Versuchen, die italienische Landschaft in Worten zu malen‹, in: *Kennst Du das Land – Italienbilder der Goethezeit* (Ausst.-Kat. München 2005), hg. v. Büttner, Frank/Rott, Herbert W. München 2005, S. 45–53; Richter, Dieter: *Der Süden – Geschichte einer Himmelsrichtung*. Berlin 2009, S. 146ff.
3 Magadino, 20. Juli 1833; Nicolai 1834, s. Anm. 1, 2. Teil, S. 325.
4 Ebd., 1. Teil, S. 2 und S. 11.
5 Hierzu vor allem: Thoenes, Christof: ›Felix Italia? Materialien zu einer Theorie der Italiensehnsucht‹, in: *Talismane. Klaus Heinrich zum 70. Geburtstag*, hg. v. Anselm, Sigrun/Neubaur, Caroline. Basel/Frankfurt a.M. 1998, S. 307–323; Pfotenhauer, Helmut: ›Erosion des klassischen Italienbildes. Hofmannsthals 'Sommerreise' (1903)‹, in: *Sprachbilder. Untersuchung zur Literatur seit dem 18. Jahrhundert*, hg. v. Pfotenhauer, Helmut. Würzburg 2000, S. 207–226; Busch, Werner: ›Zur Topik der Italienverweigerung‹, in: *Italiensehnsucht. Kunsthistorische Aspekte eines Topos*, hg. v. Wiegel, Hildegard. München/Berlin 2004, S. 203–210; Fitzon, Thorsten: *Reisen in das befremdliche Pompeji – Antiklassizistische Antikenwahrnehmung deutscher Italienreisender 1750–1870*. Berlin/New York 2004; Schröter, Elisabeth: ›Italien – ein Sehnsuchtsland? Zum entmythologisierten

Italienerlebnis der Goethezeit‹, in: *Italiensehnsucht*, s. o., S. 187–202; Rees, Joachim: ›Lust und Last des Reisens – Kunst- und reisesoziologische Anmerkungen zu Italienaufenthalten deutscher Maler 1770–1830‹, in: *Kennst Du das Land*, s. Anm. 2, S. 55–79; Frick, Werner: ›'Was hatte ich mit Rom zu tun? Was Rom mit mir?' Johann Gottfried Herder in der 'alten Hauptstadt der Welt' (1788–89)‹, in: *Rom – Europa. Treffpunkt der Kulturen*, hg. v. Chiarini, Paolo. Würzburg 2006, S. 135–172; Wandschneider, Andrea: ›Die Verstörung des romantischen Blicks. Zur Bildkonzeption Friedrich Nerlys‹, in: *Römische Tage – venezianische Nächte – Friedrich Nerly zum 200. Geburtstag*, hg. v. Morath-Vogel, Wolfram. Erfurt 2007, S. 33–46. Verwiesen sei auch auf die Beiträge der im Erscheinen begriffenen Akten der von Jörg Lauster, Michael Matheus und Martin Wallraff organisierten Tagung ›Rombilder im deutschsprachigen Protestantismus. Begegnungen mit der Stadt im 'langen' 19. Jahrhundert‹ am Deutschen Historischen Institut in Rom (2009), hier besonders der Beitrag von Markus Buntfuß (›Von Rom kuriert, in Neapel genesen. Herders andere Italienreise‹) und des Verfassers (›Rom wie es war – und wie es wirklich ist. Rombilder von Wilhelm v. Humboldt bis Gustav Nicolai‹).

6 Zur mittelalterlichen Italien- und insbesondere Romenttäuschung in deutschen Quellen siehe: Benzinger, Josef: *Invectiva in Romam – Romkritik vom 9. bis zum 12. Jahrhundert*. Lübeck 1968.

7 Das Thema ist Schwerpunkt meines Forschungsprojekts zur deutschen Italienwahrnehmung von Winckelmann bis Brinkmann.

8 Herder an Herzogin Anna Amalia, Weimar, 18. September 1789. Herder, Johann Gottfried: *Italienische Reise – Briefe und Tagebuchaufzeichnungen 1788–1789*, hg. v. Meier, Albert/Hollmer, Heide. München 1988 (zit. n. d. 2. Aufl. 2003), S. 529. Zu den Vorläufern von Nicolais enttäuschter Italienvorstellung zählen auch: Archenholz, Johann Wilhelm von: *England und Italien*, 5 Teile. Karlsruhe 1791; Kotzebue, August von: *Erinnerungen von einer Reise aus Liefland nach Rom und Neapel*, 3 Bde. Berlin 1805; Niebuhr, Barthold Georg: *Briefe aus Rom 1816–1823* (Briefe, Neue Folge 1816–1830, hg. v. Vischer, Eduard, Bd. I). Bern/München 1981.

9 Nicolai 1834, s. Anm. 1, 1. Teil, S. 3.

10 Ebd., 1. Teil, S. 9f.

11 Beyer, Andreas/Miller, Norbert: ›Bestimmung und Selbstbestimmung Goethes in der 'Italienischen Reise' – Zur Entstehungsgeschichte‹, in: Goethe, Johann Wolfgang: *Italienische Reise*, Münchner Ausgabe, Bd. 15. München 1992, S. 657–700, hier S. 692.

12 Nicolai 1834, s. Anm. 1, 1. Teil, S. 12f.

13 »Ein dichter Orangenwald nahm uns auf in seinen duftenden Schatten. Inmitten des glänzenden Grüns hingen die tausend und tausend goldenen Bälle an den brechenden Zweigen, ein Laubhimmel voll strahlender Fruchtsonnen«; von Elsholtz, Franz: *Ansichten und Umrisse aus den Reise-Mappen zweier Freunde*, 2 Teile. Berlin/Stettin 1831, hier 2. Teil, S. 160. »Hier sieht man zuerst ein Palmenwäldchen«; Rumohr, Carl Friedrich von: *Drey Reisen nach Italien – Erinnerungen*. Leipzig 1832, hier Erste Reise, S. 125.

14 Neapel, 20. Juni 1833; Nicolai, 1834, s. Anm. 1, 1. Teil, S. 292. Nicolai orientiert sich hier offensichtlich an Wehrhan, Otto Friedrich: *Fußreise zweyer Schlesier durch Italien und ihre Begebenheiten in Neapel*. Breslau 1821, S. 313, wo es heißt: »Die sogenannten Citronen- und Orangenwälder sind immer nur Anpflanzungen in der Nähe von Örtern. Eben so gut könnte man die Pflaumengärten, wie sie um die Schlesischen Dörfer so häufig gefunden werden, Pflaumenwälder nennen.«
15 So erschienen 1835 seine *Arabesken für Musikfreunde*, die in zwei Bänden Essays, Satiren und Aufsätze zu musikalischen Themen enthielten.
16 Neapel, 26. Juni 1833; Nicolai 1834, s. Anm. 1, 2. Teil, S. 111ff.
17 Nicolai 1834, s. Anm. 1, 1. Teil, S. 3.
18 Ebd., 1. Teil, S. 3f.
19 Ebd., 1. Teil, S. 2.
20 Herder an Caroline Herder, Rom, 27. Dezember 1788; Herder 1988, s. Anm. 8, S. 289.
21 Nicolai 1834, s. Anm. 1, 1. Teil, S. 35.
22 Florenz, 6. Juni 1833; ebd., 1. Teil, S. 105.
23 Florenz, 6. Juni 1833; ebd., 1. Teil, S. 109f.
24 Florenz, 8. Juni 1833; ebd., 1. Teil, S. 145f.
25 Nicolai 1834, 1. Teil, S. 139f.
26 Rom, 11. Juni 1833; ebd., 1. Teil, S. 178.
27 Ebd., 1. Teil, S. 181.
28 Rom, 14. Juni 1833; ebd., 1. Teil, S. 227.
29 Neapel, 18. Juni 1833; ebd., 1. Teil, S. 265f.
30 Ebd., 2. Teil, S. 112f. Schon in Rom hatte Nicolai angesichts ihm recht gewöhnlich erscheinender Lorbeerhecken vermutet: »Es ist nur der Name, der hier der Sache den Reiz verleiht. Wenn man den Enthusiasten mit verbundenen Augen in eine deutsche Landschaft führen, und ihm hier die Binde abnehmen und ihm die Bäume mit italienischen Namen bezeichnen wollte, würde er unfehlbar Alles schöner finden, als es wirklich sein möchte.« Rom, 1. Juli 1833; ebd., 2. Teil, S. 150.
31 Ebd., 1. Teil, S. 5.
32 Ebd.
33 Herder an Caroline Herder, Rom, 4. November 1788; Herder 1988, s. Anm. 8, S. 208f.
34 Herder an Goethe, Rom, 27. Dezember 1788; Herder 1988, s. Anm. 8, S. 293.
35 Herder an Luise von Diede, Neapel, 10. Februar 1789; Herder 1988, s. Anm. 8, S. 336.
36 Auf die 1785 erstmals publizierte Italienreise des Johann Wilhelm von Archenholz wurde Nicolai erst nach Erscheinen seines Buches aufmerksam. In der zweiten Auflage schreibt er hierzu: »Mit Erstaunen habe ich daraus ersehen, daß dieser Gelehrte, der 16 Jahre seines Lebens darauf verwandte, Europa zu durchreisen und kennen zu lernen, und der sich durch seine Beobachtungsgabe und Weltkenntnis so sehr berühmt gemacht hat, in vielen Punkten fast wörtlich mit mir übereinstimmt.« Nicolai 1834, s. Anm. 1, 2. Teil, S. 259.

37 Neapel, 26. Juni 1833; ebd., S. 110.
38 Ebd., S. 111.
39 Ebd.
40 Ebd., 2. Teil, S. 344.
41 Nicolai, Gustav: *Italien, wie es wirklich ist. Bericht über eine merkwürdige Reise in den hesperischen Gefilden, als Warnungsstimme für Alle, welche sich dahin sehnen, von Gustav Nicolai, Königl. Preuß. Divisions-Auditeur. Zweite vermehrte und verbesserte Auflage, nebst einem Anhange, enthaltend sämmtliche in öffentlichen Blättern erschienene Beurtheilungen des Werks, mit Anmerkungen vom Verfasser*, 2 Bde. Leipzig 1835, II, S. 367, Anm. 1.
42 Archenholz 1791, s. Anm. 8, 5. Teil, S. 219f.
43 Herder an Goethe, Rom, 27. Dezember 1788; Herder 1988, s. Anm. 8, S. 293f.
44 Kotzebue 1805, s. Anm. 8, 3. Teil, S. 444.
45 Ebd., 3. Teil, S. 445.
46 Goethe, *Sämtliche Werke*, Münchner Ausgabe, Bd. 3.2, München 1990, S. 85/124 (Epigramme).
47 »Unter andern sagte er auch daß er 14 Tage vor der Abreise aus Rom täglich wie ein Kind geweint habe; das hat mich sehr gejammert.« Caroline Herder an Herder, Weimar, 7. August 1788; Herder 1988, s. Anm. 8, S. 26.
48 Goethe 1990, s. Anm. 46, Bd. 3.2, S. 149 (Epigramme, Venedig 1790).
49 Rom, 3. Dezember 1816; von der Hagen, Friedrich Heinrich: *Briefe in die Heimat aus Deutschland, der Schweiz und Italien*, 4 Bde. Breslau 1818–1821, Bd. II, S. 322.
50 Herder an Goethe, Rom, 27. Dezember 1788; Herder 1988, s. Anm. 8, S. 293.
51 Velletri, 16. Juni 1833; Nicolai 1834, s. Anm. 1, 1. Teil, S. 237.
52 Nicolai 1835, s. Anm. 41, II, S. 321.
53 Velletri, 16. Juni 1833; Nicolai 1834, s. Anm. 1, 1. Teil, S. 237.
54 Zu den Reaktionen auf Nicolais Buch siehe ausführlicher Wieder 1972, s. Anm. 2.
55 Vgl. Beyer 2005, s. Anm. 2, S. 52.
56 Wieder 1972, s. Anm. 2, S. 326. Siehe dagegen Beyer 2005, s. Anm. 2 und Rees 2005, s. Anm. 5.
57 Hehn, Victor: *Reisebilder aus Italien und Frankreich*, hg. v. Schiemann, Theodor. Stuttgart 1894 (1839/40), S. XVIII–XIX; all die hier angeführten Zitate Victor Hehns stammen aus einem um 1840 entstandenen, jedoch erst posthum 1894 veröffentlichten Textfragment.
58 Siehe hierzu: Thoenes, Christof: ›Die deutschsprachigen Reiseführer des 19. Jahrhunderts‹, in: *Deutsches Ottocento – Die deutsche Wahrnehmung Italiens im Risorgimento*, hg. v. Esch, Arnold/Petersen, Jens. Tübingen 2000, S. 31–48.
59 Münz, Sigmund: *Römische Reminiscenzen und Profile*. Berlin [2]1900, S. I–II.
60 Hetzer, Theodor: *Erinnerungen an Italienische Architektur*. Godesberg 1951 [1946], S. 10f.

Imorde Zur Konstitution kultureller Überlegenheit

1 Freud, Sigmund: *Unser Herz zeigt nach dem Süden. Reisebriefe 1895–1923*, hg. v. Tögel, Christfried/Molnar, Michael. Berlin 2003, S. 205 [Brief an den Bruder Alexander vom 17. September 1905].

2 Bie, Oskar: *Reise um die Kunst*. Berlin 1910, S. 27–40, hier S. 38.

3 Sirius, Peter: *Kennst Du das Land? Wander- und Wundertage in Italien und Sicilien*. Leipzig/Zürich o. J. [[2]1897], S. 102.

4 Schiemann, Theodor: ›Vorwort‹, in: Hehn, Victor: *Reisebilder aus Italien und Frankreich*, hg. v. Schiemann, Theodor. Stuttgart 1894, S. III–XX, hier S. VII.

5 Reumont, Alfred von: *Neue Römische Briefe von einem Florentiner*, Zwei Theile. Leipzig 1844, II, S. 313f.

6 Kritisch Kaden, Woldemar: ›Vom Tiber nach dem Aetna‹, in: Stieler, Karl/Paulus, Eduard/Kaden, Woldemar: *Italien*. [...] Stuttgart 1876, S. 191–430, hier S. 250f.: »Sie erinnern sich jener Unglücklichen, die [...] auf den Bänken unter den Blüthenbäumen oder vor dem griechischen Marmor Stunden und Stunden saßen und Bädeker und Gsell-Fels studirten, oder mit triefenden Stirnen an uns vorüberhasteten, um, ehe die Hotelglocke zu Tisch läutet, noch rasch ihr Tagespensum abgehaspelt zu haben.«

7 Fritz Wichert spricht kritisch von »jener Gattung unersättlicher Reisender, die nichts anderes zu tun wissen, als das Reisehandbuch Punkt für Punkt zu kontrollieren und die Konstatierungsfreude mit Kunstgenuss zu verwechseln«. Wichert, Fritz: ›Die bildende Kunst als Mittel zur Selbstgestaltung des Volkes‹, in: *Die Kunstmuseen und das deutsche Volk*, hg. v. Pauli, Gustav/Koetschau, Karl. München 1919, S. 21–44, hier S. 29.

8 Bezogen auf Reisegruppen in Verona s. Diesel, Eugen: *Autoreise 1905*. Leipzig 1943, S. 173.

9 Gombrich, Ernst H.: *Aby Warburg. An Intellectual Biography. With a Memoir on the History of the Library by F. Saxl*. London 1970, S. 111. Gombrich zitiert aus dem »Nympha Fragment« Warburgs.

10 Feuerbach, Anselm: *Ein Vermächtnis von Anselm Feuerbach*, hg. v. Feuerbach, Henriette. Berlin 1911, S. 254–257, hier S. 254.

11 Hartlieb, Wladimir von: *Italien. Alte und neue Werte. Ein Reisetagebuch*. München 1927, S. 522f. [Florenz, 14. April 1925].

12 Burckhardt, Jacob: ›Italienische Erfahrungen‹ [Kölnische Zeitung, Nr. 92 und 93 vom 2. und 3. April 1847], in: ders.: *Unbekannte Aufsätze Jacob Burckhardt's aus Paris, Rom und Mailand*, eingel. u. hg. v. Oswald, Josef. Basel 1922, S. 88–107, hier S. 106f.

13 Springer, Anton: *Aus meinem Leben. Mit Beiträgen von Gustav Freytag und Hubert Janitschek und mit zwei Bildnissen*. Berlin 1892, S. 86f.

14 Drewes, Ludwig: *Reiseeindrücke von Kunst und Leben in Italien*, Theil I. Helmstedt 1901, S. 8.

15 Fletcher, John: *Frederick Sefton Delmer. From Herman Grimm and Arthur Streeton to Ezra Pound*. Sydney 1991, S. 26, mit Verweis auf ein Notizbuch Delmers: »And as one sits, there pass by all types. I have seen an excellent Shylock and many a Jessica, and as for Iago ... ! and Desdemona once ...«

16 Wyl, Wilhelm (Wilhelm Ritter von Wymetal): *Franz von Lenbach. Gespräche und Erinnerungen*. Stuttgart/Leipzig 1904, S. 39.
17 Siehe Gsell-Fels, Theodor: *Rom und Mittel-Italien*, Bd. I: *Mittel-Italien und die römische Campagna*. Leipzig [2]1875, S. V–VIII [Vorwort zur ersten Auflage], hier S. VII.
18 Budde, E.: *Staunemayer's römische Kunstfahrten herausgegeben von E. Budde*. Bonn 1884, S. 16.
19 Scheffler, Karl: *Italien. Tagebuch einer Reise*. Leipzig 1913, S. 286.
20 Hartlieb 1927, s. Anm. 11, S. 75 [Neapel, 28. April 1924].
21 Hansjakob, Heinrich: *In Italien. Reise-Erinnerungen*, Zwei Bände. Mainz 1877, II, S. 363.
22 Siehe Justi, Carl: *Briefe aus Italien*, 2. ergänzte Aufl. Bonn 1922, S. 6–10 [An die Mutter, Rom, den 1. April 1867], hier S. 6: »Jeder Blick in eine Straße ist ein Gemälde, jede Figur, die einem begegnete, würde in einem Skizzenbuch Figur machen.«
23 Homberger, Heinrich: ›Karl Hillebrand‹, in: Ders.: *Ausgewählte Schriften. Essays und Fragmente*. München 1928, S. 65–107, hier S. 98.
24 Kaden, Woldemar: *Neue Welschland-Bilder und Historien*. Leipzig 1886, S. 273–298 [Großes Gesindel], hier S. 277.
25 Brief Eugen Petersens an Ernst Steinmann, Rom, 16. September 1898. Zitiert nach Archiv zur Geschichte der Max-Planck-Gesellschaft (MPG), Abt. III, Rep. 63, Nr. 1563, 22r–23v, hier 23r.
26 Ein Wort Eduard Sprangers. Siehe Spranger, Eduard: *Das humanistische und das politische Bildungsideal im heutigen Deutschland*. Berlin 1916, S. 9: »Selbstvollendung, dies individualistische Ideal, leuchtet also als Stern über dem Gymnasium des 19. Jahrhunderts.«
27 *Romain Rolland – Malwida von Meysenbug. Ein Briefwechsel 1890–1891*, hg. v. Schleicher, Berta. Stuttgart 1932, S. 184f. [Rolland an Malwida, Florenz, Freitag, 31. Oktober 1890], hier S. 185.
28 Kaden 1876, s. Anm. 6, S. 191–430, hier S. 210f.: »Sehr malerisch diese Straßenbilder, nette Gruppen für Bleistiftreisende, aber Alles an seinem Orte: einer modern zu frisirenden Stadt steht solches Ungeziefer nicht zu Gesicht.«
29 Zu einem Aufenthalt in Chioggia: Benjamin, Walter: ›Meine Reise in Italien Pfingsten 1912‹, in: Benjamin, Walter: *Gesammelte Schriften VI*, hg. v. Tiedemann, Rolf/Schweppenhäuser, Hermann. Frankfurt a. M. 1985, S. 252–292, hier S. 282: »Wir gehen über die Brücke, auf der schmutzige Menschen in den widerlichsten Haltungen sitzen – manche haben verschwollene Gesichter. Die aufdringlichen Anerbietungen beginnen wieder.«
30 Wagner, Cosima: *Die Tagebücher*, 2 Bde., ediert u. kommentiert von Gregor-Dellin, Martin/Mack, Dietrich. München/Zürich 1976–1977, II, S. 923–925 [5. April 1882], hier S. 924.
31 Ebd., II, S. 493f. [21. Februar 1880], hier S. 493: »eigentümliches Gefühl des Heimischseins hier, weil außer der Welt und ein Traum!«
32 Vgl. *Wilhelm von Humboldt. Sein Leben und Wirken, dargestellt in Briefen, Tagebüchern und Dokumenten seiner Zeit*, ausgewählt u. zusammengestellt

von Freese, Rudolf. o. O., o. J. [1955], S. 470–476 [An Schiller, Rom, den 30. April 1803], hier S. 473.

33 Noack, Friedrich: *Das Deutschtum in Rom seit dem Ausgang des Mittelalters*, 2 Bde. Stuttgart 1927, I, S. 668.

34 Justi 1922, s. Anm. 22, S. 141–150 [An die Seinen, Rom, den 12. Januar 1868], hier S. 149f.

35 Michels, Robert: *Italien von heute. Politische und wirtschaftliche Kulturgeschichte von 1860 bis 1930*. Zürich/Leipzig 1930, S. 104.

36 Goltz, Bogumil: *Zur Charakteristik der Spanier, Italiener und Franzosen. Ethnographische Skizzen*. Berlin 1858, S. 19.

37 Kurz, Isolde: *Unsere Carlotta. Erzählung*. Leipzig 1902, S. 1. Siehe Roeck, Bernd: *Florenz 1900. Die Suche nach Arkadien*. München 2001, S. 111.

38 Meyer, Arnold Oskar: ›Einiges über den italienischen Volkscharakter‹, in: *Mitteilungen der Schlesischen Gesellschaft für Volkskunde* 21 (1909), S. 1–37, hier S. 4f. Meyer nimmt »verschiedene Alter« der Völker und Kulturen an.

39 Bezogen auf die deutschen Künstler in Rom s. Thoma, Hans: ›Italienische Reisen‹, in: Thoma, Hans: *Im Herbste des Lebens. Gesammelte Erinnerungsblätter*. München 1909, S. 56–83, hier S. 57.

40 Philippson, Ludwig: ›Der Verfall der Völker‹, in: Philippson, Ludwig: *Weltbewegende Fragen in Politik und Religion. Aus den letzten dreißig Jahren*. Erster Theil: *Politik*. Leipzig 1868, S. 16–23, hier S. 20.

41 Heyck, Eduard: ›Zur Einleitung‹, in: *Moderne Kultur. Ein Handbuch der Lebensbildung und des guten Geschmacks*, hg. v. Heyck, Ed., Erster Band: *Grundbegriffe. Die Häuslichkeit*. Stuttgart/Leipzig 1907, S. 1–15, hier S. 8.

42 Anonym: ›Italienische Kunst in deutscher Bearbeitung‹, in: *Die Grenzboten. Zeitschrift für Politik, Litteratur und Kunst* 57, 2 (1898), S. 32–40, hier S. 33.

43 Scherer, Hermann: *Auf der Wanderung. Gesammelte Feuilletons aus den Jahren 1883–1895*, hg. v. Scherer, C. Frankfurt a. M. 1907, S. 115–161 [Römische Sitten-Schilderungen, Februar 1890], hier S. 155.

44 Waetzoldt, Wilhelm: ›Trilogie der Museumsleidenschaft (Bode–Tschudi–Lichtwark)‹, in: *Zeitschrift für Kunstgeschichte* 1 (1934), S. 5–12, hier S. 9.

45 Vgl. den Kommentar zu Borchardts Brief in: Borchardt, Rudolf: *L'Italia e la poesia tedesca. Aufsätze und Reden 1904–1933*, hg. v. d. Deutsch-Italienischen Vereinigung e. V., übers. u. erläutert v. Schuster, Gerhard/Della Cave, Ferruccio. Frankfurt a. M. 1988, S. 118–135. Dort werden die öffentlichen Sendschreiben von Giacomo Boni und Luca Beltrami, auf die Borchardt reagiert, in deutscher Übersetzung abgedruckt.

46 Unverhohlen wird der Kulturimperialismus zum Beispiel von Josef Strzygowski ausgesprochen. Siehe Strzygowski, Josef: ›Erworbene Rechte der österreichischen Kunstforschung im nahen Orient‹, in: *Österreichische Monatsschrift für den Orient* 40 (1914), Nr. 1 u. 2, S. 1–14, hier S. 1.

47 Grimm, Herman: ›Geschichte der Italiänischen Malerei als Universitätsstudium‹, in: *Preußische Jahrbücher* 25 (1869), S. 156–163, hier S. 156.

48 Zu Verona Benvenuta (d. i. Magda von Hattingberg): *Über die Alpen in das Land Italia. Reisebilder*. Weimar 1890, S. 25.

49 Hitzeroth, Carl: *Italia. Erinnerungen einer Reise*. Marburg a. d. Lahn 1938, S. 1f., hier S. 2.
50 Wilser, Ludwig: *Stammbaum und Ausbreitung der Germanen*. Bonn 1895, S. 24. Siehe auch Driesmans, Heinrich: *Das Keltentum in der europäischen Blutmischung. Eine Kulturgeschichte der Rasseninstinkte*. Leipzig 1900, S. 179f.
51 Schon in Woltmann, Ludwig: *Politische Anthropologie. Eine Untersuchung über den Einfluss der Descendenztheorie auf die Lehre von der politischen Entwicklung der Völker*. Eisenach/Leipzig 1903, S. 293f.
52 Woltmann, Ludwig: *Die Germanen und die Renaissance in Italien. Mit über hundert Bildnissen berühmter Italiener*. Leipzig 1905, S. 150.
53 Ebd., S. 69.
54 Ebd., S. 141.
55 Moeller van den Bruck, Arthur: *Die italienische Schönheit*. München 1913, S. 218.
56 Woltmann, Ludwig: *Die Germanen in Frankreich. Eine Untersuchung über den Einfluss der Germanischen Rasse auf die Geschichte und Kultur Frankreichs. Mit 60 Bildnissen berühmter Franzosen*. Jena 1907, S. 123.
57 Woltmann, Ludwig: ›Zur Germanenfrage in der italienischen Renaissance‹, in: *Politisch-Anthropologische Revue* 5 (1906/07), S. 244–246, hier S. 245.
58 Chamberlain, Houston Stewart: *Die Grundlagen des neunzehnten Jahrhunderts*, Zwei Hälften. München 1899, II, S. 696.
59 Siehe zur »Renaissance« Schorer, Georg: *Deutsche Kunstbetrachtung*. München 1939, S. 68.
60 Chamberlain 1899, s. Anm. 58, II, S. 698.
61 Zu den Italienern seiner Zeit s. ebd., II, S. 699.
62 Ebd., II, S. 698.
63 Diederichs, Eugen: *›Roms Name wirkt wie ein Zauber!‹ Bericht einer Reise durch Italien in den Jahren 1896/97*, hg. v. Agthe, Kai. Bucha bei Jena 2004, S. 12.
64 Ebd., S. 14f.
65 Ebd., S. 35.
66 Diederichs, Eugen: *Aus meinem Leben* [1927], Sonderausgabe. Jena 1938, S. 25.
67 Dehmel, Richard: *Bekenntnisse*, Erste und zweite Aufl. Berlin 1926, S. 41 [18. Februar 1894].
68 Diederichs 2004, s. Anm. 63, S. 58f.
69 *Eugen Diederichs Leben und Werk, Ausgewählte Briefe und Aufzeichnungen*, hg. v. Strauß und Torney-Diederichs, Lulu von. Jena 1936, S. 36.
70 Muthesius, Hermann: *Italienische Reise-Eindrücke*. Berlin 1898, S. 39.
71 Hart, Julius: ›Individualismus und Renaissance-Romantik‹, in: Hart, Julius: *Der Neue Gott. Ein Ausblick auf das kommende Jahrhundert*. Florenz/Leipzig 1899, S. 73–116, hier S. 97.
72 Bezogen auf das Buch *Am Grabe der Mediceer*, s. Uhde, Wilhelm: *Von Bismarck bis Picasso. Erinnerungen und Bekenntnisse*. Zürich 1938, S. 81f.
73 Borchardt, Rudolf: ›Deutschland und die Verwilderung Italiens‹, in: ders.:

Prosa V, hg. v. Borchardt, Marie Luise/Ott, Ulrich. Stuttgart 1979, S. 111–126, hier S. 116.

74 Anonym: ›Italien‹, in: *Neues Conversations-Lexikon. Staats- und Gesellschaftslexikon*, hg. v. Wagener, Herrmann, Zehnter Band: *Illyrien bis Kalandsgilden*. Berlin 1862, S. 178–312, hier S. 186.

75 Marcone, Arnaldo: ›Die deutsch-italienischen Beziehungen im Spiegel der Biographie Mommsens‹, in: *Theodor Mommsen. Wissenschaft und Politik im 19. Jahrhundert*, hg. v. Demandt, Alexander/Goltz, Andreas/Schlange-Schöningen, Heinrich. Berlin/New York 2005, S. 142–162, hier S. 175.

76 Gregorovius, Ferdinand: *Römische Tagebücher 1852–1889*, hg. u. kommentiert v. Kruft, Hanno-Walter/Völkel, Markus. München 1991, S. 370 [Rom, den 29. Mai 1876].

77 Meyer 1909, s. Anm. 38, S. 4.

78 Goltz 1858, s. Anm. 36, [Italien] II.

79 Noack 1927, s. Anm. 33, I, S. 660.

80 Clemen, Paul: ›Die italienische Kunst und Wir‹, in: *Italienische Kunst. Plastik / Zeichnung / Malerei. Ausgewählte Meisterwerke in 128 Aufnahmen*. Berlin/Zürich 1936, S. 5–11, hier S. 11.

81 Bollenbeck, Georg: *Tradition, Avantgarde, Reaktion. Deutsche Kontroversen um die kulturelle Moderne 1880–1945*. Frankfurt a. M. 1999, S. 165.

Kittner Bilder vom Ende der Welt

1 Kieven, Elisabeth: ›Beobachtungen zum Verhalten französischer Künstler in Rom‹, in: *Italien in Aneignung und Widerspruch*, hrsg. v. Oesterle, Günter/Roeck, Bernd/Tauber, Christine. Tübingen 1996, S. 8–14, hier S. 13.

2 Brinkmann, Rolf Dieter: *Rom, Blicke*. Reinbek 1979.

3 Ders.: *Aus dem Notizbuch, Rom 1972/73, »World's End«, Text und Bilder*. Rom 1973.

4 Brief von Richard Huelsenbeck an Hannah Höch, Dortmund, 11. Oktober 1920: »Die Dadaisten sind in Genua um die Zeitschrift ›Bleu‹, insbesondere Altomare, Maria d'Arezzo. Sie können sich an alle unter der Berufung auf mich wenden: salutationi, maccaroni, dada.« In: Berlinische Galerie (Hg.): *Hannah Höch. Eine Lebenscollage, 1889–1920*. Archiv-Edition, Bd. I (2). Berlin 1989, S. 702.

5 Ebd., S. 635.

6 *Hannah Höch, Reisetagebuch 1920, Italien. München, 7. Oktober bis 20. November*, in: ebd., S. 699.

7 Künstlerarchiv der Berlinischen Galerie: *Hannah Höch. Eine Lebenscollage, 1921–1945*. Bd. II (1). Ostfildern-Ruit 1995, S. 29.

8 Ebd., Bd. II (2), S. 59.

9 Ebd., Bd. II (1), S. 63.

10 Burckhardt, Max (Hg.): *Jacob Burckhardt. Briefe*, Bd. 6. Basel/Birsfelden 1966, S. 287 (29. August 1878 an Max Alioth).

11 Höch 1995, s. Anm. 7, S. 29.

12 Vgl. Bergius, Hanne: *Montage und Metatechnik. Dada Berlin – Artistik von Polaritäten*. Berlin 2000, S. 152.
13 Vgl. Johnson, Melissa A.: *»On the strength of my imagination«. Visions of Weimar Culture in the Scrapbook of Hannah Höch*. Dissertationsmanuskript 2001, S. 285–287.
14 So etwa Johnson in ihrer Dissertation (Anm. 13) und jüngst Nentwig, Janina: ›Roma‹, in: *Hannah Höch. Aller Anfang ist Dada*. Ausst.-Kat., Ostfildern 2007, S. 36.
15 Groys, Boris: ›Die Stadt im Zeitalter ihrer touristischen Reproduzierbarkeit‹, in: ders.: *Topologie der Kunst*. München/Wien 2003, S. 187–198.
16 Brinkmann, Rolf Dieter: *Wörter Sex Schnitt. Originaltonaufnahmen 1973*. Erding 2005.
17 Der treffende Begriff stammt von Herrmann, Karsten: *Bewußtseinserkundungen im »Angst- und Todesuniversum«. Rolf Dieter Brinkmanns Collagebücher*. Bielefeld 1999.
18 Brinkmann 1979, s. Anm. 2, S. 47.
19 Vgl. Kuhn, Andreas-Michael: *Topografien der Apokalypse. Rom in Wolfgang Koeppens »Der Tod in Rom«, Rolf Dieter Brinkmanns »Rom, Blicke« und Federico Fellinis »Roma«*. Hamburg 2007.
20 Brinkmann 1973, s. Anm. 3, Umschlagrückseite.
21 QUICK 1955, 22: 3–5. Zit. n. Kramer, Rainer: *Auf der Suche nach dem verlorenen Augenblick. Rolf Dieter Brinkmanns innerer Krieg in Italien*. Bremen 2000, S. 29. Vgl. auch Mandel, Birgit: *Wunschbilder werden wahr gemacht. Aneignung von Urlaubswelt durch Photosouvenirs am Beispiel deutscher Italientouristen der 50er und 60er Jahre*. Frankfurt a. M. 1996.
22 Samuel, Günter: ›Vom Stadtbild zur Zeichenstätte. Moderne Schriftwege mit Rücksicht auf die Ewige Stadt‹, in: *Die Unwirklichkeit der Städte. Großstadtdarstellungen zwischen Moderne und Postmoderne*, hg. v. Scherpe, Klaus R. Hamburg 1988, S. 153–172, hier S. 169.
23 Brinkmann 1979, s. Anm. 2, S. 250.
24 Lange, Wolfgang: ›Auf den Spuren Goethes, unfreiwillig. Rolf Dieter Brinkmann in Italien‹, in: *Deutsche Italomanie in Kunst, Wissenschaft und Politik*, hg. v. Lange, Wolfgang/Schnitzler, Norbert. München 2000, S. 255–282, hier S. 271.
25 Brinkmanns starken Bezug auf Goethe hat die Literaturwissenschaft nachgewiesen, vgl. ebd.
26 Vgl. etwa das *Kochbuch* der Architekten Elisabeth und Fritz Barth, die 1996 Stipendiaten der Villa Massimo waren. Barth, Elisabeth/Barth, Fritz: *Kochbuch*. Rom 1996.

Die Autoren

Constanze Baum studierte Literaturwissenschaft und Kunstgeschichte in Berlin. Wissenschaftliche Mitarbeiterin an den Universitäten in Göttingen und Kassel.

Jan von Brevern studierte Kunstgeschichte, Philosophie und italienische Literatur in Hamburg und Berlin. 2010 Promotion an der ETH Zürich. Er ist wissenschaftlicher Mitarbeiter am Kunsthistorischen Institut der FU Berlin.

Fritz Emslander ist Kurator für zeitgenössische Kunst am Museum Morsbroich, Leverkusen, und forschte über Italiens Grotten im 18. Jahrhundert (*Unter klassischem Boden*, 2006).

Annette Hojer studierte Kunstgeschichte, Italianistik und Klassische Archäologie in München und Oxford und war Forschungsstipendiatin der Bibliotheca Hertziana in Rom. Seit 2011 ist sie wissenschaftliche Mitarbeiterin an den Bayerischen Staatsgemäldesammlungen in München.

Joseph Imorde lehrt seit 2008 Kunstgeschichte an der Universität Siegen. Forschungsschwerpunkte sind: Barocke Kunst, Kulturgeschichte, Geschichte der Kunstgeschichte. Wichtigste Publikationen: *Barocke Inszenierung* (1999), *Die Grand Tour in Moderne und Nachmoderne* (2007), *Michelangelo Deutsch!* (2009).

Alma-Elisa Kittner ist wissenschaftliche Mitarbeiterin am Institut für Kunst und Kunstwissenschaft an der Universität Duisburg-Essen und Mitherausgeberin der Zeitschrift *Querformat. Zeitgenössisches, Kunst, Populärkultur.*

Charlotte Kurbjuhn studierte Neuere deutsche Philologie, Lateinische Philologie und Allgemeine und Vergleichende Literaturwissenschaft in Heidelberg, Basel, Paris und Berlin; 2010 Promotion an der HU Berlin. Seit Januar 2012 ist sie Forschungsreferentin bei der Klassik Stiftung Weimar.

Golo Maurer unterrichtet als Assistent am Institut für Kunstgeschichte der Universität Wien. In seiner Habilitationsschrift (erscheint Herbst 2012) untersucht er die deutsche Italienrezeption von Winckelmann bis ins 20. Jahrhundert.

Uta Schürmann studierte Germanistik, Komparatistik und Kunstgeschichte an der TU Berlin. Zurzeit verfasst sie ihre Dissertation an der Friedrich Schlegel Graduiertenschule für literaturwissenschaftliche Studien (FU Berlin).

Erik Wegerhoff studierte Architektur in Berlin und London und war Forschungsstipendiat der Bibliotheca Hertziana in Rom. Er wurde an der ETH Zürich promoviert und ist seit 2010 wissenschaftlicher Mitarbeiter der Fakultät für Architektur an der TU München.

Die ›Grand Tour‹ bei Wagenbach

Erik Wegerhoff Das Kolosseum

Bewundert, bewohnt, ramponiert

Ehe sich das Kolosseum als archäologisch abgezirkelte, gesäuberte Ruine präsentierte, war es jahrhundertelang bewohnt: von römischen Adligen, später von einem Eremiten und schließlich von zahllosen Pflanzen. Die Geschichte eines der bekanntesten Bauwerke der Welt. Reich illustriert!

240 Seiten mit Abbildungen.
Gebunden mit Schildchen und Prägung

Dieter Richter Goethe in Neapel

»Gestern dacht' ich: entweder du warst sonst toll, oder du bist es jetzt.« Goethe scheint recht verwirrt gewesen zu sein in Neapel, wie diese Zeilen verraten. Immerhin war Neapel die größte Stadt, die er zeitlebens besuchte, und gegen das laute Straßenleben der süditalienischen Metropole schien ihm Rom wie ein kühler, ruhiger Ort des Nordens. Der Neapel-Kenner Dieter Richter lässt uns an Goethes Befremden, aber auch an seiner Begeisterung teilhaben.

SVLTO. Rotes Leinen. Fadengeheftet.
144 Seiten mit Abbildungen

Attilio Brilli Als Reisen eine Kunst war

Vom Beginn des modernen Tourismus: Die ›Grand Tour‹

Was macht die Kunst des Reisens aus? Attilio Brilli verfolgt die Spur jener passionierten und abenteuerlustigen Reisenden, die Ende des 16. Jahrhunderts erstmals zur ›Grand Tour‹ aufbrachen und bis ins 19. Jahrhundert hinein die Straßen Europas bevölkerten. Brilli legt besonderes Gewicht auf die praktischen Vorbereitungen und den realen Ablauf der Reise, berichtet von fremden Sitten und Gebräuchen, schaut in Goethes Koffer oder Napoleons Reisenecessaire und hat selbst eine Fülle von Geschichten und Anekdoten im Gepäck.

Aus dem Italienischen von Annette Kopetzki.
WAT 274. 224 Seiten mit Abbildungen